어둠 속의 **일격**

A STAB IN THE DARK
by Lawrence Block

Copyright © 1981 by Lawrence Block
All rights reserved.

Korean Translation Copyright © 2014 by Minumin

Korean translation edition is published by arrangement with
Lawrence Block c/o BAROR INTERNATIONAL, INC., Armonk,
New York, U.S.A. through EYA.

이 책의 한국어 판 저작권은 EYA를 통해
BAROR INTERNATIONAL, INC.와 독점 계약한 ㈜민음인에 있습니다.
저작권법에 의해 한국 내에서 보호를 받는 저작물이므로 무단 전재와 무단 복제를 금합니다.

A Stab in the Dark

Matthew Scudder
Series 4

어둠 속의 일격

로렌스 블록 | 박산호 옮김

황금가지

차례

1장	9
2장	24
3장	36
4장	57
5장	67
6장	72
7장	84
8장	98
9장	126
10장	147
11장	152
12장	178
13장	184
14장	205
15장	213
16장	227
17장	246

패트릭 트레스를 위해

1장

 그가 오는 건 못 봤다. 그때 나는 평소대로 암스트롱 바 뒤쪽 테이블에 앉아 있었다. 점심 손님들이 빠져나가면서 실내는 한결 조용해졌다. 라디오에서 클래식 음악이 흐르고 있었는데 이제는 애쓰지 않아도 잘 들렸다. 밖은 흐리고 바람이 거세게 불면서 비가 올 것 같은 기미를 풍겼다. 9번 애비뉴에 있는 술집에 틀어박혀, 버번을 탄 커피를 마시며 1번 애비뉴에서 어떤 미친놈이 지나가는 행인들을 칼로 베고 다닌다는 《포스트》 기사를 읽기 딱 좋은 날이었다.
 "스커더 씨?"
 나이는 한 예순 정도. 넓은 이마, 무테안경 속에 보이는 옅은 푸른색 눈. 단정하게 빗어 내린 희끗희끗해져 가는 금발이 두피에 착 달라붙어 있었다. 키는 175에서 177센티미터 정도에 체중은 77킬로그램쯤 되어 보였다. 환한 피부에 깔끔하게 면도한 얼굴. 좁은 콧날과, 엷은 입술의 작은 입. 회색 양복, 흰 셔츠, 붉은색과 검은색과 황금색 줄무늬가 쳐진 넥타이. 한 손에는 서류가방을 들고, 다른 손에는 우산을 들고 있는 남자가 서 있었다.

"앉아도 될까요?"

나는 맞은편에 있는 의자를 향해 고개를 끄덕였다. 그는 의자에 앉아서, 가슴 주머니에 있는 지갑을 꺼내 내게 명함을 한 장건넸다. 작은 손에는 프리메이슨 반지를 끼고 있었다.

나는 명함을 슬쩍 보고 다시 그에게 건네며 말했다.

"미안합니다."

"아니, 전……."

"보험 들 생각 없어요. 그리고 당신도 저에게 보험을 팔고 싶진 않을 겁니다. 제가 위험 부담이 높은 사람이라서."

그는 긴장한 것 같은 웃음소리를 흘렸다.

"어이쿠. 물론 그렇게 생각하는 것도 무리가 아니겠군요. 난 당신에게 뭘 팔려고 온 게 아닙니다. 개인에게 보험을 팔아 본 게 언제인지 기억도 안 나는군요. 나는 기업 전문 보험사입니다." 그는 파란색 체크무늬가 들어간 테이블보 위에 명함을 다시 놨다. "받아 주십시오."

명함에 찍힌 이름은 찰스 런던으로, '뮤추얼 라이프 뉴햄프셔 보험 회사'의 보험사로 나와 있었다. 주소는 시내 금융가에 있는 파인 가 42번지였다. 명함에는 전화번호가 두 개 있었는데, 하나는 여기 지역 번호고, 다른 하나는 지역 번호가 914로 시작됐다. 북쪽 교외 지역 번호였다. 아마 웨스트체스터 카운티일 것이다.

내가 아직 남자의 명함을 쥐고 있을 때 트리나가 주문을 받으러 왔다. 남자는 드와르 위스키와 소다를 주문했다. 나는 마시던 커피가 반쯤 남아 있었다. 우리 말을 들을 수 없을 정도로 멀리 트리나가 갔을 때 그가 말했다.

"프랜시스 피츠로이의 추천을 받고 왔습니다."

"프랜시스 피츠로이요?"

"피츠로이 형사. 13구역 경찰서에 있죠."

"아, 프랭크. 본 지 꽤 됐는데. 그 친구가 지금 거기 근무하는 것도 몰랐습니다."

"난 어제 오후에 만났습니다." 그는 안경을 벗어서, 냅킨으로 렌즈를 닦았다. "아까 말씀드린 것처럼 그 형사분이 선생님을 추천하셨는데, 하룻밤 자면서 생각해 보고 싶다고 결심했죠. 잠은 별로 못 잤습니다. 오늘 아침에 약속이 하나 있었는데, 그 일을 끝내고 선생님 호텔로 갔더니, 여기 계실 거라고 하더군요."

나는 묵묵히 듣고 있었다.

"내가 누군지 아십니까, 스커더 씨?"

"아뇨."

"난 바버라 에팅거의 애비입니다."

"바버라 에팅거. 누군지 모르…… 잠깐만요."

트리나가 그가 주문한 술을 가져와서 테이블 위에 놓고, 말 없이 갔다. 찰스 런던은 손으로 잔을 감싸 쥐었지만 들진 않았다.

"얼음송곳 살인자. 그 사건 맞습니까?"

"맞습니다."

"10년은 된 사건일 텐데요."

"9년입니다."

"따님은 피해자 중 한 명이었죠. 전 그때 브루클린에서 근무하고 있었습니다. 버겐 가와 플랫부시 애비뉴 사이에 있는 78구역 경찰서였죠. 그건 우리 사건이었습니다, 맞죠?"

"네."

나는 눈을 감고 기억을 떠올렸다.

"따님은 후반부에 일어난 사건들의 피해자 중 하나였습니다. 다섯 번째인가 여섯 번째였을 텐데."

"여섯 번째입니다."

"그리고 그 뒤로 두 명이 더 살해된 후에 범인이 살인을 멈췄죠. 바버라 에팅거. 그녀는 교사였죠. 아니, 그게 아니라 그런 비슷한 일을 했는데. 어린이집. 어린이집에서 일했죠."

"기억력이 좋으시군요."

"더 많이 기억할 수도 있었는데. 전 그 사건이 얼음송곳 살인자의 소행이란 게 밝혀질 때까지만 수사했으니까요. 그렇게 판명된 후에는 처음부터 그 사건을 맡았던 관할 경찰서로 넘어갔습니다. 아마 미드타운 노스 경찰서 같은데. 사실 프랭크 피츠로이가 그때 거기에서 근무했을 겁니다."

"맞습니다."

불현듯 감각의 기억이 물밀듯이 밀려왔다. 브루클린의 한 부엌, 음식 조리하는 냄새에 섞여 최근에 발생한 죽음의 지독한 악취가 풍기던 그 부엌. 리놀륨 바닥에 젊은 여자 하나가 누워 있었는데, 옷차림은 흐트러지고 몸에는 무수한 상처가 있었다. 그녀의 얼굴은 전혀 떠오르지 않았고, 단지 죽었다는 것만 기억이 났다.

나는 커피 잔을 비우면서, 이게 커피가 아니라 버번이었으면 좋았을 거란 생각이 들었다. 테이블을 사이에 두고 앉아 있던 찰스 런던은 머뭇거리면서 스카치 위스키를 조금씩 마시고 있었다. 나는 그가 끼고 있는 금반지에 새겨진 프리메이슨 상징들을 보면서 그 상징들이 뭘 의미하는지, 그리고 그게 찰스 런던에게 어떤 의미가 있는지 궁금해했다.

내가 말했다.

"그 살인자는 두 달 동안 여덟 명의 여자를 살해했습니다. 처음부터 끝까지 같은 방식으로 자기 집에 있는 여자들을 백주 대낮에 공격했죠. 피해자의 몸을 송곳으로 수도 없이 찔렀습니다. 그렇게 여덟 명을 죽인 후 그만뒀죠."

그는 아무 말도 하지 않았다.

"그리고 9년이 지난 후 경찰에 잡혔습니다. 그때가 언제죠? 2주 전이었나요?"

"거의 3주가 됐습니다."

나는 신문 기사에는 별 관심을 갖지 않았다. 어퍼 웨스트사이드에서 순찰을 돌던 경찰관 두 명이 거리에서 수상한 사람을 보고 멈추게 해서 몸을 수색했는데 얼음송곳이 나왔다. 그래서 경찰서로 데리고 가서 조사를 해 보니, 맨해튼 주립 정신병원에서 오랫동안 입원했다가 퇴원해서 다시 거리로 나왔다는 걸 알아냈다. 어떤 경찰이 수고스럽게도 그 사람에게 왜 얼음송곳을 가지고 다니느냐고 물어봤는데, 가끔 그렇듯이 느닷없이 행운이 찾아왔다. 대체 지금 무슨 일이 일어나고 있는지 미처 누가 알아차리기도 전에 그 정신병자가 그동안 미제로 남아 있던 살인 사건들을 술술 자백했던 것이다.

내가 말했다.

"신문에 그자의 사진이 실렸죠. 키가 작은 남자던데, 그렇지 않나요? 이름은 기억이 안 나는데."

"루이스 피넬입니다."

나는 그를 힐끗 봤다. 그는 테이블 위에 올려놓고 손끝을 살짝 맞댄 자신의 손을 내려다보고 있었다. 나는 그에게 그 오랜 세월이 지난 후에 마침내 범인을 잡게 돼서 아주 후련하겠다고 말했다.

"그게 그렇지 않습니다."

그가 말했다.

음악이 끊겼다. 라디오에서 아나운서가 오도번 협회(자연보호협회 — 옮긴이)에서 발행되는 잡지를 구독하라고 권했다. 나는 잠자코 기다렸다.

찰스 런던이 말했다.

"차라리 경찰이 범인을 잡지 말았으면, 하고 바랄 뻔했어요."

"왜죠?"

"그자는 바버라를 죽이지 않았으니까요."

나중에 나는 앞에 말한 기사로 돌아가서 세 신문을 다 읽었는데, 거기에 피넬이 일곱 건의 얼음송곳 살인 사건에 대한 범행을 자백한 반면 한 건은 결백을 주장했다는 취지의 글이 있었다. 처음에 신문을 읽다가 그런 정보가 들어 있었다는 걸 알아차렸다 해도, 크게 신경 쓰지 않았을 것이다. 9년이나 지나 모든 일이 끝난 마당에 사이코 살인마가 뭘 기억할지 누가 알겠는가?

런던의 말에 따르면, 피넬에게는 본인이 기억하는 것보다 훨씬 더 확실한 알리바이가 있었다. 바버라 에팅거가 살해되기 전날 밤, 피넬은 동쪽 20번가에 있는 커피숍의 카운터를 보던 점원이 불평하면서 신고하는 바람에 체포됐다. 그는 벨뷰로 이송돼서 보호 관찰을 받으며 이틀 동안 구금됐다가 풀려났다. 경찰과 병원의 기록상, 바버라 에팅거가 살해됐을 때 피넬이 갇혀 있었다는 점이 분명하게 드러났다.

"난 계속 뭔가 착오가 있었을 거라고 애써 생각했어요. 병원 입원이나 퇴원 날짜를 기록하다 직원이 실수했을 수 있다고. 하지만 착오가 아니었어요. 그리고 피넬은 그 문제에 대해선 아주 단호했어요. 다른 사건들은 다 자기 범행이라고 완전히 인정했습니다. 그런 짓을 저지른 게 어떤 면에서 자랑스러웠던 모양이에요. 하지만 자신이 하지도 않은 살인을 했다고 하는 말에는 정말 화를 냈습니다."

그는 잔을 집었다가 마시지도 않고 다시 내려놨다.

"난 몇 년 전에 단념했었죠. 바버라를 죽인 살인자가 잡히는 일은 없을 거라는 점을 당연하게 받아들였어요. 연쇄 살인이 갑자기 멈췄을 때, 살인자가 죽었거나 다른 곳으로 갔을 거라고 생각했어요. 난 그 살인자가 제정신을 찾는 끔찍한 순간을 맞아, 자신이 무슨 짓을 했는지 깨닫고, 자살했다는 판타지를 꿈꿨어요. 그 판타지를 믿을 수 있다면 사는 게 훨씬 더 쉬워질 거고, 경찰이 그러는데, 가끔 그런 일이 일어나기도 한다더군요. 난 바버라가 지진이나 홍수처럼 자연재해로 죽었다고 생각하게 됐어요. 바버라의 죽음은 사고 같은 것이었고 바버라를 살해한 인간은 우리가 전혀 모르는 사람이고 알 수도 없다고. 내 말이 무슨 뜻인지 이해하시겠습니까?"

"알 것 같습니다."

"그런데 이제 모든 게 변했어요. 바버라는 자연재해로 죽은 게 아니에요. 바버라는 얼음송곳 살인자에게 당한 것처럼 보이게 만들려 했던 누군가에게 살해됐어요. 아주 냉혹하고 계산적인 살인 범에게 당한 겁니다." 그는 잠시 눈을 감았는데 옆얼굴의 근육이 씰룩거렸다. "몇 년 동안 나는 바버라가 아무 이유 없이 살해됐다고 생각했어요. 그것도 끔찍했는데, 이제 이유가 있어서 살해됐다는 걸 알게 됐습니다. 그건 더 끔찍하더군요."

"그렇죠."

"난 피츠로이 형사를 찾아가서 이제 경찰이 어떻게 할 건지 알아보려고 했어요. 사실 곧바로 그 형사에게 간 건 아니었어요. 내가 경찰서로 찾아가니까 거기서 다른 경찰서로 가라고 보내더군요. 그렇게 날 뺑뺑이 돌리면서 그런 도중에 지쳐서 포기하길 바랐던 거죠. 결국 피츠로이 형사를 만나게 됐는데, 그분이 바버라의 살인범을 찾기 위해 경찰이 나서는 일은 없을 거라고 말해 주더군요."

"경찰이 어떻게 할 거라고 예상하셨습니까?"

"다시 수사를 재개할 거라고 생각했어요. 내가 비현실적인 기대를 하고 있다는 걸 피츠로이 형사가 일깨워 주더군요. 처음엔 화가 났어요. 하지만 그분이 계속 설명하면서 화를 풀어 주더군요. 그 사건은 9년이나 됐다고. 그때 어떤 단서나 용의자도 없었는데, 지금도 분명 그런 건 없다고. 경찰은 몇 년 전에 여덟 건의 살인 사건에 대한 수사를 포기했는데 이제 와서 일곱 명에 대한 살인 사건을 종결할 수 있다는 것만도 그야말로 기적 같은 일이라고요. 피츠로이 형사나 나랑 이야기했던 형사들은 살인자가 활개를 치고 다닌다는 사실에 아랑곳하지 않는 눈치였어요. 세상엔 그렇게 돌아다니는 살인자들이 아주 많은 것 같았습니다."

"유감스럽게도 그렇습니다."

"하지만 난 이 살인범과는 특별한 이해관계가 있습니다." 그는 작은 손을 힘주어 주먹을 쥐었다. "딸아이는 분명 아는 사람에게 살해됐을 겁니다. 장례식에 왔던 인간, 딸아이의 죽음에 슬픈 척했던 인간이었을 거라고요. 아, 그건 도저히 참을 수 없습니다!"

나는 몇 분 동안 아무 말도 하지 않다가 트리나에게 눈짓으로 오라고 해서 주문을 했다. 이번에는 술만 시켰다. 커피는 그 정도면 충분히 마셨다. 술이 왔을 때 단숨에 절반을 들이켜서 그 온기가 온몸으로 퍼지는 걸 느끼면서 한기를 떨쳐 냈다.

내가 말했다.

"제게 뭘 원하시는 겁니까?"

"누가 내 딸을 죽였는지 알아내 주셨으면 합니다."

예상했던 말이군.

"그건 아무래도 불가능합니다."

"나도 압니다."

"설사 전에 단서가 있었다 하더라도, 9년이란 시간이 흐르면서 행방이 묘연해졌을 겁니다. 경찰도 할 수 없는데 제가 뭘 할 수 있겠습니까?"

"노력은 해 볼 수 있잖아요. 경찰이 할 수 없는 일이거나, 적어도 경찰이 하지 않으려고 하는 일이 있을 겁니다. 어차피 그게 그거겠지만요. 경찰이 수사를 재개하지 않는 게 틀렸다는 말을 하려는 게 아닙니다. 하지만 나는 그래 줬으면 싶고, 거기에 대해 내가 할 수 있는 일이 하나도 없지만, 당신 경우엔…… 그러니까, 내가 당신을 고용할 수 있잖습니까."

"꼭 그런 건 아닙니다."

"무슨 말이신지?"

"선생님은 절 고용하실 수 없습니다. 전 사립 탐정이 아닙니다."

"피츠로이 형사 말로는……."

"사립 탐정들은 면허가 있죠. 전 없습니다. 탐정들은 서류를 작성하고, 보고서를 세 통씩 쓰고, 경비에 대한 영수증을 제출하고, 소득세를 신고하는 것 같은 일들을 하는데 전 안 합니다."

내가 이어서 설명했다.

"그럼 당신은 무슨 일을 하는 겁니까, 스커더 씨?"

나는 어깨를 으쓱했다.

"가끔 사람들이 하는 부탁을 들어주죠. 가끔은 그 사람이 답례로 제게 돈을 주고요."

"이해할 것 같군요."

"그렇습니까?"

나는 남은 술을 마셨다. 그 브루클린 부엌에 있던 시체가 기억났다. 하얀 피부, 송곳에 찔린 상처들 주위에 말라붙은 작고 검은 핏방울들.

"선생님은 범인이 법의 심판을 받게 하고 싶으신 거죠. 그건 불가능하다는 걸 미리 알아 두시는 게 더 나을 겁니다. 설령 밖에 살인자가 돌아다닌다 해도, 살인자가 누군지 알아낼 길이 있다고 해도, 이렇게 오랜 시간이 지났는데 증거가 남아 있진 않을 겁니다. 누군가의 공구 서랍에 피로 얼룩진 얼음송곳이 있진 않을 거란 말이죠. 제가 운이 좋아서 실 한 가닥을 찾아낼 수도 있겠지만, 그렇다고 그게 배심원 앞에서 펼쳐 보일 수 있는 그런 물건으로 변하진 않을 겁니다. 누군가 따님을 살해했는데도 벌을 받지 않았고 그걸 생각하면 울분이 치미시겠죠. 하지만 범인이 누군지 아는데도 그자에게 손 하나 댈 수 없다는 걸 알게 되면 그게 더 열 받지 않을까요?"

"그래도 알고 싶습니다."

"알고 싶지 않은 일들을 알게 될지도 모릅니다. 선생님도 그렇게 말하셨잖아요. 누군가 아마 이유가 있어서 따님을 죽인 것 같다고. 그 이유를 모르는 게 더 나을 수도 있어요."

"그럴 수도 있죠."

"하지만 그 위험을 감수하시겠다는 거군요."

"그렇습니다."

"뭐, 그렇다면 사람들과 이야기를 해 보려고 시도할 순 있을 것 같습니다." 나는 주머니에서 펜과 노트를 꺼내 첫 페이지를 펼친 다음, 펜 뚜껑을 열고 말했다. "선생님부터 시작하는 게 좋겠네요."

우리는 거의 한 시간 정도 이야기를 했고 나는 노트에 많이 적었다. 나는 더블 버번을 한 잔 더 시켜서 그걸로 버텼다. 그는 트리나에게 술잔을 가져가게 하고 커피를 한 잔 주문했다. 이야기를 끝내기 전까지 트리나가 커피 리필을 두 번 해 줬다.

런던은 웨스트체스터 카운티에 있는 헤이스팅스-온-허드슨에 살고 있다. 바버라가 다섯 살이고 바버라의 동생인 린이 세 살 때 시내에서 거기로 이사했다고 한다. 3년 전, 그러니까 바버라가 죽은 지 6년 정도 지난 후에 런던의 아내인 헬렌이 암으로 죽었다. 런던은 현재 거기서 혼자 살고 있는데, 가끔 집을 팔까 하는 생각도 해 봤지만, 아직까지는 부동산 사무소에 집을 내놓을 짬을 내지 못했다. 조만간 하게 될 텐데, 그렇게 되면 다시 시내로 들어오거나 웨스트체스터에 있는 정원이 딸린 아파트를 살 생각이었다.

바버라는 스물여섯 살이었다. 지금 살아 있다면 서른다섯일 것이다. 아이는 없었다. 죽었을 때 임신 2개월이었는데, 런던은 바버라가 죽기 전까지 임신한 사실조차 모르고 있었다. 이 말을 하면서 그의 목소리가 갈라졌다.

더글라스 에팅거는 바버라가 죽고 2년 후에 재혼했다. 바버라와 살고 있을 당시 사회복지사로 일했지만, 그녀가 살해된 직후 그 일을 그만두고 세일즈를 시작했다. 롱아일랜드에 스포츠 용품점을 운영하는 두 번째 장인이 사위를 동업자로 맞아들였다. 에팅거는 미니올러에서 아내와 아이들과 살고 있다. 아이는 둘인가 셋인데 몇 명인지 잘은 모르겠다고 찰스 런던이 말했다. 에팅거는 헬렌 런던의 장례식에 혼자 왔다. 찰스 런던은 그 후로 그와 연락을 한 적이 없고, 그의 새 아내를 만나 본 적도 없다고 했다.

린 런던은 한 달 후에 서른세 살이 된다. 린은 첼시에서 살면서 빌리지에 있는 혁신 사립학교의 4학년을 가르치고 있다. 린은 바버라가 살해되고 얼마 지나지 않아 결혼했는데, 결혼한 지 2년 조금 지나서 별거했고 얼마 못 가 이혼했다. 둘 사이에 아이는 없다.

찰스 런던은 다른 사람들도 거론했다. 이웃들, 친구들. 바버라가 일했던 탁아소 사장. 거기서 같이 일했던 동료. 가장 친한 대학 친구. 가끔은 기억나는 이름들도 있었고, 또 가끔은 기억 못하는 이름도 있었지만, 그렇게 이런저런 이야기를 했고 나는 거기서부터 조사를 시작할 수 있었다. 이 중 어느 하나로 실마리가 풀릴 것 같진 않았지만.

그는 이야기를 하다가 종종 삼천포로 빠졌다. 하지만 그런 그를 바로잡으려 하지 않았다. 하고 싶은 대로 실컷 이야기하게 놔두는 게 오히려 죽은 여자를 더 잘 이해하게 될지도 모른다고 생각했다. 하지만 그렇게 했는데도 전혀 그녀가 어떤 사람이었는지 감이 잡히질 않았다. 바버라가 매력적이었고, 10대 시절에는 인기가 있었고, 공부도 잘했다는 건 알게 됐다. 그리고 사람들을 돕는 데 관심이 있던 데다 아이들을 돌보는 걸 좋아했고, 자신도 어서 아이를 낳아 가정을 꾸리고 싶어 했다는 것도 알았다. 런던의 이야기를 통해 보이는 바버라의 이미지는 재미없게 나쁜 점이라곤 하나도 없이 장점만 있고, 어렸을 때부터 죽을 때까지 불안정하게 흔들리는 여자의 이미지였다. 나는 런던이 딸에 대해 잘 모른다는 느낌을 받았다. 일하느라 바빠서 그리고 아버지라는 역할 때문에 바버라를 한 인간으로서 제대로 볼 수 없었던 것이다.

드문 일도 아니었다. 대부분의 사람들은 사실 자식들이 손자들을 낳기 전까지는 자신의 아이들에 대해 잘 모른다. 그런데 바버라는 아이를 낳을 정도로 오래 살지도 못했다.

런던이 더 이상 할 말이 없어지자 나는 필기한 것들을 훑어보고 나서 노트를 덮었다. 그리고 내가 뭘 할 수 있는지 알아보겠다고 말했다.

"돈이 좀 들 겁니다."

"얼마나 들까요?"

조사 비용은 어떻게 책정해야 할지 알았던 적이 한 번도 없다. 얼마면 너무 적고 얼마면 너무 많은 걸까? 내게 돈이 필요하다는 건 알고 있었다. 그거야 어제오늘 일도 아니니까. 런던은 아마 돈이 넉넉한 사람일 것이다. 보험설계사는 많이 벌 수도 있고 조금 벌 수도 있지만, 기업에 보험을 판다면 수입이 꽤 짭짤할 것이다. 나는 머릿속에서 동전을 튕겨 보고 1500달러를 불렀다.

"그걸로 내가 뭘 사게 되는 거죠, 스커더 씨?"

나는 사실 잘 모르겠다고 대답했다.

"그걸로 제 노력을 사게 되겠죠. 전 뭔가 나올 때까지, 아니면 더 이상 나올 것이 없다는 점이 분명해질 때까지 이 사건을 조사할 겁니다. 만약 그런 결론이 빨리 나오게 되면 주신 돈 중 일부를 돌려 드릴 겁니다. 돈이 더 필요하다고 생각되면 연락드리겠습니다. 그러면 선생님은 그때 가서 제게 돈을 더 내고 싶은지 아닌지 결정할 수 있죠."

"아주 변칙적이군요, 그렇죠?"

"이런 방식이 불편하실 수도 있습니다."

그는 그 점을 곰곰이 생각해 봤지만 아무 말도 하지 않았다. 대신 수표책을 꺼내서 어떻게 수표를 끊으면 되냐고 물었다. 내 이름인 매튜 스커더 앞으로 끊어 달라고 말하자 그는 수표를 쓰고 수표책에서 뜯어내서 우리 둘 사이의 테이블 위에 놨다.

나는 수표를 집지 않고 말했다.

"저기, 경찰에 대한 대안으로 저만 있는 건 아닙니다. 좀 더 전통적인 방식으로 운영되면서 직원도 많고 큰 탐정 사무소들도 있습니다. 그런 사무소들은 보고도 자세히 할 것이고, 거기서 쓴 비용은 동전 하나까지 확실하게 챙겨서 지출 내역을 보고할 겁니다. 거기다 저보다 활용할 수 있는 재원도 더 많습니다."

"피츠로이 형사도 같은 말을 해 줬습니다. 자기가 추천해 줄 수 있는 큰 탐정 사무소가 두어 군데 있다고요."

"그런데 절 추천하던가요?"

"그렇습니다."

"왜죠?"

물론 한 가지 이유는 알고 있었지만, 피츠로이가 런던에게 그 말을 했을 리는 없다.

런던은 날 만나러 온 후 처음으로 싱긋 미소를 지었다.

"피츠로이 형사가 당신을 미쳤다고 했습니다. 이건 내 의견이 아니라 그 형사가 한 말을 그대로 옮긴 겁니다."

"그리고?"

"대형 탐정 사무소와 달리 당신은 이 사건에 열정을 쏟게 될지도 모른다고 하더군요. 그럴 때 당신은 한 번 물면 절대 놓아주지 않는다고요. 승산은 별로 없지만, 바버라의 살인범을 당신이 밝혀낼지도 모른다고 했습니다."

"그렇게 말했단 말이죠?" 나는 런던의 수표를 집어서 찬찬히 살펴보다가 반으로 접었다. 그리고 말했다. "뭐, 틀린 말은 아니네요. 그럴지도 모르죠."

2장

은행에 가기엔 너무 늦었다. 런던이 떠난 후에 나는 술값으로 얼마나 나왔는지 알아보고 현금을 좀 꿨다. 제일 먼저 들러야 할 곳은 18번 관할 경찰서인데 빈손으로 가는 건 예의가 아닐 터였다.

먼저 전화해서 그가 거기 있는지 확인한 후에, 동쪽으로 가는 버스를 탔고 그러고는 시내로 가는 버스로 또 갈아탔다. 암스트롱은 9번 애비뉴에 있는데 내가 살고 있는 57번가 호텔의 모퉁이 하나만 돌아가면 나온다. 18번 관할 경찰서는 경찰 대학 1층에 있다. 경찰 대학은 현대적인 8층 건물로 신입들을 대상으로 한 교실들과 경사와 부서장 진급 시험 과정들이 있었다. 거기다 수영장도 있고, 헬스 기구들과 경주로가 갖춰진 체육관도 있다. 거기서 무술 수업을 들을 수도 있고, 사격 연습장에서 귀가 멀 정도로 연습을 할 수도 있다.

경찰서에 들어갈 때면 항상 드는 기분이 또 들었다. 내가 사기꾼처럼 느껴지는데 그것도 신통찮은 사기꾼 같다. 나는 접수처에 가서, 피츠로이 형사에게 용건이 있다고 말했다. 제복을 입은 경사가 들어가라고 손짓을 했다. 나를 경찰이라고 짐작한 듯했다. 아직까지 내가 경찰처럼 보이거나, 아니면 걷거나, 뭐 그런 게 있는 모양이었다. 사람들은 날 그런 식으로 판독한다. 심지어는 경찰들까지도.

경찰서 안에 있는 집합실로 가서, 구석에 있는 책상에서 타자기로 보고서를 치고 있는 피츠로이를 발견했다. 책상에는 스티로폼 컵 여섯 개가 옹기종기 모여 있었는데, 옅은 커피가 2센티미터 정도씩 남아 있었다. 피츠로이가 의자에 앉으라고 손짓해서 내가 앉는 사이에 그는 타자로 치고 있던 문서를 마무리했다. 책상 두어 개 건너편에서, 경찰 두 명이 눈이 개구리처럼 튀어 나오고 비쩍 마른 흑인 아이 하나를 들들 볶고 있었다. 아이는 스리카드몬테(퀸을 포함한 카드 세 장을 보인 다음 교묘한 솜씨로 뒤섞어 엎어 놓고는 그 퀸을 맞히게 하는 도박 — 옮긴이)를 하다가 체포된 모양이었다. 그들은 아이를 그렇게 심하게 다루진 않았다. 어차피 그게 뭐 세기의 범죄도 아니니까.

피츠로이는 내가 기억하는 그대로였다. 전보다 좀 더 늙고, 몸이 좀 불은 것 같긴 했지만. 달리기와는 친하지 않은 모양이었다. 투실투실 살이 찐 아일랜드 혈통의 얼굴에, 아주 짧게 친 회색 머리의 그를 보고 회계사나 오케스트라 지휘자, 혹은 택시 기사로 오해할 사람은 별로 없을 것이다. 속기사로 볼 사람도 없을 것이고. 타자 치는 속도가 상당히 빨랐지만 그래 봤자 독수리 타법이었다.
그는 마침내 보고서 작성을 끝내고 타자기를 한쪽으로 밀어 놨다.
"내 맹세하는데 죄다 서류 작업이야. 그거랑 법원에 가는 거랑. 수사할 시간이나 낼 수 있겠어? 안녕하신가, 매튜."
우리는 악수했다.
"간만이야. 얼굴은 나빠 보이지 않는데."
"나빠 보여야 하는 건가?"
"아니, 물론 아니지. 커피 좀 들겠어? 우유랑 설탕 넣을까?"
"블랙이 좋아."
그는 방 건너편에 있는 커피 자판기에 갔다가 또 다른 스티로폼 컵을 들고 왔다. 형사 두 명은 그 어린 도박꾼에게 네가 1번 애비뉴에서 사람들을 칼로 베고 다니는 그 사이코가 틀림없다고 계속 놀리고 있었다. 그 소년은 형사들의 악의 없는 농담을 상당히 잘 받아치고 있었다.
피츠로이는 앉아서 커피를 호호 불다가 한 모금 마시더니 얼굴을 찡그렸다. 그리고 담배에 불을 붙이고 나서 회전의자에 등을 기대고 앉아 물었다.
"런던이란 사람 만났어?"
"좀 전에."
"어떻게 생각해? 도와줄 거야?"
"도와준다는 말이 맞는 표현인지 모르겠군. 한번 해 보겠다고 말은 했어."
"그래, 자네와 맞을 것 같은 감이 딱 오더라니까, 매튜. 여기에 돈 좀 써 볼까 고민하는 사람이 있다 이거야. 그게 어떤 건지 자네도 잘 알잖아. 이건 마치 그 사람 딸이 다시 살았다가 죽어 버린 것 같은 기분이었을 거야. 그래서 뭔가 해야겠다고 생각하게 됐겠지. 이제 자기가 '할 수 있는' 일은 하나도 없지만, 돈을 좀 쓰면 기분이 나아질지도 모르지. 그렇다면 그 돈이 필요한 선량한 사람에게 가야 하지 않겠어? 자네도 알겠지만, 그 사람은 돈이 없는 사람이 아니야. 자네가 불구의 신문팔이 돈을 뺏는 게 아니라고."

"나도 그렇게 이해했어."

"그러니까 한번 해 보겠단 말이지. 그거 잘됐네. 런던이 사람 좀 추천해 달라고 하니까 곧바로 자네가 생각나더라고. 기왕이면 친구에게 일을 주는 게 낫겠다 싶었지. 친구끼리 서로 챙겨 주고 그러면서 세상이 돌아가는 거잖아. 왜 그런 말 있지 않아?"

피츠로이가 커피를 가져올 때, 나는 20달러 지폐 다섯 장을 꺼내 손에 쥐고 있다가 몸을 앞으로 숙이면서 그 돈을 그의 손에 쓱 찔러 넣었다.

"그래, 며칠 동안 할 일거리가 생기면 나야 좋지. 고맙게 생각하고 있어."

"뭔 소리야. 친구 좋다는 게 이런 거지. 안 그래?"

그는 돈을 챙겨 넣었다. 친구 좋다는 게 이런 거라는 말은 맞다. 하지만 호의는 어디까지나 호의고, 세상에 공짜 점심이란 건 없다. 경찰서 안이나 밖이나 달라지는 건 없다. 그리고 왜 달라져야 한단 말인가?

"그러니까 단서를 쫓아다니면서 몇 가지 물어보겠단 말이지.

거기다 그 사람이 놀고 싶은 만큼 자네는 그 돈줄을 잡고 있을 수 있잖아. 발바닥에 땀나게 쫓아다닐 필요도 없어요. 맙소사, 무려 9년이나 지난 사건이란 말이야. 이거 끝내면 자넬 댈러스행 비행기에 실어 주지. 거기 가서 누가 케네디 대통령을 죽였는지 알아봐."

피츠로이가 계속 떠들어 댔다.

"단서를 찾기가 쉽지 않겠군."

"짚단에서 바늘 찾기야. 그때 그 여자가 얼음송곳 살인자의 또 다른 데이트 상대가 아니었다고 생각할 이유가 있었다면, 누군가 좀 더 파 봤겠지. 하지만 자네도 여기 일이 어떤 식으로 돌아가는지 알고 있잖아."

"물론이지."

"요즘 1번 애비뉴에서 길 가는 사람들에게 식칼을 마구 휘둘러서 죽이는 미친놈이 하나 있잖아. 우린 그 자식이 '묻지 마' 공격을 한다는 걸 알게 됐어. 그래서 피해자 남편에게 달려가서 마누라가 우체부와 바람을 피웠냐고 물어보는 그런 짓은 안 한단 말이야. 그 여자도 마찬가지야. 그 뭐더라, 에팅거라는 여자 말이야. 어쩌면 그 여자가 우체부와 바람이 났었던 건지도 몰라. 그래서 살해된 건지도 모르지. 하지만 그 당시에는 그걸 확인해야 할 이유가 전혀 없어 보였고, 이제 와서 확인한다는 건 아주 신묘한 묘기가 될 거란 거지."

"뭐, 조사하는 척 흉내는 낼 수 있지."

"그렇지. 안 될 거 없지?" 그는 주름진 마닐라 파일을 톡톡 두드렸다. "자네 때문에 애들 시켜서 이거 준비했어. 몇 분 동안 쓱 훑어보지그래? 난 만나 봐야 할 사람이 있어서."

　피츠로이는 30분 조금 넘게 자리를 비웠다. 나는 그동안 얼음송곳 살인자 파일을 읽었다. 아까 그 형사 둘은 카드 도박을 한 소년을 유치장에 넣고 서둘러 나갔는데, 1번 애비뉴 칼잡이에 대한 제보를 받은 모양이었다. 그 칼잡이가 18번 관할 경찰서에서 바로 두 블록 떨어진 곳에서 범행을 저질러서, 다들 그놈을 잡아넣고 싶어 몸이 달아 있는 것 같았다.
　파일을 다 읽었을 때 프랭크 피츠로이가 돌아와서 말했다.
　"어때? 건진 것 좀 있어?"
　"별로. 몇 가지 적었어. 주로 사람들 이름하고 주소."
　"9년이나 지났으니 안 맞는 것도 있을 거야. 사람들은 옮겨 다니잖아. 그들의 빌어먹을 인생이 송두리째 변한다고."
　내 인생이 변했다는 건 신도 아실 거다. 9년 전에 나는 뉴욕 경찰이었다. 그리고 롱아일랜드에서 잔디밭과 뒷마당과 바비큐 그릴과 아내와 두 아들이 있는 집에서 살았다. 나도 옮겨 다니긴 했는데, 가끔은 어디로 가야 할지 결정하는 게 쉽지 않았다. 확실히 내 인생이 변하긴 변했다.
　나는 파일 폴더를 툭툭 쳤다.
　"피넬. 피넬이 바버라 에팅거를 죽이지 않았다는 건 얼마나 확실한 거야?"
　"완전 확실해, 매튜. 꼼짝 못 하고 갇혀 있었어. 그때 벨뷰 정신병원에 있었지."
　"그런 곳에서도 사람들이 몰래 들락날락한다는 거 자네도 알고 있잖아."

"맞아, 하지만 그 자식은 구속복에 묶여 있었어. 그러면 아무래도 움직이기가 좀 힘들잖아. 거기다, 에팅거 살인과 다른 사건들 사이에 차이점들이 있어. 맘먹고 찾아봐야 알 수 있는 거지만, 그런 게 있더라고."

"예를 들면?"

"상처 개수들. 에팅거는 여덟 명의 피해자 중에 상처 개수가 가장 적었어. 별로 큰 차이는 아니지만 그 정도면 의미가 있는 거지. 거기다 다른 피해자들은 모두 허벅지에 상처들이 있었어. 에팅거는 허벅지나 다리엔 전혀 송곳에 찔린 자국이 없었지. 문제는 다른 피해자들도 어느 정도 달랐다는 거야. 피넬 그 자식이 그 여자들 몸에 정확히 똑같은 무늬로 송곳을 찍어 놓은 게 아니거든. 그래서 그때는 에팅거의 다른 점이 눈에 띄지 않았던 거야. 상처 개수도 적고 허벅지에 상처가 없다고 해도 '범인이 그때 서둘렀구나, 누군가 오는 소리를 들었거나 그런 소리를 들었다고 생각해서 평소 하던 대로 다 찍을 시간이 없었나 보다' 이렇게 생각할 수 있는 거지."

"그렇지."

"그 여자를 죽인 게 얼음송곳 살인자라고 생각하게 된 확실한 이유는, 뭐, 자네도 알고 있겠지."

"눈."

"그렇지." 그는 맞다는 뜻으로 고개를 끄덕였다. "모든 피해자들이 눈을 찔렸어. 눈동자 하나에 한 번씩. 그 사실은 신문에 나온 적이 없어. 동네 사이코들이 가짜 자백으로 우리를 속이지 않도록 사건 정황의 한두 가지는 항상 비밀에 붙이잖아. 이번 거리 칼부림 사건에 이미 얼마나 많은 광대들이 자수했는지 자네는 못 믿을 거야."

"그림이 그려진다."

"자백을 하면 또 우리가 다 확인해 봐야 하잖아. 그러고 나서 심문한 내용을 보고서로 다 써야 하는데, 그게 또 어마어마하게 골치 아프고. 어쨌든, 바버라 에팅거 이야기로 돌아가서. 얼음송곳 살인자는 항상 눈을 노렸어. 우린 그 점을 기밀로 유지했는데, 에팅거가 눈을 찔린 거야. 그러니까 우리가 어떻게 생각했겠어? 그 여자가 허벅지에 찔렸든 그렇지 않았든 이미 눈알 하나가 찔린 판국에 말이야."

"하지만 그때는 한쪽 눈만 그랬지."

"맞아. 좋아, 그건 다른 피해자들과 다른 점이지. 하지만 그것도 다른 사람들보다 덜 찔리고 허벅지에는 하나도 상처가 없는 점과 일맥상통해. 그 자식이 서두르느라 제대로 할 시간이 없었단 거지. 자네라면 그런 식으로 생각하지 않았겠어?"

"누구라도 그랬을 거야."

"그렇지. 커피 좀 더 들겠어?"

"됐어."

"나도 그만 마셔야겠다. 오늘 너무 많이 마셨어."

"자넨 어떻게 생각해, 프랭크?"

"에팅거 말이야? 내 생각에 그 사건이 어떻게 된 것 같으냐는 말이야?"

"그렇지."

그는 머리를 긁적였다. 콧날 옆에 있는 이마를 찡그리자 세로로 주름이 잡혔다.

"내 생각엔 그렇게 복잡한 사건 같지 않아. 누군가 신문을 읽고 텔레비전을 보고 얼음송곳 살인자에 대한 이야기에 흥분한 거야. 가끔씩 그런 모방범들이 나타나잖아. 그 자식들은 자기만의 수법을 생각해 낼 상상력이 없는 미친놈들이라서 다른 놈의 광기에 묻어 가는 거야. 어떤 정신 나간 놈이 6시 뉴스를 보고 밖에 나가서 얼음송곳을 산 거지."

"그런데 우연히 그 여자의 눈을 찔렀다?"

"가능하지. 그럴 수 있어. 아니면 피넬처럼 그렇게 하면 좋겠다는 생각이 문득 떠오른 건지도 모르고. 아니면 비밀이 새어 나갔거나."

"나도 그렇게 생각하고 있었어."

"내 기억으론, 신문이나 뉴스에는 나오지 않았어. 내 말은 눈의 상처에 대해선 언급되지 않았단 말이야. 하지만 어떤 식으로든 그 정보가 유출됐고 우리가 진압하긴 했지만 그 전에 벌써 그걸 들었거나 읽은 사이코의 뇌리에 떡 박힌 거지. 아니면 언론에는 나간 적이 없지만 소문이 났을 수도 있고. 뭔가를 아는 경찰만 몇백 명 있는 데다, 부검할 때 또 주위에 사람들이 있었을 거고, 거기다 기록을 본 사람들과 사무직 직원들을 생각해 봐. 그 사람들이 또 주변 사람 세 명에게만 털어놨는데 그 주변인들이 모두 입을 연다고 하면, 사람들이 그 사실을 아는 건 시간문제 아니겠어?"

"무슨 말인지 알겠어."

"어느 편인가 하면, 그 눈을 찌른 건 그저 사이코가 한 짓처럼 보이게 하려고 한 것일 수도 있어. 한번 스릴을 느껴 보려고 해 봤다가 그냥 놔둔 거지."

"그런 생각은 어떻게 했지, 프랭크?"

그는 의자에 몸을 기대면서, 머리 뒤로 두 손을 깍지 껴서 잡았다.

"뭐, 범인이 남편이라고 쳐. 마누라가 집배원이랑 바람나서 죽이고 싶단 말이지. 그런데 그걸 얼음송곳 살인자의 범행처럼 보이게 해서 자기는 쏙 빠져나가고 싶다고 생각한 거지. 그런 인간이 눈에 대해 알고 있었다면, 둘 다 송곳으로 찍으려고 했을 거란 말이야, 그렇지? 절대 위험을 무릅쓰려고 하지 않을 거야. 정신병자라면 문제가 달라. 정신병자라면 한쪽 눈을 송곳으로 내리쳐, 그래야 하니까. 그러고 나서 지겨워져서 다른 쪽 눈은 찍지 않는 거야. 대체 그 정신 나간 머릿속에서 무슨 생각이 오락가락하는지 누가 알 수 있겠어?"

"범인이 사이코라면, 쫓을 길이 없어."

"당연히 없지. 9년이 지났는데 동기도 없는 살인자를 찾겠다고? 이거야말로 바늘도 없는 짚단을 뒤지는 꼴이라니까. 하지만 그게 좋은 거야. 자네가 이 사건을 맡아서 한동안 가지고 놀다가, 돈 받을 만큼 받고 나면 런던에게 사이코가 한 짓이 분명하다고 말해. 내 말을 믿어, 그 말을 들으면 런던은 기뻐할 거야."

"왜?"

"왜냐하면 9년 전에 그렇게 생각했으니까. 그래서 그 생각에 익숙해졌으니까. 그때 런던은 그걸 받아들였어. 그러다 이제 자기가 아는 누군가가 범인일까 봐 두렵기도 하면서 그것 때문에 돌아 버리겠는 거지. 그러니까 자네가 런던을 위해 조사해 보고 모든 게 다 괜찮다고, 매일 아침 해는 계속 동쪽에서 뜰 거고, 그 사람 딸은 빌어먹을 신의 뜻으로 살해된 거라고 말하는 거야. 그럼 그 사람은 다시 안도해서 원래의 삶으로 돌아가겠지. 돈 낸 값을 보는 거야."

"자네 말이 맞을지도 몰라."

"당연히 내 말이 맞다니까. 자넨 돌아다닐 필요도 없어. 그냥 한 주 정도 가만히 있다가 런던에게 가서 어쨌든 결국 하게 될 이야기를 해 주란 말이야. 하지만 자네는 그렇게 하지 않겠지?"

"응, 난 최선을 다해 볼 거야."

"나도 자네가 적어도 노력은 해볼 줄 알았어. 자넨 아직도 경찰인 거야, 그렇지, 매튜?"

"그런 거 같아. 어떤 면에선. 그게 무슨 의미이건 간에 말이야."

"지금 정기적으로 하는 일은 없지, 안 그래? 이런 식으로 그때그때 들어오는 일을 하는 거잖아?"

"그렇지."

"다시 돌아올 생각은 해?"

"경찰로? 별로 자주 하진 않는데. 심각하게 해 본 적도 없고."

피츠로이는 망설였다. 하고 싶은 질문들이 있고, 말하고 싶은 것들도 있지만, 결국 입을 열지 않았다. 그게 고마웠다. 그는 일어섰고 나도 일어섰다. 나는 시간과 정보를 내준 것에 고마워했고 그는 친구 좋다는 게 뭐냐면서 옛 친구를 도울 수 있어서 기쁘다고 했다. 둘 다 우리 사이에 오간 100달러에 대해선 한 마디도 하지 않았다. 왜 그래야 하는가? 피츠로이는 그 돈을 받아서 기뻤고, 나는 그 돈을 줘서 기뻤다. 호의라는 건 답례를 하지 않는 한 좋은 게 아니다. 어떤 식으로든, 항상 그렇다.

3장

피츠로이와 있을 때 비가 조금 내렸다. 다시 밖으로 나왔을 때는 내리지 않았지만, 완전히 그친 것 같지도 않았다. 나는 3번 애비뉴 모퉁이에 있는 술집에서 술을 한잔 마시면서 뉴스를 좀 봤다. 거리에서 칼질을 하고 다니는 자의 몽타주가 나왔는데,《포스트》1면에 나온 몽타주와 같은 것이었다. 둥근 얼굴에 깔끔하게 다듬은 수염을 기르고 머리에 모자를 쓴 흑인이었다. 커다란 아몬드 모양의 눈동자에서 광기가 번득였다.

"저 자식이 길거리에서 당신에게 다가온다고 상상해 봐요. 이것 때문에 총기 허가를 받는 사람이 많을걸요. 나도 신청서를 쓸까 생각 중인데."

바텐더가 말했다.

난 권총 휴대를 중지했던 날을 떠올렸다. 배지를 반납한 바로 그날이었다. 엉덩이를 묵직하게 누르던 그 쇳덩어리가 없으니 한동안은 아주 무력하게 느껴졌지만 이제는 무장하고 걸어 다니는 게 어떤 느낌인지조차 기억이 나질 않는다.

술잔을 비우고 나왔다. 그 바텐더는 총을 손에 넣게 될까? 아마 아닐 것이다. 실제로 그렇게 하는 사람들보다는 말만 그렇게 하다 그치는 사람들이 더 많다. 하지만 칼잡이건 얼음송곳 살인자건 그럴듯한 미치광이가 1면에 실릴 때면 언제나 총기 소지 허가를 내는 사람들이 어느 정도 생기고, 불법으로 권총을 사는 사람들도 어느 정도 생긴다. 그러다 그중에서 술에 취해 그 총으로 마누라를 쏘는 사람들도 나온다. 그들 중에서 칼잡이를 잡는 경우는 전혀 없는 것 같다.

나는 시 외곽으로 걸어가다가 중간에 이탈리안 레스토랑에 들러 저녁을 먹은 뒤, 42번가에 있는 중앙 도서관에서 마이크로필름으로 오래된 신문 기사들을 보고 이전 것과 새로 나온 포크 시티 안내 책자들을 보며 두어 시간을 보냈다. 몇 가지 메모를 하긴 했지만 많진 않았다. 주로 그 사건에 몰입하기 위해, 시간을 조금 거슬러 올라가 보려고 했다.

도서관에서 나왔을 때는 비가 내리고 있었다. 나는 택시를 타고 암스트롱으로 가서, 바에 있는 스툴 의자에 자리를 잡고 앉았다. 거기엔 이야기를 나눌 사람들도 있었고 마실 버번도 있었고, 지치지 않게 해 줄 커피도 충분히 있었다. 많이 마시진 않고, 적당히, 감당할 수 있을 정도만 마셨다. 그런 페이스로 얼마나 마실 수 있는지 알게 되면 놀랄 것이다.

다음 날은 금요일이었다. 나는 아침을 먹으면서 신문을 읽었다. 간밤에 또 칼부림이 일어나지 않았지만, 수사에 진전도 없었다. 에콰도르에서 지진이 일어나서 수백 명이 죽었다. 요즘 들어 지진이 더 많이 일어나는 것 같은데, 어쩌면 전보다 그런 사건들을 더 의식하고 있는 건지도 모르겠다.

은행으로 가서 찰스 런던이 준 수표를 내 계좌에 넣고, 현금을 좀 찾고, 500달러짜리 우편환을 끊었다. 은행에서 준 봉투에 우편환을 넣고 시오셋의 애니타 스커더 앞으로 주소를 썼다. 카운터 앞에서 은행 펜을 들고 몇 분 동안 서서, 봉투에 넣을 쪽지에 무슨 말을 쓸까 생각해 보다가, 결국엔 우편환만 보냈다. 돈을 부친 후에 보냈다고 애니타에게 전화할까 생각했지만, 그건 쪽지에 뭘 쓸까 생각하는 것보다 더 귀찮게 느껴졌다.

오늘 날씨는 나쁘지 않았다. 구름이 해를 가렸지만, 파란 하늘이 군데군데 보였고 공기 중에선 알싸한 맛이 났다. 암스트롱에 들러 빌린 돈만 갚고 나왔다. 술을 마시기엔 조금 이른 시간이었다. 술집을 나온 뒤 동쪽으로 긴 블록 하나를 걸어서 콜럼버스 서클에 가서 전철을 탔다.

D선을 타고 스미스 앤드 버겐 가에 도착해서 나오자 햇살이 눈부시게 빛났다. 한동안 주위를 걸어 다니면서 이곳 환경에 적응해 보려고 노력했다. 잠시 일하다 나왔던 78번 관할 경찰서는 동쪽으로 예닐곱 블록만 가면 나왔지만 그건 오래전 일이었고 그 후로는 브루클린에서 시간을 보낸 적이 거의 없었다. 조금이라도 낯익어 보이는 게 하나도 없었다. 난 아주 최근까지 이름도 없었던 지구의 일부에 와 있었다. 이제 여기엔 코블 힐이라는 이름이

생겼고 또 다른 부분은 보럼 힐이라고 불리게 됐는데 둘 다 전력을 다해 브라운스톤(적갈색 사암으로 지은 건물 — 옮긴이) 부흥 운동에 참여하고 있었다. 이 동네들은 뉴욕 안에서 계속 변하고 있는 것 같았다. 과거보다 발전하거나 쇠락하거나. 뉴욕이라는 도시는 대부분 무너지고 있는 것처럼 보였다. 사우스 브롱스(빈곤, 범죄, 마약, 황폐의 전형이라고 할 수 있는 뉴욕 시 지구 — 옮긴이)는 매 블록마다 타 버린 빌딩들로 가득 차 있었고, 브루클린에서도 같은 과정이 부시윅과 브라운스빌을 좀먹고 있었다.

그런데 이 블록들은 그 반대 방향으로 나아가고 있었다. 위쪽 거리로 걸어 올라갔다가 반대쪽 거리로 내려오자 전과는 다른 변화들이 눈에 들어왔다. 블록마다 나무들이 있었는데, 대부분은 지난 몇 년 사이에 심은 것들이었다. 브라운스톤과 전면에 벽돌로 지은 건물들 일부가 낡긴 했지만, 그보다 더 많은 건물들이 새로 페인트를 칠해 단장한 모습을 뽐내고 있었다. 가게들도 그간 생긴 변화가 보였다. 스미스 가에는 건강 식품점, 워런 가와 본드 가 모퉁이는 부티크, 구석마다 작고 세련된 레스토랑들이 있었다.

바버라 에팅거가 살다가 죽었던 건물은 네빈스 가와 본드 가 사이에 있는 와이코프 가에 있었다. 벽돌로 지은 다세대 주택으로, 각 층마다 작은 아파트 네 채가 들어가 있는 5층 건물이었다. 그래서 원래 지어졌던 대로 단독주택으로 바뀐 수많은 브라운스톤들의 운명을 피해 갔다. 그래도 예전보다 좀 더 말쑥해지긴 했다. 나는 현관에 서서 우편함에 있는 이름들을 확인하면서, 옛날 도시 명부에서 베껴 온 이름들과 비교해 봤다. 이 건물에 있는 아파트 20채에 사는 입주민 중에, 살인 사건이 일어났을 당시 살았던 사람들은 여섯 명만 남았다.

다만 우편함에 나온 이름만으로는 판단할 수 없는 게 문제였다. 사람들은 결혼하거나 이혼하면서 이름을 바꾼다. 주인이 집세를 올리는 걸 막기 위해 그 집을 전대하는 사람들도 있고, 오래전에 죽은 사람의 이름이 임대 계약서에 남아서 계속 우편함에 붙어 있는 경우도 있다. 새로 룸메이트가 들어와서 사는 동안 원래 집을 임대했던 사람이 이사 나가는 경우도 있다. 그러니 지름길은 없다. 하나하나 직접 찾아가서 확인해 보는 수밖에.

현관에서 벨을 울리자, 아파트에 있던 사람이 버저를 눌러서 현관 문을 열어 줬다. 맨 위층부터 시작해서 아래로 내려왔다. 사람들에게 슬쩍 보여 줄 배지가 있다면 일이 조금 더 쉬워지겠지만 사실 신분증보다는 그 태도가 더 중요한데, 내가 노력한다면 그런 태도는 사라지지 않는다. 난 누구에게도 경찰이라고 말하지 않았지만, 그렇다고 사람들이 날 경찰로 지레짐작하는 것까지 막진 않았다.

제일 처음 이야기한 사람은 아파트 꼭대기 층 뒤쪽 아파트에 사는 젊은 엄마였다. 옆방에서 아기가 우는 소리를 들으며 이야기를 나눴다. 그 젊은 엄마는 작년에 이사 와서 9년 전에 일어난 살인 사건에 대해선 아무것도 모른다고 말했다. 그녀는 그 사건이 자기가 사는 아파트에서 일어났냐고 불안하게 물었고, 그렇지 않다는 걸 알자 안도하면서도 한편으로는 실망한 것처럼 보였다.

슬라브계 사람으로 검버섯이 핀 데다 관절염이 있어서 손이 뒤틀린 노부인은 4층 앞쪽에 있는 자신의 아파트에서 내게 커피를 한 잔 내왔다. 그녀는 날 소파에 앉히고 자신은 의자를 돌려 날 정면으로 바라보고 앉았다. 그전에는 의자가 거리 쪽으로 향해 있었다.

노부인은 그 아파트에서 산 지 40년 다 됐다고 했다. 4년 전까지 남편도 같이 살았지만, 지금은 남편이 죽고 혼자 산다고 했다. 이 동네는 점점 나아지고 있다고 그녀가 말했다.

"하지만 전에 살던 사람들은 사라지고 있어. 내가 몇 년 전에 장을 봤던 가게들은 다 없어졌지. 그리고 물가가 정말이지! 요새 물가는 믿을 수가 없을 정도라니까."

노부인은 얼음송곳 살인자를 기억하고 있었지만, 그 사건이 9년 전에 일어난 사건이란 말을 들었을 때 놀랐다. 그렇게 오래된 일처럼 느껴지지 않은 모양이었다. 그때 살해된 여자는 착한 여자였다고 그녀가 말했다.

"착한 사람들만 살해된다니까."

그녀는 바버라 에팅거가 착하다는 거 말고는 별로 기억나는 게 없는 것 같았다. 바버라와 특별히 친하거나 사이가 나쁜 이웃이 있었는지도 모르고, 남편과 사이가 좋았는지 나빴는지도 몰랐다. 바버라 에팅거가 어떻게 생겼는지 기억이나 하는지 의문이었다. 보여 줄 사진이 있었으면 좋았을 거란 생각이 들었다. 미리 생각했더라면 런던에게 하나 달라고 부탁했을 수도 있었는데.

4층에 사는 또 다른 여자인 워커 양이 신분증을 보여 달라고 한 유일한 사람이었다. 내가 경찰이 아니라고 하자, 문에 걸린 도어체인을 풀지 않은 채 5센티미터 정도 벌어져 있는 틈으로 말했는데, 그게 그렇게 지나친 처사처럼 보이지 않았다. 워커 양은 이 건물에서 산 지 몇 년밖에 안 됐지만, 그 살인 사건에 대해 알고 있었고 얼음송곳 살인자가 최근에 체포된 것도 알고 있었다. 그러나 거기까지가 그녀가 알고 있는 전부였다.

"사람들은 아무나 들어오게 해요. 건물엔 인터콤이 있지만 상대가 누군지 확인하지도 않고 그냥 버저를 눌러서 안으로 들이죠. 사람들은 범죄에 대한 이야기를 하지만 자기들에게 그런 범죄가 일어날 수 있다는 건 결코 믿지 않죠. 그러다 당하는 거죠."

워커 양이 말했다. 나는 볼트 커터로 그 도어체인을 자르는 게 얼마나 쉬운지 말해 줄까 하다가, 그녀가 이미 충분히 불안해하고 있다고 판단했다.

낮이라 입주민들이 외출해서 집에 있는 사람이 많지 않았다. 바버라 에팅거가 살았던 3층 뒤쪽에 있는 아파트 하나는 초인종을 눌러도 대답하는 사람이 없어서 그 옆에 있는 문 앞에 멈췄다. 거기서 강렬한 리듬의 디스코 음악이 흘러나오고 있었다. 문을 두드리자, 잠시 후에 20대 후반의 청년이 문을 열었다. 짧은 머리에 콧수염을 기르고 있었고, 흰색 바탕에 파란 줄무늬가 쳐진 운동용 반바지 외에는 아무것도 입지 않고 있었다. 몸에는 근육이 잘 잡혀 있었고, 햇볕에 그을린 피부에는 엷게 밴 땀이 번들거렸다.

나는 내 이름을 말하고 몇 가지 물어보고 싶다고 했다. 그는 날 안으로 들인 뒤 문을 닫고 내 옆을 지나 방 건너편에 있는 라디오로 갔다. 그러고는 라디오 볼륨을 반쯤 줄여 놓고 잠시 생각하다가 아예 꺼 버렸다.

카펫도 없는 맨 마룻바닥 한가운데 커다란 매트 한 장이 깔려 있었다. 매트 위에 역기 하나와 아령 한 쌍이 있었고, 그 옆 바닥에 줄넘기 줄이 돌돌 말려 있었다.

"운동하던 중이었어요. 좀 앉지 그러세요? 저 의자가 편해요. 이 의자도 괜찮긴 하지만 오래 앉아 있을 만한 의자는 아니거든요."

내가 의자에 앉는 동안 그는 매트 위에 책상다리를 하고 앉았다. 내가 3-A 아파트에서 일어난 살인 사건을 언급하자 그 청년은 그걸 알아보고 눈빛이 환해졌다. 청년이 말했다.

"도널드가 말해 줬어요. 전 여기 산 지 1년 조금 넘었지만 도널드는 오래 살았거든요. 도널드는 이 동네가 확실히 세련되게 변모하는 걸 지켜봤죠. 다행히 이 건물은 원래 있던 소박한 분위기를 잃지 않았지만요. 도널드와 이야기를 나누고 싶으실 테지만, 6시나 6시 30분이 돼야 퇴근해서 와요."

"도널드라는 분의 성이 뭡니까?"

"길먼." 그는 철자를 불러 줬다. "전 롤프 웨이고너라고 해요. 롤프의 철자는 e로 끝나요. 그렇지 않아도 얼음송곳 살인자에 대해서 읽고 있던 중입니다. 물론 그 사건은 기억이 안 나요. 전 그때 고등학생이었거든요. 인디애나 주에 있는 먼시에서 살고 있었죠. 여기서 아주 먼 곳인데." 그는 잠시 생각에 잠겼다. "거리상으로만 먼 건 아니죠."

"길먼 씨가 에팅거 부인과 친했습니까?"

"저보단 도널드가 그 질문엔 더 잘 대답할 수 있을 것 같은데요. 범인은 잡았잖아요? 신문에 보니까 정신병원에 몇 년 동안 있어서 아무도 그자가 누굴 살해했는지 몰랐는데, 퇴원해서 잡고 보니까 고백했다고 그러지 않았어요?"

"그런 셈이죠."

"그래서 지금 그자를 법정에 세울 충분한 사유가 있는지 확인하고 싶은 거잖아요."

롤프가 싱긋 미소를 지었다. 그는 선량하고 정직하게 생겼고, 반바지만 입고 매트에 앉아 있는 게 아주 편해 보였다. 예전에는 게이들이 좀 더 방어적으로 나왔고, 특히 경찰이 옆에 있을 땐 더 그랬는데.

"아주 오래전 일어난 일이라 복잡하겠어요. 주디랑은 이야기해 봤나요? 주디 페어본이라고, 에팅거 부부가 살던 그 아파트에 살고 있어요. 주디는 밤에 일해요. 웨이트리스라 오디션이나 댄스 수업이나 쇼핑을 하러 가지 않았다면 지금 집에 있을 텐데. 뭐, 밖에 나가지 않았으면 지금 집에 있을 거란 말은 너무 당연하지만요. 그렇죠?"

그는 다시 미소를 지으며 완벽하게 고른 치아를 드러냈다.

"하지만 이미 주디랑 이야기해 보셨겠죠?"

"아직 안 했습니다."

"주디는 새 세입자예요. 한 반년 전에 이사 온 것 같은데. 어쨌든 이야기해 보고 싶으세요?"

"네."

롤프는 다리를 풀고 가볍게 일어섰다.

"제가 소개해 드리죠. 옷 좀 입고요. 금방 올게요."

그는 청바지에 플란넬 셔츠를 입고 맨발에 운동화를 신고 다시 나타났다. 우리는 복도를 같이 걸어갔고 그가 3-A 아파트의 문을 두드렸다. 잠시 침묵이 흐르더니, 발소리가 들리고 누군지 묻는 여자 목소리가 들렸다.

"롤프야. 당신을 심문하고 싶은 경찰 한 분을 모시고 왔어, 페어본 씨."

"엥?"

그녀가 그렇게 반문하면서 문을 열었다. 롤프와 남매라고 해도 좋을 아가씨였다. 롤프처럼 옅은 갈색 머리와 균형 잡힌 이목구비에, 중서부 특유의 솔직한 표정이 떠올라 있었다. 거기다 롤프처럼 청바지를 입고 스웨터에 페니 로퍼(갑피 부분에 달린 가죽 스트랩 장식에 칼집을 넣은 신발―옮긴이)를 신고 있었다. 롤프가 우릴 소개하자 그녀는 옆으로 비키면서 들어오라고 손짓을 했다. 그녀는 에팅거에 대해 아무것도 모르고, 살인 사건에 대해서는 그 사건이 여기서 일어났다는 사실 정도만 알고 있었다.

그녀가 말했다.

"이사 오기 전에 그 사실을 몰랐다는 게 기뻐요. 알았다면 겁이 났을 텐데, 그건 좀 웃기잖아요. 그렇죠? 요새는 아파트 구하기가 하늘의 별 따기인데. 이런 마당에 미신을 믿을 만한 여유가 있는 사람이 누가 있겠어요?"

"하나도 없지. 이런 험악한 부동산 시장에서 누가 그러겠어."

롤프가 대답했다.

그들은 1번 애비뉴 칼잡이에 대해 이야기하고, 1주일 전에 1층에서 일어난 사건을 포함해서 최근에 동네에서 급증하고 있는 빈집털이범들에 대해 말했다. 나는 이미 부엌으로 향하면서 거기를 볼 수 있는지 물어봤다. 어쨌든 부엌 구조가 기억이 날 거라는 생각이 들긴 했지만. 아까 이 건물에 있는 다른 집들을 가 보니까 다 같은 구조였다.

주디가 물었다.

"살인 사건이 일어난 게 부엌이었어요? 이 부엌에서?"

롤프가 응수했다.

"그럼 어딜 거라고 생각했어? 침실?"

"그건 생각 안 해 본 것 같네."

"궁금하지도 않았어? 듣고 보니 호기심을 억누르고 있었던 것 같은데."

"그럴지도 몰라."

나는 둘이 하는 이야기를 듣지 않았다. 나는 그 방을 기억해 내려고 애를 쓰면서, 9년이란 세월을 벗겨 내고 다시 한 번 그 자리에서 바버라 에팅거의 시체를 내려다보고 서 있으려고 해 봤다. 바버라는 그때 스토브 근처에 있었는데, 다리는 작은 부엌의 한가운데를 향해 뻗어 있었고, 머리는 거실을 향해 있었다. 그때는 바닥에 리놀륨이 깔려 있었는데 지금은 원래 있던 나무 바닥으로 되돌아간 데다 그 위에 폴리우레탄을 써서 반짝거렸다. 스토브는 새것으로 보였고, 벽에 발랐던 회반죽을 제거해서 벽돌의 노출된 면이 그대로 드러나 있었다. 전에도 지금처럼 벽돌이 노출돼 있진 않았는지, 내 기억 속의 그림이 얼마나 진실과 가까운지는 확신할 수 없었다. 기억이란 게 워낙 협조적인 동물인 데다, 사람의 비위를 맞추려고 열심인 존재이다. 즉 기억나지 않는 건 가끔 만들어 내기도 하면서, 조심스럽게 스케치를 해서 공백을 메운다는 말이다.

왜 부엌일까? 부엌문은 거실로 통하는데, 바버라는 그 사람이 누군지 알고 있거나 아니면 모르는데도 그를 안으로 들였고, 그

다음엔 뭐? 그자가 얼음송곳을 꺼내자 바버라는 도망치려고 했던 것일까? 그런데 리놀륨 바닥에 발이 걸려서 대자로 넘어졌고, 그때 그자가 얼음송곳을 가지고 그녀를 덮쳤던 것일까?

부엌은 가운데 방으로 거실과 침실 사이에 있었다. 어쩌면 범인은 바버라의 연인이어서 둘이 같이 침실로 가던 도중에 그자가 뾰족한 송곳으로 그녀를 몇 번 찔렀던 것인지도 모른다. 하지만 그자가 일단 침실까지 가길 기다리진 않았을까?

어쩌면 바버라가 스토브에 뭔가 올려놨는지도 모른다. 어쩌면 그에게 커피를 타 주고 있었던 건지도 모르고. 부엌은 그 안에서 뭘 먹기엔 너무 작았지만 물이 끓길 기다리면서 두 사람이 편안히 서 있을 정도의 공간은 있었다.

그러다 살인자가 바버라의 입을 손으로 막아 비명이 새어 나가는 것을 막고 그녀의 심장에 송곳을 찔러 넣어 죽였을지도 모른다. 그리고 다른 곳에 송곳을 마구 찔러서 얼음송곳 살인자의 범행처럼 보이게 만들었을 것이다.

첫 번째 공격에 숨을 거뒀을까? 나는 핏방울들이 떠올랐다. 시체에서는 피가 철철 흐르지 않았지만, 송곳에 찔린 상처에서도 피는 많이 나지 않았다. 부검에 따르면 심장에 난 상처가 거의 순간적인 치명상이었다고 했다. 검시 보고서에 따르면 그 상처가 첫 번째 상처일 수도 있고, 마지막 상처일 수도 있었다.

주디 페어본이 찻주전자에 물을 채우고 성냥으로 스토브에 불을 켰다. 물이 끓자 인스턴트커피를 컵 세 개에 따랐다. 내 커피에는 버번을 넣거나, 커피 대신 아예 버번을 마시고 싶었지만, 그렇게 권하는 사람이 없었다. 우리는 컵을 들고 거실로 나왔다. 주디가 말했다.

"유령을 본 것 같은 표정이네요. 아니, 그게 아니라. 유령을 찾고 있었던 것 같은 표정이에요."

"어쩌면 그랬을지도 모르죠."

"내가 유령을 믿는지 아닌지 잘 모르겠어요. 유령은 피해자가 자신이 무슨 일을 당할지 예상하지 못하고 갑자기 죽었을 경우에 더 흔하게 나타난다고 하잖아요. 이론상으로 영혼은 자신이 죽은 걸 깨닫지 못해서 주위에서 서성거린다고. 존재의 다음 단계로 넘어가야 한다는 걸 몰라서 말이죠."

"난 유령이 복수하겠다고 울면서 마루 위를 걸어 다닐 거라고 생각했는데." 롤프가 말했다. "왜 있잖아, 사슬을 질질 끌고 다니면서, 바닥에서 삐걱삐걱 소리가 나게 만드는 거."

"아니야, 유령은 그냥 어떻게 하는 게 좋을지 모르는 것뿐이야. 그러니까 누군가를 시켜서 원혼을 달래야 해."

"나라면 거기까지 건드리진 않는다."

"대단한걸. 그런 놀라운 자제력에 높은 점수를 주지. 그걸 바로 원혼을 달랜다고 하는 거야. 일종의 엑소시즘이지. 유령 전문가, 뭐라고 부르든 상관없지만, 아무튼 그런 사람이 유령과 소통하면서 무슨 일이 일어났는지 알려 주고, 다음 세상으로 가야 한다고 말하는 거지. 그다음에 영혼은 어디든 가야 할 곳으로 가는 거고."

"너 정말 그런 걸 다 믿는단 말이야?"

"내가 뭘 믿는지는 잘 모른다니까." 주디가 말했다. 그녀는 꼬았던 다리를 풀었다가, 다시 꼬았다. "바버라가 이 아파트에 출몰하고 있다면, 아주 조심스럽게 하고 있는 것 같은데. 마루에서 삐

걱거리는 소리도 안 나고, 한밤중에 나타나지도 않고."
"기본적으로 눈에 띄는 걸 원치 않는 유령인가 보지."
"오늘 밤엔 악몽을 꾸겠다. 잠을 잔다면 말이지."

나는 아래 두 층의 문들을 다 노크해 봤지만 별 대답은 듣지 못했다. 입주민들은 외출했거나 내게 말해 줄 쓸모 있는 정보가 없었다. 아파트 관리인은 옆 블록에 있는 비슷한 건물 지하 아파트에서 살고 있었지만, 찾아가 봐야 별 소용이 없을 것 같았다. 그는 관리인으로 일한 지 겨우 몇 달밖에 안 됐고, 4층 앞쪽 아파트에 사는 노부인이 지난 9년간 관리인이 네다섯 번 바뀌었다고 말해 줬다.

건물에서 나왔을 때는 신선한 공기를 쐬게 돼서 기뻤고, 다시 거리로 나오게 돼서 기뻤다. 주디 페어본의 부엌에서 뭔가가 느껴졌다. 차마 그걸 유령이라고 하긴 좀 그렇지만 과거에서 온 뭔가가 날 잡아당겨서 밑으로 끌어내리려고 하는 것처럼 느껴졌다. 그게 바버라 에팅거의 과거였는지 아니면 내 과거였는지는 알 수 없었다.

딘 앤드 스미스 가 모퉁이에 있는 술집에 들렀다. 거기엔 샌드위치와 함께 샌드위치를 데울 전자레인지가 있었지만 시장하진 않았다. 술을 한 잔 단숨에 들이켜고 이어서 맥주를 한 잔 마셨다. 높은 스툴에 앉아 있는 바텐더는 큰 잔에 든 보드카처럼 보이는 걸 마시고 있었다. 내 또래의 흑인 손님 둘은 저쪽 끝에 있는 바에 앉아서 텔레비전에 나오는 퀴즈 프로를 보고 있었다. 가끔

한 명이 텔레비전에 나오는 질문에 답을 말하고 있었다.

나는 노트를 몇 페이지 획획 넘기다가, 공중전화로 가서 브루클린 전화부를 훑어봤다. 바버라 에팅거가 일했던 탁아소는 이제 영업을 안 하는 것 같았다. 나는 업종별 전화번호부에서 같은 주소로 다른 상호가 등록돼 있는지 찾아봤다. 그런 번호는 없었다.

탁아소 주소는 클린턴 가로 나와 있었는데, 이 동네를 떠난 지 오래돼서 길을 물어야 했지만, 어디 있는지 알고 보니 몇 블록만 걸으면 되는 거리에 있었다. 브루클린 지역의 경계는 확실하게 나뉘지지 않았지만(그 지역들 자체가 대개 부동산 업자들이 만들어 놓은 것이라서), 코트 가를 건너 보럼 힐에서 코블 힐로 들어서게 되자 그 차이를 쉽게 알아볼 수 있었다. 코블 힐의 색조가 훨씬 더 근사했다. 나무들도 더 많고, 브라운스톤도 더 많고, 거리에 있는 흰 담장들도 훨씬 더 많았다.

나는 퍼시픽 가와 애머티 가 사이에 있는 클린턴 가에서 찾고 있던 번지를 발견했다. 거기에 탁아소는 없었다. 1층에 있는 가게에선 뜨개질 용품과 자수 용품을 팔고 있었다. 앞니 하나가 금니인 통통하고 풍채 좋은 여주인은 탁아소에 대해선 전혀 아는 바가 없었다. 여주인은 웰빙 푸드 레스토랑이 망하고 나서 1년 반 전에 이곳에 들어왔다. 그녀가 말했다.

"거기서 한 번 먹어 봤는데. 망할 만했어. 내 말을 믿어요."

그 여주인이 내게 건물주의 이름과 전화번호를 줬다. 나는 모퉁이에서 그에게 전화를 걸어 봤지만 계속 통화 중이어서 코트 가로 걸어가서 계단을 올라갔다. 사무실에는 사람이 한 명밖에 없었다. 소매를 걷어붙인 젊은 남자가 있었고 그 앞에 있는 책상 위에 담배꽁초로 가득 찬 동그랗고 큰 재떨이가 하나 있었다. 그는 줄담배를 피우면서 전화 통화를 하고 있었다. 창문은 모두 닫혀 있었고 방은 새벽 4시의 나이트클럽처럼 연기가 자욱했다.

그 청년이 통화를 끝냈을 때 나는 다시 전화벨이 울리기 전에 얼른 말을 걸었다. 그의 기억력은 웰빙 푸드 레스토랑 전에 있던 아동복을 팔던 가게까지 거슬러 올라갔다. 그 가게도 마찬가지로 실패했다.

"이젠 자수 가게를 하죠. 내가 보기엔 그 자수 가게도 1년 안에 손 털고 나갈 것 같아요. 실을 팔아서 벌면 얼마나 벌겠어요? 취미나 관심사가 있다고 그걸로 사업을 시작하는 사람들이 있죠. 웰빙 푸드, 자수, 뭐든 좋다 이겁니다. 하지만 사업의 '사'자도 모르는 사람들이라 1~2년 만에 망해서 나가요. 임대 계약을 파기하고 나가면, 우리는 한 달 만에 전에 받던 임대료의 두 배에 또 세를 놓죠. 이런 부자 동네에서는 임대업자들만 돈 버는 거죠." 그는 수화기로 손을 뻗었다. "죄송하지만 도와 드릴 수가 없네요."

"서류들을 확인해 봐요."

내가 말했다.

청년은 처음에는 중요한 업무가 많다고 강하게 나오다 나중엔 징징거렸다. 나는 낡은 오크목 회전의자에 앉아서 그가 파일들을 더듬거리며 찾게 놔뒀다. 그는 대여섯 개쯤 되는 서랍들을 열었다 닫았다 하다가 마침내 폴더 하나를 찾아서 탁 소리를 내며 책상 위에 내려놨다.

"여기 있네요. 해피 아워스 탁아소. 이름 한번 거창하네요, 안 그래요?"

"그 이름이 뭐가 어때서요?"

"해피 아워스라는 건 술집에서 술값을 절반으로 할인해 주는 시간대를 말하잖아요. 아이들 시설을 그런 이름으로 부르다니 끔찍하지 않아요?" 그는 고개를 설레설레 저었다. "그래 놓고 왜 사업이 망했는지 모르겠다고 한다니까."

난 그 이름에 무슨 문제가 있는 건지 알 수가 없었다.

"임차인은 코윈 부인으로 되어 있네요. 재니스 코윈. 5년 임대 계약을 했는데, 4년 만에 손들었어요. 8년 전 3월에 거기서 철수했어요."

그렇다면 바버라 에팅거가 죽은 지 1년 후였다는 말이 된다.

"맙소사, 임대료가 황당한데요. 이때 이 사람이 얼마나 내고 있었는지 알아요?"

나는 고개를 흔들었다.

"좀 전에 가게 보고 왔잖아요. 한번 맞혀 보세요."

나는 그를 쳐다봤다. 그는 피고 있던 담배를 비벼 끄고 새 담배에 불을 붙였다.

"125달러. 한 달에 125달러를 냈어요. 지금은 한 달에 600달러인데, 자수 가게가 나가거나, 그 여자 계약이 끝나는 즉시 올라요. 어느 쪽이 됐든 말이죠."

"코윈의 새 주소가 있나요?"

청년은 고개를 흔들었다.

"그 당시 살고 있던 주소는 있어요. 알려 줄까요?"

그는 와이코프 가의 번지수를 읽어 줬다. 에팅거가 살던 건물에서 불과 몇 집 건너에 있었다. 나는 주소를 받아 적었다. 그가 전화번호를 불러 줘서 그것도 받아 적었다.

　전화벨이 울렸다. 그는 수화기를 들고 "여보세요."라고 대답한 후에, 몇 분 동안 듣다가 한마디했다.

　"있지, 여기 손님이 와서 말이야." 그는 조금 듣다가 말했다. "금방 다시 전화할게, 알았지?"

　그는 전화를 끊고 용건이 끝났는지 물었다. 난 다른 용건은 생각해 낼 수 없었다. 그는 파일을 들어올렸다.

　"그 사람은 4년 동안 거기서 탁아소를 했어요. 대부분은 1년이면 나가떨어지는데. 1년을 버티면 승산이 있어요. 2년을 버티면 그 확률이 올라가고. 뭐가 문제인지 알아요?"

　"뭐죠?"

　"여자들이죠. 여자들은 아마추어예요. 여자들은 사업에 성공해야 할 필요가 없죠. 여자들은 마치 새 드레스를 입어 보는 것처럼 사업을 시작했다가 색깔이 맘에 안 들면 벗어 버리거든요. 이걸로 용건이 끝났다면, 나도 여기저기 전화를 해야 해서 실례하겠습니다."

　나는 도와줘서 고맙다고 말했다.

　"거 봐요, 난 항상 협조한다니까요. 그게 내 천성이에요."

　그가 말했다.

　그가 준 번호로 전화를 걸었더니 어떤 여자가 스페인어로 받았다. 그 여자는 재니스 코윈이라는 여자에 대해서는 아는 것이 하나도 없었고 내가 뭘 물어볼 수 있을 정도로 통화를 길게 하지도 않았다. 나는 동전을 새로 넣고 혹시나 내가 잘못 걸지 않았을까 하는 마음에 다시 전화를 걸었다. 같은 여자가 전화를 받았을 때 전화를 끊었다.

보통 전화를 해지하면 1년 정도 지나야 새 번호를 배정받는다. 물론 코윈 부인이 와이코프에서 이사를 가지 않고도 전화번호를 바꿨을 수 있다. 사람들, 특히 여자들은 음란 전화들을 따돌리기 위해 종종 그렇게 한다.

그래도, 난 그녀가 이사를 갔을 거라고 생각했다. 모두 브루클린을 벗어나, 5개의 지구를 벗어나, 뉴욕 주를 벗어나 다른 곳으로 갔을 거라고 생각했다. 나는 와이코프 가를 향해 다시 반 블록 정도 걸어가다가 돌아서서, 다시 돌아왔다가 또 돌아섰다.

그러다 멈췄다. 가슴과 배에서 불안한 느낌이 차올랐다. 나는 시간 낭비를 했다는 자책을 하면서 왜 애초에 런던이 주는 수표를 받았는지 의아해하기 시작했다. 런던의 딸은 9년 동안 무덤에 있었고, 누가 그녀를 죽였든 아마 오래전에 오스트레일리아에서 새 삶을 시작했을 것이다. 지금 내가 하는 짓이라곤 빌어먹을 다람쥐처럼 쳇바퀴를 돌고 있는 것뿐이다.

나는 그 강렬한 느낌이 잦아들 때까지 거기 서 있으면서, 와이코프 가로 돌아가고 싶지 않다는 걸 깨달았다. 나중에, 도널드 길먼이 퇴근해서 집에 오면 갈 것이다. 그때 코윈의 주소도 확인해 볼 수 있을 것이다. 그때까지는 바버라 에팅거의 살인에 대해서 하고 싶은 일이 하나도 생각나지 않았다. 하지만 불안한 마음에 대해서는 할 수 있는 일이 있었다.

브루클린의 장점 하나는 조금만 걸어가면 교회가 나온다는 점이다. 교회들은 브루클린 곳곳에 흩어져 있다.

내가 발견한 성당은 코트 가와 콘그레스 가 모퉁이에 있었다. 성당은 닫혀 있었고 철문은 잠겨 있었지만, 표지판을 따라가 보니 바로 모퉁이에 성 엘리자베스 시턴의 부속 예배당이 있었다. 입구로 들어가자 단층 예배당이 성당과 교구 사제관 사이에 끼어 있었다. 나는 담쟁이덩굴이 심어진 뜰을 걸어갔는데 거기 꽂힌 명판에 그곳이 코넬리우스 히니(아일랜드계 미국 상인이자 정치가—옮긴이)의 무덤이라고 적혀 있었다. 나는 굳이 그가 누구인지, 사람들이 왜 거기다 그를 심어 놨는지 읽으려고 하지 않았다. 줄줄이 늘어선 석상들 사이를 지나 작은 예배당으로 들어갔다. 나 말고 거기 있던 다른 사람은 신도석 앞에서 무릎을 꿇고 있는 가냘픈 아일랜드 여인 하나뿐이었다. 나는 뒤쪽에 앉았다.

언제부터 교회에 다니기 시작했는지는 기억이 나질 않는다. 경찰을 그만두고 얼마 지나 시오셋에 있는 집을 나와서, 애니타와 아이들을 떠나 서쪽 57번가로 가고 나서 얼마 후였을 것이다. 아무래도 내가 번잡한 뉴욕에서는 구하기 힘든 두 가지인 평화와 고요함의 성채로 교회를 생각했던 모양이었다.

이곳에서는 15분에서 20분 정도 앉아 있었다. 그곳은 평화로웠고, 그냥 거기에 앉아 있기만 해도 얼마 전까지 느꼈던 불안이 좀 사라졌다.

성당을 나가는 길에 150달러를 꺼내서 나가는 길에 "가난한 사람들을 위해"라는 표시가 붙은 헌금함에 넣었다. 가끔 교회에서 시간을 보내기 시작한 후 얼마 안 돼서 십일조를 내기 시작했다. 왜 그러기 시작했는지, 왜 그만두지 않는지는 나도 모른다. 그의문에 마음이 괴롭거나 그렇진 않다. 그 이유도 모른 채 내가 하는 일들은 한도 끝도 없으니까.

내가 내는 십일조를 가지고 교회에서 뭘 하는지 모르겠다. 별로 상관없다. 찰스 런던이 내게 1500달러를 줬다. 그가 내게 그런 큰돈을 준 것이나 내가 그 돈의 10분의 1을 불특정 다수의 가난한 사람들에게 주는 것이나 이해되지 않는 건 마찬가지다.

선반에 봉헌된 초들이 있기에 거기 멈춰 서서 두어 자루에 불을 밝혔다. 한 자루는 바버라 런던 에팅거를 위해, 죽은 지 오래됐지만 코넬리우스 히니만큼 오래되진 않은 그녀를 위해. 또 한 자루는 에스트렐리타 리베라를 위해, 바버라 에팅거만큼이나 죽은 지 오래된 어린 소녀를 위해.

기도는 하지 않았다. 난 기도는 안 한다.

4장

도널드 길먼은 룸메이트보다 열두 살이나 열다섯 살 정도 연상으로 보였고, 룸메이트처럼 아령과 줄넘기에 많은 시간을 투자하는 것 같지도 않았다. 깔끔하게 빗은 머리는 엷은 갈색이었고, 두꺼운 뿔테 안경 속의 눈은 차가운 파란색이었다. 그는 정장 바지에 흰색 셔츠와 넥타이를 하고 있었다. 정장 재킷은 롤프가 내게 경고했던 의자 위에 걸쳐져 있었다.

롤프가 길먼이 변호사라고 말했기 때문에, 그가 내게 신분증을 보여 달라고 했을 때 놀라지 않았다. 나는 몇 년 전에 경찰을 그만뒀다고 설명했다. 그는 이 소식에 한쪽 눈썹을 치켜 올리면서, 롤프를 흘깃 쳐다봤다.

"나는 바버라 에팅거의 아버지가 요청해서 이 일을 하게 됐습니다. 그분이 내게 조사를 부탁하셨죠."

내가 계속 설명했다.

"하지만 왜요? 살인범은 잡혔잖아요, 그렇지 않나요?"

"그게 좀 석연치 않아서요."

"무슨?"

나는 루이스 피넬에게 바버라 에팅거가 살해되던 날 유력한 알리바이가 있었다고 말했다.

"그렇다면 다른 사람이 범인이군요." 길먼이 곧바로 말했다. "그 알리바이가 근거 없는 걸로 판명되지 않는 한 말입니다. 그래야 그 아버님이 이 사건에 관심을 가진 이유가 설명이 되잖아요, 그렇지 않나요? 그분이 의심하는 사람은 아마도, 뭐, 누구든 의심할 수 있겠죠. 제가 그분에게 전화해서 당신이 여기에 그분 대리인으로 온 걸 확인해도 기분 나빠하지 않으셨으면 좋겠는데요."

"그분과 연락하기가 쉽지 않을 겁니다." 나는 가지고 있던 런던의 명함을 지갑에서 꺼냈다. "지금쯤이면 퇴근했을 거고, 아직 집에는 도착 안 했을 것 같은데요. 부인이 몇 년 전에 돌아가셔서 그분 혼자 삽니다. 그래서 저녁은 식당에서 먹을 가능성이 크고요."

길먼은 한동안 명함을 보다가, 다시 내게 건네줬다.

"뭐, 그렇다면야. 당신과 이야기한다고 해서 해될 것도 없을 것 같군요, 스커더 씨. 제가 뭐 중요한 정보를 알고 있는 것도 아니고요. 그 사건은 상당히 오래전 일이잖아요. 다리 밑으로 수많은 물살이 흘러가 버린 것처럼, 아니면 댐 위로 흘러가 버리든가. 뭐 하여튼 다 옛날 일이죠." 그의 파란 눈이 갑자기 환해졌다. "물 이야기가 나와서 하는 말인데, 우리는 이맘때면 한 잔씩 하는데. 같이 드실래요?"

"고맙습니다."

"우린 보통 마티니를 섞어 마시는데. 그거 말고 달리 뭐 좋아하시는 게 있나요?"

"마티니는 좀 세서. 난 그냥 위스키로 마시는 게 낫겠습니다. 혹시 버번 있습니까?"

물론 있었다. 거기엔 와일드 터키가 있었는데 내가 평소에 마시는 것보다 맛이 조금 더 나았다. 롤프가 구식 크리스털 컵에 150~180밀리리터 정도 따라 줬다. 그는 피처에 봄베이 진을 따르고, 거기다 각 얼음을 몇 개 넣고 베르무트(포도주에 향료를 넣어 우려 만든 술 — 옮긴이)를 한 스푼 넣어서 가볍게 저은 다음에 나와 같은 잔 두 개에 따랐다. 도널드 길먼이 그의 잔을 들어 올리면서 금요일을 위하여 건배를 하자고 제안했고, 우리는 그렇게 건배하면서 마셨다.

나는 결국 아까 롤프가 권했던 의자에 앉게 됐다. 롤프는 아까처럼 양탄자에 앉았는데, 무릎을 세우고 두 팔로 다리를 감싸 안았다. 그는 아직도 날 주디에게 소개시켜 줄 때 입었던 청바지와 셔츠를 입고 있었다. 그의 역기들과 줄넘기는 보이지 않았다. 길먼은 불편한 의자 가장자리에 앉아서 몸을 앞으로 기울여 자신의 잔을 내려다보다가, 고개를 들어 날 봤다.

"바버라가 죽었던 날을 떠올리던 중이에요. 쉽지 않네요. 사건이 일어났던 그날 전 외박했거든요. 퇴근하고 누군가와 술을 몇 잔 한 후에 밖에서 저녁을 먹고, 빌리지에서 하는 파티에 갔던 것 같아요. 그건 중요하지 않지만, 제 말의 요지는 다음 날 아침까지 집에 오지 않았다는 겁니다. 집에 왔을 땐 이미 어떤 상황인지 예상하고 있었어요. 아침을 먹으면서 신문을 읽었거든요. 아니야, 그게 아니구나.《뉴스》를 샀던 기억이 나요. 지하철에선 그걸 넘기기가 훨씬 더 편하니까. 그런데 거기 헤드라인에 얼음송곳 살인자의 브루클린 공격, 뭐 그런 게 나왔던 기억이 나요. 그 전에도 브루클린에서 그자가 살인을 했었던 것 같은데."

"네 번째 피해자죠. 십스헤드 베이에서."

"그걸 보고 나서 3면으로 돌렸어요. 분명 거기 나왔던 것 같은데. 거기에 그 기사가 있었어요. 사진은 없었지만, 이름과 주소가 나와서, 오해의 여지가 없었죠." 그는 가슴에 한 손을 댔다. "그때 어떤 느낌을 받았는지 기억이 나요. 믿을 수 없을 정도로 큰 충격을 받았죠. 그런 일이 제가 아는 사람에게 일어날 거라곤 예상하지 못했으니까. 그리고 그 일 때문에 나 자신도 무척이나 무력하게 느껴졌어요. 그 사건이 이 건물에서 일어났잖아요. 친구의 죽음 앞에서 사람들이 느끼게 되는 상실감 이전에 그런 무력감이 먼저 느껴졌어요."

"에팅거 부부하고는 얼마나 알고 지낸 사이였나요?"

"꽤 잘 알았죠. 그들은 물론 부부였기 때문에 주로 다른 부부들과 어울려 지냈죠. 하지만 우리 집 바로 맞은편이라 가끔 우리 집에서 같이 술이나 커피를 마시기도 했고, 그들이 날 초대하기도 했어요. 제가 하는 파티에 그 부부가 한두 번 오기도 했는데, 별로 오래 있진 않았어요. 그 사람들은 게이들과 편하게 지내긴 했지만, 게이들이 너무 많은 곳에선 좀 불편해했던 것 같아요. 그건 이해할 수 있어요. 자기랑 다른 사람들이 압도적으로 많은 곳에 있고 싶진 않겠죠. 그런 곳에선 낯을 가리게 되는 게 자연스럽죠."

"그 부부는 행복했습니까?"

내 질문에 그는 다시 에팅거 부부를 생각해 보다가 얼굴을 찡그리면서 어떻게 대답을 해야 할지 고심했다.

"제 짐작에 남편이 용의자인 것 같은데, 항상 배우자가 의심을 받잖아요. 그 남편은 만나 봤나요?"

"아뇨."

"둘이 행복했냐고요? 반드시 해야 할 질문이란 건 알지만 대체 누가 그 질문에 대답할 수 있겠어요? 두 사람은 행복해 보였어요. 대부분의 부부들이 그렇게 보이잖아요. 그런데 그런 대부분의 부부들이 결국엔 깨지죠. 그렇게 되면 친구들은 예외 없이 놀라고, 평소에 그 부부는 엄청 행복해 보였으니까." 그는 잔을 비웠다. "내 생각에 그 부부는 그만하면 충분히 행복했던 것 같아요. 바버라는 살해됐을 때 홀몸이 아니었죠."

"알고 있습니다."

"전 몰랐어요. 바버라가 죽고 난 후에야 알았죠."

길먼이 빈 잔을 작게 한 바퀴 돌리자, 롤프가 우아하게 일어서서 술을 다시 따랐다. 그리고 내게도 와일드 터키를 새로 따라 줬다. 첫 잔의 취기가 슬슬 올라오던 참이라 두 번째는 천천히 마셨다.

길먼이 말했다.

"그걸로 바버라가 안정이 됐을 거라고 생각했는데."

"아기 말인가요?"

"그래요."

"바버라 씨가 안정될 필요가 있었나요?"

그는 마티니를 홀짝홀짝 마셨다.

"고인에 대해선 좋은 이야기만 하란 말이 있죠. 사실 고인에 대해 솔직하게 말하긴 꺼려지잖아요. 바버라에게는 가만히 있지 못하는 면이 있었어요. 바버라는 똑똑한 여자였어요. 아주 매력적인 데다, 에너지와 재치가 넘쳤죠. 어느 대학을 나왔는지 기억은 안 나는데, 명문대였어요. 남편인 더그는 호프스트라 대학을 나왔죠. 거기도 괜찮은 곳이지만, 바버라가 졸업했던 대학보다 훨씬 처지죠. 왜 그 대학 이름이 기억이 안 나는지 모르겠네."

"웰슬리 대학교."

"맞아요. 기억이 안 날 리가 없는데. 제가 대학 다닐 때 거기 다니던 여대생이랑 데이트도 했거든요. 가끔은 진정한 자신의 모습을 인정하는 데 시간이 걸리는 법이죠."

"바버라 씨가 자기보다 못한 남자랑 결혼한 겁니까?"

"딱히 그렇다고는 말 못 하겠고요. 외견상으로는, 바버라는 웨스트체스터에서 자라서 웰슬리 대학을 나온 후, 퀸스에서 자라고 호프스트라 대학을 졸업한 사회복지사랑 결혼했죠. 그렇지만 그런 건 간판에 지나지 않으니까요." 그는 마티니를 한 모금 마셨다. "하지만 바버라는 남편이 자기에 비해 부족한 사람이라고 생각했을지도 모르죠."

"바버라 씨가 다른 남자를 만나고 있었나요?"

"아주 노골적으로 질문하시는군요. 전직 경찰이었다는 거 확실하네요. 뭣 때문에 그만둔 겁니까?"

"개인적인 이유죠. 바버라 씨가 바람을 피우고 있었던 겁니까?"

"고인에 대한 험담을 하는 것보다 더 천박한 행동은 없죠, 안 그래요? 가끔 그런 소문을 듣긴 했어요. 바버라는 남편이 일하다 만난 여자들과 잠자리를 한다고 비난하곤 했어요. 남편이 사회복지사로 일하다 보니 혼자 사는 여자들 집에 찾아가야 할 일이 종종 생기죠. 그런 여자들 중에서 가벼운 섹스를 할 마음이 있는 사람이 있다면 분명 그럴 기회는 있겠죠. 그 남편이란 사람이 그걸 이용했는지 어쨌는지 모르겠지만, 제가 보기엔 그럴 사람으로 보였어요. 바버라도 그렇게 생각한 것 같고."

"그래서 바버라도 복수하기 위해서 맞바람을 피우고 있었고?"

"성질이 급하시군요. 그래요, 전 그렇게 생각합니다. 하지만 누구랑 피웠냐고 묻지 말아요. 전 모르니까. 전 가끔 낮에 집에 있을 때가 있었어요. 자주는 아니지만, 가끔 그랬죠. 그럴 때 종종 바버라가 남자와 같이 계단을 올라오는 소리를 듣거나, 그녀의 아파트 앞을 지나치다 남자 목소리를 들은 적이 있었어요. 전 남의 일에 참견하는 성격이 아니에요. 그래서 문제의 그 남자가 누군지 보려고 하지도 않았어요, 그 남자가 누구였건 간에. 사실 그 일에 별로 신경 쓰지 않았습니다."

"바버라 씨는 그 남자를 낮에 접대했나요?"

"바버라가 누군가를 접대하고 있었다고 맹세할 순 없습니다. 어쩌면 물이 새는 수도꼭지를 고치러 온 배관공이었을지도 모르죠. 그 점은 이해해 줘야 합니다. 전 그저 바버라가 누군가 사귀고 있을지도 모른다는 느낌을 받았던 것뿐이에요. 남편이 바람을 피우고 있다고 비난하고 있으니까, 맞바람을 피우고 있을지도 모른다고 생각한 겁니다."

"하지만 그때는 낮이었잖아요. 바버라 씨는 낮에 일하지 않았나요?"

"아, 탁아소에서 일했죠. 그런데 근무 스케줄은 꽤 융통성이 있었던 것 같습니다. 바버라는 뭔가 할 일이 있었으면 해서 거기 취직했어요. 아까도 말했지만 가만있질 못하는 성격 때문에 그런 거죠. 바버라는 심리학을 전공하고 대학원에 갔지만 중도에 포기했어요. 그런데 이제는 백수니까, 탁아소 일을 거들기 시작한 거죠. 거기서 뭐 대단한 보수를 받는 것도 아니었을 테니까 가끔 오후에 쉰다고 해도 뭐라 하지 않았겠죠."

"누가 그녀와 친하게 지냈나요?"

"맙소사. 바버라네 아파트에서 사람들을 만나긴 했는데 하나도 기억이 안 나네요. 거기 온 사람들은 대부분 남편 친구였을 걸요. 탁아소에서 온 여자가 있긴 했는데 유감스럽게도 이름은 기억이 안 나요."

"재니스 코윈."

"그런가? 이름을 들어도 생각이 안 나는데요. 그 여자는 근처에 살았어요. 내 기억이 맞는다면, 바로 길 맞은편이었는데."

"맞아요. 그 여자가 아직도 거기 사는지 아십니까?"

"전혀 몰라요. 그 여자를 마지막으로 본 게 언제인지도 기억이 안 나는데요. 얼굴을 봐도 알아볼 수 있을지도 모르겠고. 딱 한 번 만난 것 같은데, 바버라가 그 여자에 대해 이야기를 한 적이 있어서 기억을 하는 것 같군요. 이름이 코윈이라고 했나요?"

"재니스 코윈."

"탁아소는 없어졌어요. 몇 년 전에 문 닫았죠."

"알고 있습니다."

우리의 대화는 거기서 더 이상 진전이 없었다. 그들은 저녁 약속이 있었고 나는 더 이상 할 질문이 없었다. 거기다 취기가 올라오고 있었다. 나도 모르는 사이에 두 번째 잔을 비워 버렸고 잔이 비어 있는 걸 봤을 때 깜짝 놀랐다. 취하진 않았지만 그렇다고 멀쩡하지도 않았고, 머리도 조금 멍했다.

차가운 바람을 쐬자 좀 나왔다. 바람이 불고 있었다. 나는 바람을 피해 어깨를 한껏 웅크리고 재니스 코윈의 주소가 있는 블록으로 내려갔다. 그곳은 가 보니 4층짜리 벽돌 건물이었는데, 몇 년 전에 누군가 그 건물을 사서 입주민들의 계약 기간이 만료되는 즉시 내보내고 단독 주택으로 개조했다.

건물 주인(굳이 그 사람 이름은 물어보려고도 하지 않았는데)에 따르면, 주택을 개조하는 공사가 아직도 끝나지 않았다고 한다.

"도대체가 끝이 안 나요. 모든 게 예상했던 것보다 세 배 더 어렵고, 시간은 네 배로 걸리고, 돈은 다섯 배로 듭니다. 그것도 실제로 드는 것보다 적게 잡은 수치가 그래요. 문설주에 칠한 낡은 페인트를 벗겨 내는 데 얼마나 오래 걸리는지 알아요? 이런 집에 출입구가 얼마나 많은지 아냐고요?"

그는 자기가 쫓아낸 세입자들의 이름을 기억하지 못했다. 재니스 코윈이란 이름은 낯설었다. 그는 아마 어딘가에 세입자 명단이 있을 텐데 대체 어디서부터 찾아봐야 할지도 모르겠다고 했다. 게다가 거기엔 새 주소도 없을 터였다. 나는 괜히 신경 쓸 것 없다고 말해 줬다.

나는 애틀랜틱 애비뉴로 걸어갔다. 빅토리아 시대 오크 가구들이 있는 골동품 상점들과 꽃집들과 중동 레스토랑들 사이에서 간신히 포마이카 카운터와 붉은 인조가죽 스툴들이 있는 평범한 커피숍을 하나 찾아냈다. 밥보다 술 생각이 간절했지만, 먼저 뭘 좀 먹어 두지 않으면 탈이 날 거라는 걸 알고 있었다. 나는 햄버그 스테이크와 으깬 감자와 깍지콩을 시켜서 억지로 다 먹었다. 맛은 나쁘지 않았다. 거기다 그저 그런 맛의 커피를 두 잔 마시고 나가는 길에 전화번호부에서 재니스 코윈의 번호를 찾아봤다. 브루클린에는 코윈이라는 이름이 몇십 개나 있었는데, 그중에 베이리지나 벤슨허스트에 있는 것으로 보이는 주소의 J. 코윈도 있었다. 그 번호로 전화를 했지만 아무도 받지 않았다.

재니스 코윈이란 여자가 브루클린에 있을 거라고 생각할 이유는 하나도 없다. 그녀가 자신의 이름으로 전화를 등록했을 거라고 생각할 이유도 없고, 난 그녀의 남편 이름도 몰랐다.

우체국에 확인해 봤자 소용없었다. 우체국에서는 변경된 주소를 1년 이상 보관하지 않고, 와이코프 가에 있는 건물은 그보다 훨씬 전에 주인이 바뀌었다. 하지만 코윈 부부를 추적할 방법이 있을 것이다. 대개는 방법이 있다.

나는 계산을 하고 팁을 남기고 나왔다. 카운터를 보는 남자가 가장 가까운 지하철역은 두 블록 떨어진 풀튼 가에 있다고 알려 줬다. 나는 맨해튼으로 가는 기차를 타고 가다가 버겐과 플랫부시로 걸어가서 78번 관할 구역 경찰서에 굳이 들러 볼 생각조차 하지 않았다는 걸 깨달았다. 왠지 그럴 생각조차 들지 않았다.

5장

　호텔로 돌아왔을 때 데스크에 들렀다. 내 앞으로 온 우편물도 없었고, 메시지도 없었다. 2층에 있는 방에 와서 버번 병을 새로 따서 잔에 조금 따랐다. 그리고 앉아서 『성인들의 삶』 문고본을 대충 건너뛰며 읽었다. 난 기이하게도 순교자들에게 끌렸다. 그들은 아주 다양하게 죽는 방법을 발견했다.
　며칠 전에 신문에서 한 기사를 본 적이 있는데, 1년 전에 이스트 할렘 아파트에서 여자 두 명이 살해된 사건에 대한 용의자가 체포됐다는 내용이 뒷면에 짧게 실렸다. 피해자인 엄마와 딸은 침실에서 발견됐는데 둘 다 귀 뒤에 총을 한 발 맞았다. 보도에 따르면 경찰들이 그 사건을 계속 수사했던 이유는 범행의 잔인함 때문이었다고 한다. 경찰은 이번에 열네 살 먹은 소년을 용의자로 체포했다. 피해자 모녀가 살해됐을 때 그 소년은 열세 살이었다.

기사의 마지막 단락에 보면, 그 모녀 살인 사건 이후로 한 해 동안 피해자들이 살던 건물이나 그 근처에서 다섯 명이 더 살해됐다고 한다. 그 다섯 건의 살인 사건이 해결됐는지, 유치장에 있는 아이가 그 사건의 용의자인지는 기사에 나와 있지 않았다.

나는 두서없이 이런저런 생각에 빠졌다. 그러다 내가 책을 옆으로 밀어 놓고 바버라 에팅거에 대한 생각에 빠져 있다는 걸 가끔씩 깨달았다. 도널드 길먼은 바버라의 아버지가 아마도 누군가를 의심하고 있을 거라는 말을 하다 중간에 입을 다물어서 그 사람이 누군지 알 수 없었다.

아마도 남편이리라. 항상 배우자가 제일 먼저 의심을 받는다. 바버라가 연쇄 살인범의 피해자들 중 하나로 보이지 않았더라면, 더글라스 에팅거는 혹독하게 심문을 받았을 것이다. 그때 사정이 그랬기 때문에, 더글라스는 자동적으로 미드타운 노스 소속 형사들로부터 심문을 받았다. 그렇게 하지 않을 도리가 없었다. 더글라스는 남편이었을 뿐 아니라 시체를 발견한 사람이기도 했다. 퇴근해서 집에 왔다 부엌에 있는 그녀의 시체를 본 것이다.

나는 그 심문에 대한 보고서를 읽어 봤다. 그를 심문했던 형사는 이미 그 살인을 얼음송곳 살인자의 소행으로 보고 있었기 때문에, 그의 질문은 바버라의 스케줄과 그녀가 낯선 사람들에게 문을 잘 열어 주는지, 누군가 그녀를 따라왔다거나 의심을 살 만한 행동을 했다고 말한 적이 있는지와 같은 질문에 집중돼 있었다. 바버라가 최근에 음란 전화에 시달린 적이 있는가? 아무 말 없이 전화를 끊는 사람들이 있었나? 잘못 걸려온 수상쩍은 전화는 없었나?

그 심문은 근본적으로 그 남편이 무고하다는 추정 아래 행해졌고, 그때는 확실히 그렇게 생각하는 게 이치에 맞았다. 분명히 더글라스 에팅거의 태도에는 의심을 살 만한 점이 없었다.

처음도 아니긴 했지만, 다시 더글라스 에팅거에 대한 기억을 살려 보려고 애를 썼다. 그때 내가 분명 그를 만났던 것 같았다. 미드타운 노스 경찰들이 와서 사건을 인계받기 전까지 사건 현장에 우리가 있었다. 그리고 내가 그 부엌에 서서 리놀륨 바닥에 쭉 뻗어 있는 시체를 보고 있는 동안 남편은 어딘가에 서 있었을 것이다. 나는 그를 위로하는 말을 하려고 애를 썼을지도 모르고, 어떤 인상을 받았을지도 모르지만, 하나도 기억이 나질 않았다.

내가 거기 있었을 때 그는 침실에서 다른 형사나 사건 현장에 먼저 온 순찰대원들 중 하나와 이야기를 하고 있었을 수도 있다. 어쩌면 그를 한 번도 본 적이 없었을 수도 있고, 아니면 우리가 이야기를 하긴 했지만 내가 까맣게 잊어버린 건지도 모른다. 그때 쯤이면 나는 최근에 사별한 사람들을 몇 년 간 봐 온 상태였다. 어수선한 기억의 창고에서 특별히 눈에 띄게 두드러지는 사람은 없었다.

뭐, 어쨌든 곧 만나게 될 거니까. 내 의뢰인은 누구를 의심하는지 말하지 않았고, 나도 묻지 않았지만, 바버라의 남편이 당연히 그 명단에 제일 먼저 나왔을 것이다. 런던은 딸이 자기가 알지도 못하는 사람이나, 딸의 친구나 그에겐 아무 의미가 없는 연인의 손에 죽었을 거라면 크게 상심하지 않을 것이다. 하지만 딸이 남편에게 살해됐다면. 런던이 아는 사람인 데다, 딸이 죽은 지 몇 년이 지난 후에 자기 아내의 장례식에 왔던 예전 사위가 살인자라는 걸 알게 된다면.

내 방에는 전화기가 있지만, 전화를 하면 호텔의 전화 교환대로 넘어간다. 교환원이 들어도 상관없는 전화라고 해도 그런 식으로 연락하는 건 성가신 일이다. 나는 로비로 내려가서 헤이스팅스에 있는 의뢰인에게 전화했다. 세 번째 벨이 울렸을 때 그가 받았다.

"스커더입니다. 따님의 사진이 필요한데요. 실물과 최대한 비슷한 사진이면 됩니다."

"앨범이 사진들로 꽉 찼는데. 하지만 대부분은 어렸을 때 찍은 사진이라서요. 최근 사진을 원하는 거겠죠?"

"가능한 한 최근 것으로요. 결혼사진은 있나요?"

"아, 물론 있죠. 두 사람이 찍은 아주 좋은 사진이 하나 있어요. 거실 탁자 위에 있는 은제 액자에 끼워져 있어요. 복사할 수 있을 것 같은데. 복사해 줄까요?"

"크게 번거로우신 일이 아니라면."

그가 우편으로 보낼까 물어봐서 월요일에 사무실로 가져오는 게 어떠냐고 제안했다. 내가 그 전에 전화해서 사진을 가지러 갈 약속을 하기로 했다. 런던이 조사를 시작할 기회가 있었는지 물어봐서 오늘 하루 내내 브루클린에 있었다고 말했다. 내가 도널드 길면과 재니스 코윈 이름을 말해 줬지만 런던은 모르는 이름이었다. 그는 망설이다가 단서를 좀 찾았는지 물었다.

"상당히 오래된 사건이라서요."

내가 대답했다.

나는 런던에게 누굴 의심하느냐고 묻지 않고 전화를 끊었다.

그리고 좀체 마음이 진정되지 않아서 모퉁이에 있는 암스트롱에 갔다. 가는 길에, 잠깐 짬을 내서 내 방에 들러 코트를 가지고 갈 걸 그랬단 생각이 들었다. 밖은 아까보다 더 추웠고, 바람이 매서웠다.

나는 루즈벨트 병원에서 근무하는 간호사 두 명과 바에 앉아 있었다. 그중 테리란 사람은 소아과에서 막 3주째 근무를 끝낸 참이었다.

"업무는 괜찮은 것 같은데 도저히 못 버티겠어. 어린아이들이 죽으면 훨씬 더 힘들어. 어떤 아이들은 아주 용감한데, 그런 아이들을 잃으면 가슴이 찢어지는 것 같아. 도저히 감당할 수가 없어. 정말 못 해먹겠다고."

에스트렐리타 리베라의 이미지가 순간 마음속에 떠올랐다가 사라졌다. 굳이 그 이미지를 잡으려고 하지 않았다. 술잔을 손에 든 또 다른 간호사가 자기는 전반적으로 아마레토(술의 종류 — 옮긴이)보다는 삼부카(칵테일의 일종 — 옮긴이)가 더 좋다는 말을 하고 있었다. 아니면 그 반대로 말한 건지도 모르겠다.

그날 밤 일찍 잠자리에 들었다.

6장

더글라스 에팅거를 만난 게 기억이 나지 않는다 해도, 마음속에 그에 대한 그림이 있었다. 큰 키, 비쩍 마른 몸, 검은 머리, 창백한 피부, 우툴두툴한 손목, 링컨 같은 이목구비. 툭 튀어 나온 울대뼈.

토요일 아침 머릿속에 그의 이미지가 단단히 박힌 채 일어났는데, 마치 기억도 안 나는 꿈을 꿀 때 그 이미지가 각인된 것 같았다. 얼른 아침을 먹고 펜 스테이션으로 가서 롱아일랜드행 열차를 타고 힉스빌로 갔다. 미니올러에 있는 에팅거의 집에 전화해서 그가 힉스빌에 있는 가게에서 일하고 있다는 걸 알아냈는데, 역에서 택시를 타고 보니 2달러 25센트밖에 안 나왔다.

스쿼시와 라켓볼 장비들이 죽 늘어선 복도에서 점원에게 에팅거 씨가 있는지 물어봤다. 점원이 말했다.

"제가 더글라스 에팅거인데요. 뭘 도와 드릴까요?"

그는 키 173센티미터 정도에 체중이 77킬로그램 정도로 보이는 땅딸막한 체격이었다. 거기다 꼬불꼬불한 옅은 갈색머리에 붉은색으로 부분 염색을 했다. 뺨도 통통한 데다 초롱초롱한 갈색 눈동자가 다람쥐 같았다. 크고 흰 치아에, 위쪽 앞니가 살짝 튀어나와서 더 다람쥐 같았다. 낯익은 구석이 하나도 없었고, 내가 생각해 낸 링컨 같은 모습의 캐리커처와는 전혀 닮지 않았다.

"저는 스커더라고 합니다. 괜찮으시다면 개인적으로 이야기를 하고 싶은데요. 아내분에 대한 이야기입니다."

솔직해 보이는 그의 얼굴이 갑자기 조심스러워졌다.

"캐런에 대해서요? 무슨 이야기요?"

맙소사.

"첫 번째 부인 말입니다."

"아, 바버라. 순간 오해를 했네요. 심각한 말투로 제 아내에 대해 이야기를 하고 싶다고 하시니. 저도 제가 무슨 생각을 했는지 모르겠네요. 경찰서에서 나오셨나요? 이쪽으로 오세요. 사무실에서 이야기할 수 있습니다."

사무실에 있는 책상 두 개 중 작은 것이 그의 책상이었다. 책상 위에 송장과 우편물들이 단정하게 정리돼 있었다. 투명 합성수지로 만든 포토큐브(각 면에 사진을 넣도록 되어 있는 플라스틱 입방체 — 옮긴이) 속에 한 여자와 어린아이들 사진이 몇 장 들어 있었다. 내가 그걸 보는 걸 알고 에팅거가 말했다.

"아내 캐런이에요. 제 아이들이랑."

나는 포토큐브를 들어서 짧은 금발에 환한 미소를 짓고 있는 젊은 여자를 봤다. 그녀는 차 옆에서 포즈를 취하고 있었고, 그 뒤로는 잔디밭이 펼쳐져 있었다. 전체적으로 교외 분위기가 물씬 풍겼다.

나는 다시 포토큐브를 원래 있던 자리에 내려놓고 에팅거가 권한 의자에 앉았다. 그는 책상 뒤에 앉아서, 일회용 부탄가스 라이터로 담배에 불을 붙였다. 그는 얼음송곳 살인자가 체포된 것도 알고 있었고, 그가 자신의 첫 번째 아내를 살해하지 않았다고 부인하는 것도 알고 있었다. 그는 피넬이 기억이 나지 않아서거나 아니면 정신 나간 이유로 거짓말을 하고 있다고 짐작했다. 내가 피넬의 알리바이가 확실한 것으로 확인됐다고 설명했을 때도, 대단치 않게 생각하는 눈치였다.

"몇 년이 지난 일이잖아요. 사람들이 날짜를 헷갈릴 수도 있고 그런 기록들이 얼마나 정확할지는 모르는 겁니다. 그 자식이 분명 죽였을 겁니다. 자기가 안 했다고 하는 말을 그대로 믿을 순 없어요."

"그의 알리바이는 탄탄해 보여요."

에팅거가 어깨를 으쓱했다.

"저보다는 훨씬 더 잘 판단하시겠죠. 그래도, 경찰에서 그 사건 수사를 재개했다니 놀랐습니다. 이렇게 오랜 시간이 지났는데 무슨 성과를 거둘 거라고 기대하는 겁니까?"

"난 경찰이 아닙니다, 에팅거 씨."

"경찰이라고 말하신 줄 알았는데."

"그렇게 생각하시는 걸 내가 나서서 바로잡지 않았을 뿐입니다. 전에는 경찰이었지만 지금은 혼자 일하고 있습니다."

"그럼 누군가를 위해 조사하고 있는 겁니까?"

"당신의 예전 장인이죠."

"찰리 런던이 당신을 고용했단 말입니까?" 그는 얼굴을 찌푸리면서 내 말을 생각했다. "뭐, 그거야 그 사람 특권이겠죠. 그런다고 바버라가 살아 돌아오진 않겠지만 자기가 뭔가 하고 있다는 기분을 느낄 권리는 있으니까. 바버라가 살해된 후에 현상금을 걸겠다는 이야기를 한 기억이 나는군요. 그렇게 했는지 어쩐지는 기억이 안 나지만."

"그랬던 것 같지는 않습니다."

"그래서 이제 진범을 발견하는데 몇 푼 쓰고 싶다는 거군요. 뭐, 안 될 거 있나요? 헬렌이 죽은 후로 사는 낙도 없을 텐데. 바버라의 어머니 말입니다."

"알고 있습니다."

"어쩌면 관심을 쏟을 만한 뭔가가 있는 게 그분에게 좋을 수도 있죠. 그걸로 바쁘게 지낼 정도는 아니겠지만, 그래도, 뭐." 그는 담뱃재를 털었다. "제가 어떻게 도움이 될 수 있을지 모르겠네요, 스커더 씨. 하지만 하고 싶은 질문이 있다면 다 하시죠."

나는 바버라가 친하게 지내던 사람들, 아파트에 사는 이웃들과의 관계에 대해 물었다. 그리고 탁아소 일에 대해서도 물었다. 그는 재니스 코윈은 기억하고 있었지만 그녀의 남편 이름은 기억해 내지 못했다.

"탁아소 일은 소일거리였어요. 기본적으로 바버라가 밖에 나가서 에너지를 집중할 수 있는 뭐 그 정도였죠. 아, 경제적으로 도움이 되긴 했죠. 전 사회복지사로 여기저기 발바닥에 땀이 나게 돌아다니긴 했지만 박봉이었으니까. 하지만 바버라의 일은 임시직이었어요. 그만두고 집에서 아이를 볼 생각이었으니까."

문이 열렸다. 10대 점원 하나가 사무실에 들어오다가 어색하게 멈춰 섰다. 에팅거가 그에게 말했다.

"몇 분만 기다려, 샌디. 지금은 바빠."

소년이 물러나면서 문을 닫았다.

"토요일은 항상 바쁜 날이라서. 재촉하고 싶진 않습니다만, 나가 봐야 합니다."

더글라스가 말했다.

나는 그에게 몇 가지를 더 물어봤다. 그의 기억력은 별로 좋지 않았는데 그 이유는 이해할 수 있었다. 그의 삶은 한 번 산산조각이 나서 새로운 삶을 찾아야 했고, 그러자면 첫 번째 삶에 대해선 가능한 한 잊어버리는 편이 더 쉬웠을 테니까. 첫 번째 결혼에서는 자식도 없어서 장인장모와 관계를 유지할 끈도 없었다. 그는 브루클린에서 했던 바버라와의 결혼 생활과 복지사로 일하면서 작성한 파일들과 그 삶에 있었던 모든 군더더기들을 버리고 떠날 수 있었다. 그는 이제 교외에서 살면서 차도 몰고 잔디를 깎으며 어린 자식들과 금발의 아내와 살고 있었다. 그런 마당에 왜 보럼힐의 임대 아파트에서의 삶을 기억하고 있겠는가?

"웃기네요. 우리가 아는 사람 중에 그런 짓을 할 만한…… 그러니까 바버라에게 한 짓을 할 만한 사람이 누군지 난 생각도 못하겠던데. 하지만 또 하나 내가 결코 믿을 수 없는 건 바버라가 낯선 사람을 아파트로 들일 거라는 점이죠."

"그런 점에서는 조심스러웠나요?"

"항상 경계하고 있었죠. 와이코프 가는 바버라가 성장한 그런 동네가 아니거든요. 뭐 바버라도 어느 정도 편하게 생각하긴 했지만 말입니다. 물론 거기서 영원히 살 계획은 아니었고요."

그는 순간 포토큐브에 눈길을 줬는데 마치 잔디밭 앞에 있는 차 옆에 서 있는 사람이 바버라인 것 같은 눈빛이었다.

"하지만 바버라는 그때 일어난 송곳 살인 사건들에 겁을 집어먹었어요."

"네?"

"처음엔 안 그랬죠. 하지만 그자가 십스헤드 베이에 있는 여자를 죽였을 때, 그때부터 영향을 받기 시작했어요. 그때 처음으로 그 새끼가 브루클린에서 살인을 저질렀거든요. 그래서 바버라가 기겁을 했죠."

"장소 때문에? 십스헤드 베이는 보럼 힐에서 아주 먼데."

"하지만 어쨌든 거기도 브루클린이니까. 그리고 다른 이유도 있었던 것 같아요. 바버라가 살해된 여자에 강한 동질감을 가졌거든요. 왜 그랬는지 제가 그 이유를 알 텐데 당최 기억이 안 나네요. 어쨌든, 바버라는 불안해했어요. 누군가 자기를 지켜보고 있다는 느낌이 든다고 제게 말했죠."

"경찰에 신고했나요?"

"아니요." 그는 시선을 낮추고, 새 담배에 불을 붙였다. "확실히 신고는 안 했어요. 그때는 바버라가 임신해서 예민해졌다고 생각했거든요. 입덧 때문에 특이한 음식이 먹고 싶은 뭐 그런 증세랑 비슷하다고 생각했죠. 임신한 여자들은 이상한 것에 집착하잖아요." 그는 고개를 들어 나와 눈을 맞췄다. "게다가 그 점에 대해선 생각하고 싶지 않았어요. 살인이 일어나기 하루인가 이틀 전에 바버라는 문에 방범용 자물쇠를 달아 주면 좋겠다는 말을 했죠. 왜 밖에서 억지로 열 수 없게 문에다 설치하는 쇠막대가 달린 자물쇠 있잖아요."

나는 고개를 끄덕였다.

"뭐, 그런 자물쇠는 달지 않았어요. 범인이 강제로 들어온 것도 아니니 그걸 설치해 봤자 달라질 것도 없었겠지만. 전 왜 바버라가 그렇게 불안해하면서 다른 사람을 집에 들였을지 궁금했지만, 그때는 낮이었고, 사람들은 원래 낮에는 그렇게 수상하게 생각하지 않잖아요. 범인은 배관공이나 가스 회사에서 나온 것처럼 가장할 수도 있고. 보스턴 교살자가 그런 식으로 범행을 저지르지 않았나요?"

"그런 비슷한 방법을 썼던 것 같군요."

"하지만 만약 범인이 정말 바버라가 아는 사람이었다면······."

"질문이 몇 가지 있습니다."

"해 보세요."

"아내분이 다른 사람과 관련됐을 가능성이 있나요?"

"관련됐다니. 바람 같은 걸 말하는 겁니까?"

"그런 거죠."

"바버라는 임신했습니다." 그는 마치 그게 대답이 된다는 듯이 말했다. 내가 아무 대꾸도 하지 않자 그가 말했다. "우린 아주 사이가 좋았어요. 바버라가 누구와 엮인 일은 없을 거라고 확신해요."

"당신이 밖에 있었을 때 바버라 씨에게 종종 손님이 왔나요?"

"친구가 놀러 왔을 수는 있죠. 전 그런 건 확인하지 않았어요. 우린 서로 믿고 있었으니까."

"바버라 씨는 그날 일찍 퇴근했습니다."

"가끔 그랬어요. 탁아소 사장이었던 여자와 편하게 지내는 사이였으니까."

"아내분과 서로 믿는 사이라고 했는데, 아내분은 에팅거 씨를 믿었나요?"

"무슨 말을 하려는 겁니까?"

"당신이 다른 여자랑 바람을 피운다고 아내분이 비난한 적이 있나요?"

"맙소사, 대체 누구랑 이야기를 하고 다닌 겁니까? 아, 누가 그런 말을 했는지 알만 하네요. 그럼 그렇지. 우리가 몇 번 말다툼을 한 적이 있는데 그걸 누가 들은 모양이죠."

"네?"

"제가 아까 여자들은 임신하면 이상한 생각을 한다고 말했잖아요. 뭐가 막 먹고 싶은 그런 거. 바버라는 직장에서 제가 맡은 복지 대상자들 중 몇 명과 관계를 가지고 있다는 터무니없는 생각을 했어요. 이스트 할렘과 사우스 브롱스의 다세대 주택들을 죽어라 다니면서, 서식을 작성하고 거기서 풍기는 악취에 토하지 않고 대상자들이 지붕에서 내게 던지는 똥을 피하려고 사력을 다하고 있는 마당에, 바버라는 도움이 필요한 여자들과 내가 놀아난다고 난리를 쳤죠. 전 바버라가 임신해서 노이로제에 걸렸나 보다 생각하게 됐죠. 우선 전 여자들이 반해서 환장하는 그런 타입도 아닌 데다, 일 때문에 다니는 그런 돼지우리 같은 곳에서 보는 참혹한 모습 때문에 그 방면으론 흥미를 잃어서 가끔 집에서도 잠자리를 못하는 판국에 일하는 곳에서 흥분을 한다는 게 말도 안 되는 소리죠. 빌어먹을, 당신도 한때 경찰이었으니까, 내가 매일 어떤 꼴을 보고 사는지 새삼 말할 필요도 없겠죠."

"그래서 당신은 바람을 안 피웠단 말이군요?"

"내가 방금 그렇게 말하지 않았나요?"

"그리고 다른 여자랑 연애를 한 적도 없고? 예를 들면 동네에 사는 여자라든가."

"당연히 아니죠. 제가 그랬다고 누가 그러던가요?"

나는 그 질문을 무시했다.

"당신은 아내가 죽은 지 3년 만에 재혼했습니다, 에팅거 씨. 맞나요?"

"3년이 채 못 됐죠."

"지금 부인은 언제 만났나요?"

"결혼하기 약 1년 전에요. 아마 그보다 조금 더 된 것 같은데. 한 14개월 정도. 그때가 봄이었는데, 우린 6월에 결혼했죠."

"둘이 어떻게 만났습니까?"

"둘 다 아는 지인을 통해서요. 파티에서 만났는데, 그때는 서로 관심이 없었는데, 내 친구가 우리 둘을 저녁 식사에 초대해서……." 그는 갑자기 말을 끊었다. "아내는 사우스 브롱스에서 내가 맡은 복지 대상자들 중 하나가 아니었어요. 당신이 지금 그런 의도로 물어보는 거라면 말이죠. 그리고 아내는 사우스 브롱스에 산 적도 없고. 참나, 내가 바보였지!"

"에팅거 씨."

"제가 용의자로군요, 안 그래요? 맙소사, 어떻게 여기 앉아서 이렇게 이야기를 하면서 그 생각을 못 할 수가 있지? 제가 그 망할 놈의 용의자잖아요."

"이건 그냥 수사를 하기 위해 일상적으로 하는 질문일 뿐입니다, 에팅거 씨."

"그 사람은 제가 범인이라고 생각합니까? 런던이? 그래서 지금 이러고 있는 겁니까?"

"런던 씨는 내게 누굴 의심하는지, 의심하지 않는지 한 마디도 하지 않았습니다. 구체적으로 의심하는 사람이 있더라도, 내겐 털어놓지 않았어요."

"하, 그것 참 고귀하군요." 에팅거는 손으로 이마를 쓱 문질렀다. "이제 다 끝났습니까? 우리 가게가 토요일에 바쁘다고 말했죠. 우리 가게에는 한 주 내내 열심히 일하고 토요일엔 스포츠에 대해 생각하고 싶어 하는 손님들이 많이 옵니다. 그러니까 제가 질문에 다 대답했으면……."

"당신은 아내가 살해된 날 6시 30분경에 집에 도착했죠."

"그게 맞는 것 같군요. 경찰 보고서 어딘가에 그 정보가 나와 있을 텐데요."

"그날 오후에 뭘 했는지 설명할 수 있습니까?"

에팅거가 나를 노려봤다.

"우린 지금 9년 전에 일어난 일을 이야기하고 있잖아요. 매일 이 집 저 집 다니면서 일하는 나보고 어느 하루만 딱 집어내서 그날 하루가 어땠냐고 하면 할 수가 없죠. 당신은 그날 오후에 뭘 했는지 기억합니까?"

"아뇨. 하지만 그날이 나보다는 당신에게 훨씬 더 중요한 날이었죠. 당신이 그날 직장에서 조퇴를 했더라면 기억하지 않겠어요?"

"조퇴 안 했습니다. 그날 내내 밖에서 일했어요. 그리고 그때가 몇 시건 간에 내가 집에 도착했다고 말한 시간이 맞고. 6시 30분이면 맞는 것 같군요." 그는 다시 이마를 닦았다. "하지만 당신이 나보고 이런 내 말을 입증하라고 할 순 없잖아요, 안 그래요? 경찰이 제 증언을 보고서로 작성했을 테지만 그런 서류도 보관 기간이 몇 년밖에 안 되잖아요. 3년인지 5년인지 기억은 안 나지만 분명 9년은 아닐 텐데. 그런 파일들은 정기적으로 없애잖아요."

"난 증거를 대라고 요구하는 게 아닙니다."

"빌어먹을, 난 바버라를 죽이지 않았어요. 날 봐요. 내가 살인자처럼 보여요?"

"난 살인자가 어떻게 생겼는지 모릅니다. 어제 두 여자의 귀 뒤를 총으로 쏜 열세 살 먹은 소년에 대한 기사를 읽었어요. 그 소년이 어떻게 생겼는지는 모르겠지만 살인자처럼 생기진 않았겠죠." 나는 그의 책상에서 새 메모지 한 장을 꺼내서 거기에 전화번호를 적었다. "이건 내 호텔 번호입니다. 뭐가 생각이 날지도 몰라요. 뭐가 기억날지는 모르는 법입니다."

"난 아무것도 기억하고 싶지 않아요."

나는 일어섰다. 그도 일어섰다.

"그건 더 이상 내 인생이 아니에요. 난 교외에서 살고 스키와 트레이닝복을 팝니다. 나는 인간 된 도리로 헬렌의 장례식에 간 것뿐이에요. 난."

"진정하세요, 에팅거 씨. 당신은 화가 나고 겁을 먹었지만 그럴 필요 없습니다. 물론 당신은 용의자입니다. 여자가 살해됐는데 남편의 행적도 확인해 보지 않고 수사하는 사람이 어디 있겠어요? 그런 수사가 있다고 들어 본 적 있습니까?" 나는 그의 어깨에 한 손을 올려놨다. "누군가 그녀를 죽였어요. 그 사람은 아내분이 아는 사람일지도 모릅니다. 난 아마 많은 걸 밝혀내진 못할 겁니다. 하지만 어쨌든 난 최선을 다하고 있어요. 뭐든 생각나면, 전화 주세요. 그게 답니다."

"당신 말이 맞아요. 난 화가 났어요. 난."

그가 말했다.

난 그에게 괘념치 말라고 했다. 그리고 알아서 가게를 나왔다.

7장

시내로 돌아오는 기차에서 신문을 읽었다. 강도 사건이 급증한 내용을 다루면서 강도의 목표가 되는 걸 피할 수 있는 방법을 몇 가지 제시한 기사들이 있었다. 기자는 걸어 다닐 때는 혼자 다니지 말고 둘씩 혹은 무리 지어 다니라고 말했다. 그리고 조명이 환하게 비추는 거리만 다니고, 건물에 바짝 붙어서 가지 말고 연석 근처를 따라서 걸으라고 했다. 재빨리 움직이면서 지금 경계하고 있다는 인상을 풍기라고 했다. 그리고 사람들과 충돌하는 걸 피하라고 했다. 강도들은 상대를 재보고 쉬운 상대일지 아닌지 판단하고 싶어 한다고. 강도는 시간이나 길을 물어보니까 그런 자들에게 이용당하지 말라고.

도시에서의 삶의 질이 점점 나아지고 있다니 이 얼마나 근사한 일인지.

"죄송하지만, 엠파이어 스테이트 빌딩으로 가려면 어떻게 가야 하나요?"

"꺼져, 이 변태 새끼야."

이것이 바로 현대 도시인의 매너라고나 할까.

기차는 영원히 멈추지 않을 것 같았다. 롱아일랜드로 나갈 때는 항상 기분이 좀 묘하다. 힉스빌은 애니타와 아이들이 살고 있는 곳과는 전혀 가깝지 않지만 어쨌든 같은 롱아일랜드 안이라 거기 갈 때는 항상 조금 불편해지곤 한다. 펜 스테이션에 도착했을 때는 기뻤다.

그때쯤 되자 술 한 잔 걸칠 시간이 됐고, 나는 역 바로 안에 있는 통근자들을 위한 바에서 얼른 한 잔 마셨다. 더글라스 에팅거에게는 토요일이 바쁜 날일지 몰라도 아이언 호스에 있는 바텐더에게는 한가한 날이었다. 평일에 오는 손님들은 죄다 힉스빌에 있는 2인용 소형 텐트와 농구화를 사느라 나갔을 것이다.

해가 졌을 때 나는 거리로 나왔다. 나는 34번가를 가로질러 5번가에 있는 도서관으로 갔다. 내게 지금 몇 시냐고 혹은 홀랜드 터널로 가는 길을 묻는 사람은 하나도 없었다.

도서관에 가기 전에 공중전화에 멈춰서 린 런던에게 전화했다. 그녀의 아버지가 내게 그녀의 번호를 줘서 노트를 확인해 보고 다이얼을 돌렸다. 자동 응답기가 받아서 번호의 마지막 네 자리를 말하고, 전화를 받을 수 없으니 이름을 남겨 달라고 했다. 응답기의 목소리는 여자였는데, 아주 꼼꼼한 데다 살짝 콧소리가 섞여 있었다. 난 이게 바버라의 여동생 목소리일 거라고 짐작했다.

메시지는 안 남기고 그냥 끊었다.

도서관에서 전에 썼던 브루클린 전화번호 안내 책자를 가져왔다. 이번에는 와이코프 가에 있는 다른 건물을 찾아봤다. 아파트가 네 채 있었는데 그중 하나가 에드워드 코윈 부부에게 임대된 것으로 나와 있었다.

그 정보로 오후를 보냈다. 41번가와 매디슨 애비뉴 사이에 있는 술집에서 나는 커피 한 잔과 버번을 시켜서 커피에 버번을 타고 1달러를 동전으로 바꿨다. 그리고 맨해튼 전화번호부를 뒤졌는데 거기서 에드워드 코윈을 두 명 발견했다. E. J. 코윈과 E. V. 코윈이었다. 여기서 아무런 소득이 나오지 않았을 때 전화번호 안내 서비스를 이용해서 브루클린 목록을 먼저 보고, 그다음에 퀸스와 브롱스와 스태튼 아일랜드를 알아봤다. 내가 걸었던 번호 중 몇 개는 통화 중이어서 마침내 통화가 되기까지 네다섯 번씩 걸어야 했다. 받지 않는 번호들도 있었다.

결국 동전을 더 많이 써서 다섯 개 지역구에 있는 J. 코윈들에게 모두 전화를 해 봤다. 이렇게 전화를 거는 중간에 커피와 버번을 한 잔씩 더 시켜서 마셨다. 별 뚜렷한 수확도 없이 동전을 많이 썼지만, 대부분의 수사라는 게 이런 식이다. 여기저기 파고 다니면, 눈먼 암퇘지라도 가끔씩 도토리를 찾게 되는 법이다. 뭐, 말은 그렇다.

술집을 나왔을 때, 노트에 적었던 전화번호들의 3분의 2에 체크 표시가 돼 있었다. 즉 그 번호로 통화가 됐는데 그 상대가 내가 찾던 코윈이 아니란 표시였다. 그래야 한다면 적절한 때에 나머지도 전화를 해 보겠지만, 별 기대는 되지 않았다. 재니스 코윈은 탁아소를 닫고 아파트에서도 나왔다. 탁아소를 운영하던 와중에 시애틀로 이사를 갔을지도 모를 일이었다. 아니면 남편과 함께 웨스트체스터나 뉴저지나 코네티컷으로 갔거나, 힉스빌에서 테니스 라켓에 가격표를 붙이고 있을지도 모를 일이었다. 인명별 전화번호부나 업종별 전화번호부로 전화를 걸 수 있는 상대도 한계가 있었다.

다시 도서관으로 돌아갔다. 그녀가 언제 해피 아워스 탁아소를 그만뒀는지 알고 있었다. 그 정보는 그 건물 주인에게서 들었다. 탁아소를 그만뒀을 때 남편과 함께 보럼 힐을 떠났던 것일까?

안내 책자를 연도 별로 뒤지다가 코윈 부부가 와이코프 가에 있는 벽돌 건물에서 나온 해를 찾아냈다. 내가 짐작한 타이밍이 맞았다. 그녀가 탁아소를 닫은 건 이사 가기 전의 전주곡이었던 것 같았다. 이 부부는 교외로 갔거나, 아니면 남편 회사 때문에 애틀랜타로 전근을 갔을지도 모를 일이었다. 아니면 헤어져서 각자의 길로 갔던지.

나는 안내 책자를 내려놨는데, 여느 때와 달리 좋은 아이디어가 생각나서 다시 그 책자를 찾으러 갔다. 그 빌딩에는 코윈 부부가 이사 간 지 몇 년이 지난 후에도 계속 살고 있는 입주민이 셋 남아 있었다. 나는 그들의 이름을 노트에 옮겨 적었다.

이번에는 42번가에 있는 술집에서 전화를 걸었는데, 맨해튼 전화번호부는 건너뛰고 곧바로 브루클린 전화번호부를 찾아봤다. 운이 좋아서 곧바로 찾아냈다. 고든 포머런스는 와이코프 가에 있는 건물이 팔렸을 당시 브루클린에 살고 있었다. 그들은 그 뒤에 거기서 조금 떨어진 캐롤 가에서 살고 있었다.

87

포머런스 부인이 전화를 받았다. 나는 이름을 밝히고 코윈 부부와 연락을 하려고 한다고 말했다. 그녀는 즉시 내가 누구 이야기를 하는지 알았지만 연락처는 몰랐다.

"우리도 연락을 하고 지내는 사이가 아니라서. 그 남편은 좋은 사람이었지요, 에드워드 말이에요. 마누라가 나간 후로 아이들을 데리고 우리 집에 저녁을 먹으러 오곤 했는데. 그러다 그 사람도 이사를 가면서 연락이 끊겼어요. 그것도 몇 년 전 일이네요. 새로 이사 간 주소를 가지고 있었던 적은 있는데 이제는 어디로 이사 갔는지도 기억이 안 나요. 캘리포니아였는데. 사우스 캘리포니아."

"하지만 부인이 먼저 나갔단 말인가요?"

"몰랐어요? 마누라가 남편을 버리고 나갔어요. 아이 둘을 남편에게 두고 떠나 버렸죠. 거 뭐시기라는 탁아소를 닫고 나가 버려서, 어느새 남편이 자기 아이들을 돌봐 줄 탁아소를 알아봐야 할 지경이 돼 버렸죠. 이런 말하긴 그렇지만 엄마라는 사람이 자기 새끼들을 버리고 나간다는 건 도저히 상상을 할 수 없네요."

"그 여자분이 어디로 갔을지 아세요?"

"그리니치 빌리지겠죠. 자기 예술을 추구하기 위해서. 뭐 다른 목적들도 있겠지만."

"예술이라고요?"

"그 여자는 자기가 조각가라고 믿더군요. 그 여자 작품은 한 번도 본 적이 없지만 아마 재능이 있을지도 모르죠. 하지만 정말 재능이 있다면 놀라운 일이고. 그 여자는 모든 걸 다 가진 여자였거든요. 좋은 아파트에, 엄청나게 사람 좋은 남편에, 예쁜 아이들도 둘이나 있고. 거기다 하고 있는 사업도 그럭저럭 꾸려 가고 있었고요. 그런데 그걸 다 외면하고 그냥 떠나 버렸잖아요."

나는 승산이 없지만 모험을 한번 해 봤다.

"혹시 바버라 에팅거라고 그 여자 친구를 아십니까?"

"잘 모르겠는데요. 이름이 뭐라고요? 에팅거? 왜 그런지 귀에 익은 이름이네요?"

"바버라 에팅거는 부인이 사시는 곳에서 한 블록 떨어진 곳에서 살해됐습니다."

"우리가 이사 들어오기 직전이군요. 아, 이제 기억나요. 난 당연히 그 여자를 몰라요. 아까 말한 것처럼 우리가 이사 오기 직전에 그 사건이 일어났으니까. 그 여자가 코윈 부부의 친구였나요?"

"그녀는 코윈 부인 밑에서 일했습니다."

"둘이 그렇고 그런 사이였나요?"

"그렇고 그런 사이요?"

"그 살인 사건에 대해 말이 많았어요. 그것 때문에 난 거기로 이사하는 게 불안했죠. 남편과 나는 같은 곳에 번개가 두 번 치진 않을 테니 걱정할 것 없다고 서로 말했지만, 난 그래도 은근히 걱정이 됐답니다. 그러다 그 살인 사건들이 갑자기 멈췄어요, 그렇죠?"

"그렇습니다. 부인은 에팅거 부부는 전혀 모르시나요?"

"몰라요. 아까 말했잖아요."

그리니치 빌리지에 사는 예술가. 조각가라. 연락이 되지 않았던 J. 코윈 중에, 빌리지에 사는 사람이 있었나? 아닌 것 같은데.

내가 말했다.

"혹시 코윈 부인의 처녀적 성을 기억하고 계시나요?"

"기억하냐고요? 애초에 아예 모르고 있었던 것 같은데. 왜요?"
"만약 그 부인이 예술가로서의 길을 추구하고 있다면 처녀적 성을 다시 쓰고 있을지도 모른다는 생각이 들어서요."
"분명 그렇겠죠. 예술가로 일하건 아니건 간에, 그 여자는 다시 자기 이름을 찾고 싶었을 테죠. 하지만 그게 뭔지는 나도 몰라요."
"지금쯤이면 재혼을 했을 수도 있겠군요."
"아, 그러진 않았을 걸요."
"네에?"
"재혼하지 않았을 거라고요."
포머런스 부인이 말했다. 그녀의 목소리에 날이 서 있어서 왜 그런지 궁금해졌다. 나는 왜 그런 말을 하냐고 물었다.
"이런 식으로 표현해 보죠. 조각가건 아니건 그 여자는 아마 그리니치 빌리지에서 살고 있을 겁니다."
"이해가 안 되는데요."
"이해가 안 돼요?" 그녀는 내가 말귀를 못 알아듣자 짜증이 나서 혀를 끌끌 차면서 말했다. "그 여자는 다른 남자 때문에 남편과 자식 둘을 버린 게 아니에요. 다른 '여자'가 있어서 나갔단 소리죠."

재니스 코원의 처녀적 성은 킨이었다. 이 중요한 정보를 알아내기 위해 지하철을 타고 체임버스 가로 가서 기록과 정보 보관 부서의 다양한 사무실들을 몇 시간씩 찾아다녀야 했다. 이 중 대부분의 시간은 서류를 볼 수 있는 허락을 받는데 들어갔다. 계속 토요일엔 출근하지 않는 누군가의 허락을 받아야 했다.

처음에는 결혼 허가서를 찾아보려고 했다가, 소득이 없자 출생증명서쪽으로 시도해 봤다. 포머런스 부인이 코윈 부부의 아이들 이름과 나이를 조금 헷갈려 하긴 했지만, 막내 이름이 켈리고 그 아이 엄마가 집을 나갔을 때 대여섯 살이었다는 건 꽤 자신했다. 알고 보니 켈리는 그때 일곱 살이었고 지금은 열다섯 살이 됐을 것이다. 켈리의 아버지는 에드워드 프랜시스 코윈이고, 엄마의 처녀적 이름은 재니스 엘리자베스 킨이었다.

나는 한 건 해냈다는 쾌감을 느끼며 노트에 이름을 적었다. 이름을 잊어버릴 것 같아서가 아니라 상징적인 의미로 그렇게 했다. 암스트롱에서 찰스 런던과 마주앉아 있을 때보다 바버라 에팅거의 살인범에 한 발짝 더 가까워졌다고는 증명할 수 없었지만, 몇 가지 수사를 했는데 느낌이 좋았다. 수사란 천천히 한 발 한 발 나아가는 일로, 대개는 별 의미가 없는 일이지만, 이 일을 할 때면 평소에는 쓰지 않던 두뇌 근육들을 쓰게 돼서 그런 근육들이 뻐근해지는 게 느껴진다.

거기서 두어 블록 떨어진 곳에서 스팀 테이블(요리를 그릇째 두는 스팀이 통하는 금속제 보온대 — 옮긴이)이 있는 블라니 스톤 펍을 발견했다. 거기서 파스트라미 샌드위치를 먹고 거기다 맥주를 한두 잔 마셨다. 바 위에 커다란 컬러텔레비전이 설치돼 있었다. 화면에 토요일 오후에 방영되는 스포츠 프로그램이 나왔다. 남자들 몇 명이서 물살이 센 개울에서 통나무를 가지고 뭔가 하고 있었다. 그걸 타고 있었던 것 같다. 그 남자들의 그런 수고에 눈길을 주는 손님은 하나도 없었다. 샌드위치를 다 먹었을 때 통나무를 타던 남자들은 사라지고 그 자리에 스톡카(일반 승용차를 개조한 경주용 차 — 옮긴이) 레이싱이 시작됐다. 그걸 보는 사람도 없었다.

나는 다시 린 런던에게 전화했다. 이번에 자동 응답기로 넘어갔을 때는 삐 소리가 날 때까지 기다렸다가 내 이름과 전화번호를 남겼다. 그리고 전화번호부를 확인했다.

맨해튼에는 재니스 킨이 없었다. 첫 머리글자가 J인 킨은 대여섯 명 있었다. 조금 다른 이름들도 많았다. 키인, 켄, 키언. 그걸 보자 오래된 라디오 쇼가 떠올랐다. '미스터 킨, 실종된 사람들을 찾는 추적자.' 킨의 철자가 어떻게 되는지 기억이 안 나네.

나는 J. 킨으로 나와 있는 번호는 다 걸어 봤다. 두 사람은 전화를 받지 않았고, 한 사람은 끈질기게 통화 중이었고, 세 사람은 재니스 킨이란 사람은 모른다고 했다. 통화 중인 사람은 동부 73번가에 살고 있었는데 거긴 보럼 힐에서 이사 온 레즈비언 조각가가 살 만한 곳은 아니라고 판단했다. 난 다시 전화번호 안내 서비스에 전화해서, 다른 네 개의 지역구 전화 안내 서비스에서 했던 것과 똑같은 절차를 거쳐 가려고 결심했지만, 그러다 멈췄다.

그녀는 맨해튼에 있었다. 빌어먹을, 난 그녀가 맨해튼에 있다는 걸 알고 있었다.

나는 맨해튼에 사는 재니스 코윈의 전화번호부를 알려 달라고 하면서 코윈의 철자를 불러 주고 1분 동안 기다렸다. 그랬더니 맨해튼에 그 이름, 그 철자로 나와 있는 번호는 없다고 상담원이 말했다. 나는 전화를 끊었다가, 다시 했더니 이번에는 다른 상담원이 나왔다. 그래서 이번에는 경찰이 전화번호부에 나오지 않은 번호를 알아내려고 할 때 쓰는 수법을 동원했다. 나는 18번 관할 경찰서에 있는 프란시스 피츠로이 형사로 날 소개했다. 나는 18이라고 하지 않고 1-8이라고 했는데, 경찰은 그런 식으로 말하지 않지만 민간인들은 언제나 경찰이 그렇게 한다고 생각하기 때문이다.

나는 그녀의 주소를 알아냈다. 그녀는 리스페나드 가에 살고 있는데, 거기는 조각가에게 완벽하게 어울리는 곳이었고, 내가 있는 곳에서 걸어가기에 그리 멀지 않았다.

내 손에는 동전이 하나 더 있었다. 나는 그 동전을 다시 주머니에 넣고 바로 돌아갔다. 스톡카 레이싱은 끝나고 특집 프로그램이 나왔다. 주니어 미들급 흑인 선수 둘이서 의외의 장소에서 시합을 하고 있었다. 피닉스인 것 같았다. 주니어 미들급이 뭔지 나도 모른다. 사람들이 선수권 대회를 더 많이 열기 위해 무수히 많은 중간 체급들을 만들어서 끼워 넣는 바람에 그렇게 됐다. 통나무 타기와 스톡카 레이싱에는 관심이 없었던 손님들 몇 명이 흑인 소년 둘이서 펀치를 주고받는 걸 보고 있었는데, 그런 일이 자주 있지는 않았다. 나는 앉아서 몇 라운드 지켜보면서 버번을 탄 커피를 마셨다.

그걸 보면 그 여자에게 어떻게 접근해야 할지 생각이 좀 날 것 같아서 그랬다. 나는 책과 파일과 전화선을 통해 그녀의 흔적을 쫓고 있었다. 마치 그녀가 바버라 에팅거 살인 사건의 비밀이라도 쥐고 있는 것처럼. 잘은 모르겠지만 그녀에게 바버라 에팅거는 아이들이 놀다 싫증났을 때 알파벳 블록들을 치워 놓은, 얼굴도 기억나지 않는 직원에 지나지 않을 텐데 말이다.

아니면 그녀가 바버라의 절친이었을지도 모른다. 아니면 연인이었을지도 모르고. 포머런스 부인이 했던 질문이 떠올랐다. '그 여

자가 코원 부부의 친구였나요? 둘이 그렇고 그런 사이였나?'

어쩌면 그녀가 바버라를 죽였을 것이다. 둘이 그날 탁아소를 같이 조퇴했을 수도 있을까? 그럴 공산이 있을지 모르는 건 고사하고, 그게 가능하기나 한가?

나는 시간 낭비를 하고 있었고 나도 그걸 알고 있었지만 어쨌든 잠시 그렇게 있었다. 텔레비전에서는, 흰색 줄무늬 트렁크를 입은 소년이 마침내 잽을 쓰면서 오른손으로 훅을 날리기 시작했다. 몇 라운드 안 남은 상황에서 그 소년이 상대를 이길 것 같아 보이진 않았지만, 판정에선 확실히 우세할 것 같았다. 그는 상대의 진을 빼면서 맹공을 퍼붓고 있었다. 왼손으로 잽을 넣고, 오른손으로 상대의 갈비뼈에 훅을 날리고 있었다. 상대 선수는 효과적으로 수비할 방법을 찾지 못하는 것 같았다.

난 둘 다 어떤 기분일지 알고 있었다.

더글라스 에팅거를 생각했다. 그리고 그가 아내를 죽이지 않았다고 판단하고, 내가 어떻게 그걸 아는지 알아내려고 애를 쓰다가 재니스 코원이 맨해튼에 사는 걸 알고 있었던 것처럼 그가 살인을 저지르지 않았다는 걸 안다고 결론을 내렸다. 그냥 종교적 영감을 받았다고 생각하기로 하자.

에팅거의 말이 맞았다고 나는 결론을 내렸다. 루이스 피넬이 바버라 에팅거를 죽였다. 다른 일곱 명의 여자를 죽인 것처럼. 바버라는 어떤 미치광이가 자기를 스토킹하고 있다고 생각했는데 그 짐작이 옳았던 것이다.

그렇다면 그녀는 왜 그 미치광이를 집 안으로 들였던 걸까?

10라운드에, 갈비뼈를 사정없이 두들겨 맞던 소년이 남아 있던 힘을 모아 몇 가지 수를 선보였다. 그 선수는 줄무늬 트렁크 선수를 휘청거리게 만들었지만, 그 휘몰아치는 공격만으로는 그 판을 끝낼 수 없었고, 줄무늬 트렁크 선수가 끝까지 버텨서 판정승을 거뒀다. 관중이 야유를 퍼부었다. 그 사람들은 대체 무슨 시합을 보고 있다고 생각했는지 모를 일이다. 블라니 스톤에서 시합을 보고 있던 사람들은 그렇게 감정적으로 몰입하지 않았다.

그러거나 말거나. 난 가서 전화를 걸었다.

전화벨이 너덧 번 울리고 나서 그녀가 받았다. 내가 말했다.
"재니스 킨 씨 부탁드립니다."
그러자 그녀가 자기가 재니스 킨이라고 말했다.
내가 말했다.
"저는 매튜 스커더라고 합니다. 킨 씨. 몇 가지 물어보고 싶은 게 있는데요."
"네에?"
"바버라 에팅거라는 여자에 대해서요."
"맙소사." 잠시 침묵이 흘렀다. "바버라에 대해서 뭘요?"
"전 그분의 죽음에 대해 조사하고 있습니다. 댁에 가서 이야기를 좀 하고 싶은데요."
"바버라의 죽음을 조사하고 있다고요? 그건 아주 오래전 일이에요. 10년은 됐을 거라고요."
"9년입니다."
"범인을 잡을 때까지 절대 포기하지 않는 건 캐나다 기마 경찰관이라고 생각했는데. 뉴욕 경찰이 그렇게 끈질기다는 소리는 한 번도 못 들어 봤는데. 당신 경찰인가요?"

나는 그렇다고 막 대답하려다, 그만 이렇게 말하고 말았다.

"예전에 경찰이었습니다."

"그럼 지금은 뭔가요?"

"일개 시민이죠. 전 찰스 런던을 위해 일하고 있습니다. 에팅거 씨 부친이죠."

"맞아요. 바버라의 처녀적 성이 런던이었죠."

전화상으로 들리는 그녀의 목소리는 듣기 좋았다. 저음에 쉰 것 같은 목소리였다.

"왜 지금 수사를 시작하는지 이해가 안 되네요. 제가 대체 뭘 도울 수 있죠?"

"그건 아무래도 만나서 설명할 수 있을 것 같은데요. 전 지금 댁에서 몇 분 거리에 있습니다. 가도 괜찮을까요?"

"이런. 오늘이 무슨 요일이죠, 토요일? 그리고 몇 시예요? 계속 작업을 하고 있었는데 그럴 때는 시간 가는 것도 잊어버리거든요. 지금 6시 같은데. 맞아요?"

"그렇습니다."

"난 뭐 좀 먹어야겠어요. 그리고 씻기도 해야 하고. 한 시간 정도 여유를 주세요, 알았죠?"

"7시에 찾아뵙겠습니다."

"주소는 아시나요?"

나는 전화번호 안내원에게서 받은 주소를 읽었다.

"맞아요. 우리 집은 처치와 브로드웨이 사이에 있어요. 먼저 벨을 울리고 모퉁이에 서 계세요. 내가 당신을 볼 수 있게. 열쇠를 밑으로 던질게요. 벨은 두 번 길게, 세 번 짧게 누르고. 알았죠?"

"두 번 길게, 세 번 짧게."

"그럼 당신이 벨을 눌렀다는 걸 내가 알겠죠. 지금은 당신 목소리만 들어서 아무것도 모르니까. 이 번호는 어떻게 알아냈죠? 전화번호부에 등록을 안 했는데."

"전에 경찰이었습니다."

"그렇다. 아까 그렇게 말했죠. 그럼 번호 등록 안 한 게 아무 의미가 없겠네, 안 그래요? 이름이 뭐라고요?"

"매튜 스커더입니다."

그녀는 내 이름을 다시 불러봤다. 그리고 말했다.

"바버라 에팅거라. 아, 그 이름을 들으니 다시 옛날 생각이 나네요. 아무래도 이 전화를 받은 걸 후회하게 될 것 같아. 할 수 없지, 스커더 씨. 한 시간 뒤에 봐요."

8장

리스페나드 가는 카날 가에서 한 블록 밑에 있어서 트라이베카라는 지구 안에 들어간다. 트라이베카는 운하 밑에 있는 삼각형의 머리글자만 딴 지질학적 용어로, 소호가 휴스턴 가의 남쪽의 머리글자만 떼서 만든 단어와 같다. 예술가들이 빌리지 남쪽에 있는 블록들로 이사 오기 시작하던 때가 있었다. 그들은 주택법규를 어기고 널찍하고 저렴한 로프트(공장이나 농장 건물의 위층—옮긴이)에 살았다. 그 후로 관련 법규가 바뀌어서 로프트에서 살 수 있는 허가가 나왔고 소호가 세련되고 비싼 동네로 바뀌면서 로프트를 찾는 사람들이 훨씬 더 남쪽인 트라이베카로 갔다. 여기 집세도 이제는 싸지 않지만, 거리에는 10년이나 12년 전의 소호에서 느껴지던 그런 황폐한 분위기가 풍겼다.

불이 환하게 켜진 거리 쪽으로만 계속 걸어갔다. 나는 건물이 아닌 연석 가까이 붙어서 걸었고, 최선을 다해 빨리 움직이면서 바짝 경계하고 있다는 인상을 팍팍 풍겼다. 이런 텅 빈 거리에서는 사람들과 충돌하는 건 쉽게 피할 수 있다.

재니스 킨의 주소로 가 보니 6층짜리 로프트 건물로, 좀 더 높고, 널찍하고 현대적인 두 건물 사이에 끼어 있는 좁은 건물이었다. 갑갑해 보이는 모양새가 마치 혼잡한 지하철에 서 있는 키 작은 남자 같았다. 바닥에서 천장까지 난 창문들이 각 층의 앞쪽에 있었다. 1층에는, 주말이라 셔터를 내린 배관공의 작업도구들을 파는 도매상이 있었다.

밀실 공포증이 생길 것같이 좁은 복도로 들어가, 킨이라는 이름이 붙은 벨을 찾아서, 두 번 길게 세 번 짧게 눌렀다. 그리고 밖의 보도로 가서 연석에 서서 위쪽 창문들을 올려다봤다.

그녀가 그 창문 중 하나에서 아래를 내려다보며 내 이름을 물었다. 햇빛 때문에 눈이 부셔서 아무것도 볼 수 없었다. 내가 이름을 대자, 뭔가 작은 것이 휙 소리와 함께 공기를 가르며 내려와 내 옆에 있는 바닥에 쨍그랑 소리를 내며 떨어졌다.

"5층이에요. 엘리베이터가 있어요."

그녀가 말했다.

정말 엘리베이터가 있었는데, 그랜드 피아노 한 대가 들어갈 수 있을 정도로 컸다. 그 엘리베이터를 타고 5층에서 내리니 널찍한 로프트가 나왔다. 실내에는 식물이 많았는데, 모두 짙은 초록색으로 무성하게 자랐지만 상대적으로 가구라고 할 만한 것이 별로 없었다. 로프트 문은 오크 목재로, 광을 내서 윤기가 자르르 흘렀다. 벽은 노출된 벽돌이었다. 머리 위에 달린 트랙 조명(조명 장치를 천장, 벽 등의 레일에 달아 이동시키는 방식 — 옮긴이)이 방을 비추고 있었다.

그녀가 말했다.

"시간 맞춰서 오셨네요. 집이 지저분하긴 하지만 사과하진 않겠어요. 커피 있는데."

"번거롭지 않다면."

"전혀요. 저도 한 잔 마실 건데요. 앉아 계실 곳으로 안내해 드리고 제대로 대접을 하죠. 우유나 설탕은요?"

"그냥 블랙으로 주십시오."

그녀는 추상적인 디자인의 털이 긴 양탄자 주위로 의자 한 쌍과 소파가 있는 곳에 날 놔두고 갔다. 2.5미터 정도 높이로 천장 절반 정도까지 올라간 책장 두 개가 이 공간과 로프트 나머지 공간을 구분해 주고 있었다. 나는 창가로 걸어가서 아래 리스페나드 가를 내려다봤지만 별로 볼 것도 없었다.

방에 조각이 한 점 있어서 내가 그 앞에 서 있을 때 그녀가 커피를 가지고 돌아왔다. 그것은 여자의 두상이었다. 조각의 머리카락 한 올 한 올이 모두 뱀이었고, 광대뼈가 툭 튀어나오고 이마가 넓은 그 얼굴에는 말로 표현할 수 없는 실망이 서려 있었다.

"그건 내 메두사예요. 눈은 보지 말아요. 눈이 마주치는 남자는 돌로 변하니까."

"아주 근사한데요."

"고마워요."

"아주 실망한 표정이에요."

"그게 특징이죠." 그녀도 동의했다. "작품을 끝내기 전까지는 나도 몰랐는데, 그다음에서야 봤어요. 보는 눈이 있으시네요."

"어쨌든, 실망을 알아보는 눈은 있죠."

재니스는 매력적인 여자였다. 중키에, 요즘 유행하는 기준을 엄밀히 적용해 보면 조금 살집이 있는 몸매였다. 그녀는 색이 바랜 리바이스 청바지에 회색이 도는 청색 샤모아(부드럽고 두꺼운 면직 — 옮긴이) 셔츠를 팔꿈치까지 걷어서 입고 있었다. 얼굴형은 하트 모양이었고, V자형 머리선 때문에 얼굴 윤곽이 한층 도드라져 보였다. 군데군데 흰머리가 난 짙은 갈색 머리카락은 거의 어깨까지 늘어져 있었다. 큰 회색 눈의 간격은 적당했고, 눈썹에 살짝 바른 마스카라가 유일한 화장이었다.

우리는 직각으로 놓인 의자에 앉아 서로를 마주 보고 나무 몸통 위에 슬레이트 한 장을 깔아서 만든 테이블 위에 커피 잔을 올려놨다. 그녀가 자기 주소를 찾느라 힘들었냐고 물어서 나는 아니라고 대답했다. 그러자 그녀가 말했다.

"그럼 바버라 에팅거에 대해 이야기를 해 볼까요? 오랜 시간이 지났는데 왜 바버라에게 관심을 가지는지 그 이유부터 시작하는 편이 좋을 것 같군요."

그녀는 루이스 피넬이 체포됐다는 언론 보도를 놓쳤다. 얼음송곳 살인자가 잡혔다는 걸 모르고 있어서, 그녀가 예전에 데리고 있던 직원이 다른 사람에게 살해됐다는 것 역시 모르고 있었다.

"그러니까 당신은 그 사건이 일어난 후 처음으로 동기를 가진 살인범을 찾고 있는 거군요. 그때 그걸 찾았더라면······."

"훨씬 더 쉬웠을지도 모르죠. 그래요."

"이제는 외면하기도 훨씬 더 쉬울지 모르죠. 바버라의 아버진 기억이 안 나요. 살인 사건이 일어나기 전이 아니라도 분명 그 후에는 만났을 텐데. 전혀 생각나는 게 없네요. 바버라의 여동생은 기억나요. 만나 본 적 있어요?"

"아직 안 만났습니다."

"지금은 어떤지 모르겠지만, 그때는 건방지고 싸가지 없다는 느낌을 받았어요. 하지만 잘 모르는 사람인 데다, 어쨌든 9년 전 일이니까 모르죠. 계속 그 말을 하게 되네요. 모든 게 9년 전이란 말."

"바버라 에팅거는 어떻게 만났습니까?"

"동네에서 오다가다 우연히 만났어요. 그랜드 유니언에서 쇼핑하고, 신문을 사러 과자 가게(청량음료, 담배, 신문도 팖—옮긴이)에 가고. 그런 식으로 마주쳤을 때 내가 탁아소를 한다고 말했나 봐요. 어쩌면 다른 사람에게 들었을 수도 있고. 어떻게 알았든, 바버라가 어느 날 아침 우리 탁아소에 와서 직원이 필요한지 묻더군요."

"그래서 그 자리에서 채용했습니까?"

"내가 월급은 많이 못 준다고 했어요. 그 탁아소는 간신히 경비를 내는 수준이었거든요. 난 어리석은 이유로 탁아소를 시작했죠. 집 근처에 어린이집이 없었는데, 내 아이들을 떠넘길 곳이 필요했거든요. 그래서 파트너를 한 명 찾아서 같이 해피 아워스를 열었는데, 내 아이들을 떠넘기기는커녕 내 아이들뿐만 아니라 남의 집 아이들까지 내가 보고 있더라고요. 물론 내 파트너는 임대 계약서에 잉크가 마를 무렵에 제정신이 돌아와서 발을 뺐고 나

혼자 꾸려 가고 있었죠. 난 바버라에게 일손이 필요하긴 하지만 월급을 줄 여력이 없다고 했죠. 그랬더니 바버라가 무엇보다 자기에게 필요한 건 할 일이고, 돈도 조금 받겠다고 하더군요. 월급을 얼마나 줬는지 잊어버렸는데 얼마 안 됐어요."

"일은 잘했나요?"

"일이야 뭐 기본적으로 아이 보는 거니까. 그런 일을 잘해 봤자 얼마나 잘 하겠어요." 그녀는 한동안 생각했다. "기억이 잘 안 나요. 9년 전이면 나는 그때 스물아홉 살이었고, 바버라는 나보다 몇 살 어렸는데."

"그녀는 스물여섯 살에 죽었습니다."

"맙소사, 그렇게 많은 나이도 아닌데, 그렇죠?" 그녀는 눈을 감고, 그 죽음에 소스라쳤다. "바버라는 큰 도움이 됐어요. 일도 그 정도면 잘했던 것 같아요. 대체로 일을 즐겼던 것 같고. 전체적으로 자기 삶에 좀 더 만족했다면 더 즐겼겠죠."

"자기 삶에 만족하지 못했나요?"

"그게 맞는 말인지 모르겠어요." 재니스는 자기가 만든 메두사로 시선을 돌렸다. "실망했다고 해야 하나? 바버라의 삶이 자기가 생각했던 그런 삶은 아니란 느낌을 받았죠. 모든 게 괜찮았어요. 남편도 괜찮았고, 아파트도 괜찮았지만, 바버라는 괜찮은 것 이상을 바랐는데 그걸 가지지 못했죠."

"다른 사람은 바버라 씨를 가만있지 못하는 성격이라고 표현하던데요."

"가만있지 못한다." 재니스는 그 말을 천천히 곱씹었다. "그 말이 잘 맞는 것 같아요. 물론 그때는 여자가 가만있지 못할 때였죠. 성적 역할이란 게 분명하게 정해지지 않아서 상당히 혼란스러웠을 때니까."

"지금도 여전히 그렇지 않나요?"

"아마 앞으로도 항상 그렇겠죠. 하지만 내 생각에 그때보다는 지금이 훨씬 더 안정된 것 같아요. 하지만 바버라는 가만있지 못했어요. 확실히 초조해했죠."

"결혼 생활이 실망스러웠나요?"

"결혼이란 게 대부분 그렇지 않나요? 둘이 끝까지 잘 살았을 거라고는 생각하지 않지만, 그거야 모르는 거죠. 안 그래요? 그 사람은 아직도 사회 복지사로 일하고 있나요?"

나는 더글라스 에팅거의 근황에 대해 전해 줬다.

"난 그 사람을 잘 몰라요. 바버라는 남편이 자기보다 못한 사람이라고 느끼는 것 같았어요. 적어도 나는 그런 인상을 받았어요. 그의 배경이 바버라보다 처졌어요. 바버라가 갑부 집안에서 태어난 건 아니지만, 교외에서 제대로 된 유년기를 보내면서 비싼 학교에 다녔던 것 같던데. 남편은 근무 시간도 긴 데다 장래성도 없는 직장에 다녔죠. 그리고 맞아요, 그 남자에겐 나쁜 점이 하나 있었어요."

"그게 뭐죠?"

"바람을 피우고 다녔죠."

"정말 그랬습니까? 아니면 바버라 씨가 그냥 그렇게 생각한 겁니까?"

"그 남자가 내게 치근거렸어요. 아, 뭐 그렇게 심각한 건 아니었고. 그냥 가볍게 즉흥적으로 그런 거죠. 난 별로 관심이 없었고요. 그 남자는 다람쥐처럼 생겼어요. 그 남자가 수작을 걸어도 으 쓱한 기분도 들지 않았고. 그런 짓을 많이 하고 다닌다는 감이 오 더라고요. 그리고 내가 빼어난 미인도 아니니까요. 물론, 바버라에 게는 아무 말도 하지 않았지만, 바버라에겐 나름 증거가 있었어 요. 한번은 바버라가 파티에서 부엌에 갔다가 그 집 안주인과 자 기 남편이 애무하고 있는 현장을 잡은 적이 있었죠. 그리고 그 사 람이 자기가 맡은 복지 수혜자들과 잔다는 짐작이 들었어요."

"바버라 씨랑은요?"

"아내와도 잠자리는 했겠죠. 그것까진 나도 잘……."

"바버라 씨도 다른 사람과 바람을 피우고 있었나요?"

그녀는 몸을 앞으로 기울여서 커피 잔을 쥐었다. 손이 여자치 고는 큰 편이었고, 손톱은 짧게 깎여 있었다. 긴 손톱으로는 조각 같은 건 할 수 없겠지.

그녀가 말했다.

"내가 바버라에게 주는 월급은 얼마 안 됐어요. 말이 월급이지 월급이라고도 할 수 없는 정도죠. 내 말은, 고등학생이 아이를 봐 주는 시급도 그보단 많아요. 그렇다고 바버라가 그런 고등학생처 럼 냉장고를 털어가는 것도 아니고. 그러니까 바버라가 조퇴를 하 고 싶다면, 언제든 맘대로 했죠."

"조퇴를 자주 했나요?"

"그렇게 자주는 아니었지만, 가끔 오후에 반찬을 내거나 몇 시 간 비울 때면 치과 가는 것보다는 더 흥미로운 용무가 있을 거라 는 느낌을 받았어요. 여자들은 애인을 만나러 갈 때는 분위기부 터 확 달라지거든요."

"살해되던 날 그런 분위기를 풍겼나요?"

"9년 전에 그 질문을 했더라면 좋았을 텐데. 그러면 기억이 훨씬 더 잘 났을 텐데 말이죠. 그날 바버라가 일찍 나갔다는 건 알지만 자세한 건 기억이 전혀 안 나요. 바버라가 애인을 만나러 갔는데 그 애인에게 살해됐다고 생각해요?"

"지금으로선 뭐 특별하게 생각하는 건 없어요. 남편 말로는 부인이 얼음송곳 살인자 때문에 불안해했다고 해서."

"난 그런 생각…… 잠깐만요. 그 후에, 바버라가 죽은 후에 그 생각을 했던 기억이 나요. 도시에 사는 게 위험하다고 바버라가 이야기했던 거. 바버라가 얼음송곳 살인자에 대해 특별히 뭔가 말했는지는 모르겠지만, 누군가 자기를 지켜보고 있거나 따라다니는 것 같은 느낌을 받았다는 말을 했어요. 그때 바버라가 자신이 죽을 걸 예감했구나, 그렇게 해석했죠."

"어쩌면 그랬을지도 모르죠."

"아니면 정말로 누군가 바버라를 지켜보면서 미행했을지도 모르고. 왜 그런 말 있잖아요? '편집증 환자들에게도 적이 있다.' 어쩌면 바버라가 정말 뭔가 감지한 건지도 모르죠."

"바버라 씨는 낯선 사람을 아파트로 들일 사람인가요?"

"그때 나도 그게 궁금했어요. 바버라가 처음부터 낯선 사람을 경계하고 있었다면……."

그녀는 말을 하다 말았다. 나는 왜 그러냐고 물었다.

"아무것도 아니에요."

"난 낯선 사람인데 당신은 날 아파트에 들였죠."

"여긴 아파트가 아니라 로프트예요. 그게 그거지만. 난……."

나는 지갑을 꺼내서 우리 둘 사이에 있는 테이블 위에 툭 던지며 말했다.

"지갑 안에 보면 신분증이 있어요. 거기 나온 이름과 내가 전화로 말한 이름이 같을 겁니다. 그리고 사진이 나온 것도 있을 텐데."

"그러지 않아도 돼요."

"어쨌든 한번 봐요. 살해될까 봐 겁내는 사람에게선 쓸모 있는 정보가 나오지 않아요. 그 신분증만으로 내가 강간범이나 살인범이 아니란 걸 증명이 되진 않지만, 강간범과 살인범은 대개 범행을 저지르기 전에 자기 본명을 알려 주진 않죠. 어서, 지갑 열어 봐요."

그녀는 지갑 안을 재빨리 살펴보고, 다시 내게 건네줬다. 나는 지갑을 다시 주머니에 넣었다.

"사진이 참 못 나왔네요. 하지만 본인 사진인 건 확실하네요. 바버라가 낯선 사람을 아파트에 들일 것 같진 않아요. 연인이라면 당연히 들어오게 하겠지만. 남편이나."

"남편이 죽였다고 생각합니까?"

"부부들은 항상 서로 죽이잖아요. 가끔은 결혼한 지 50년이 지나서 죽이는 부부도 있고."

"애인이 누구였을지 혹시 생각나는 사람 있어요?"

"한 사람이 아니었을지도 몰라요. 이건 그냥 짐작이지만, 바버라는 다양한 남자와 실험을 해 보고 싶은 욕구가 있었을 수도 있죠. 거기다 임신을 했으니 안전했을 테고."

재니스가 웃음을 터트렸다. 나는 뭐가 그렇게 웃기냐고 물었다.

"바버라가 어디서 남자를 만났을까 생각해 보던 중이었어요.

아마 이웃이거나, 남편과 함께 사교 모임에서 만난 부부였을 수도 있고. 직장에서 남자를 만날 수 있는 건 아니잖아요. 우리 탁아소에도 남자는 엄청 많았지만, 불행하게도 여덟 살이 넘는 남자는 없었으니까."

"가능성이 없는 곳이었군요."

"다만 꼭 그런 것도 아니에요. 가끔 아빠들이 아침에 아이들을 데리고 오거나, 퇴근한 후에 데려가는 경우도 있었으니까. 우리 탁아소보다 바람피우기 더 좋은 장소들도 물론 많지만, 아이들을 데리러 왔다가 내게 추근대는 아빠들이 있었으니까, 바버라에게도 그런 일이 있었을 거예요. 바버라는 아주 매력적이었거든요. 그리고 일하러 올 때 몸매를 가리는 옷차림을 하는 타입도 아니고. 바버라는 몸매가 좋았는데 그런 몸매를 한껏 과시할 수 있게 입고 다녔죠."

그런 식으로 대화가 조금 더 흘러가면서 난 질문을 하는 요령을 터득했다. 내가 말했다.

"당신과 바버라 에팅거는 연인이었습니까?"

나는 그녀의 눈을 보면서 그 질문을 했는데, 순간 그녀의 눈이 휘둥그레 커졌다. 그녀가 내뱉었다.

"세상에."

나는 그녀의 충격이 가시기까지 기다렸다.

"대체 어디서 그런 질문이 나왔나 궁금하네요. 누가 우리 둘이 연인이었다고 말했어요? 아니면 내가 한눈에 봐도 레즈비언으로 보이나요?"

"당신이 다른 여자가 있어서 남편을 떠났다는 이야기를 들었습니다."

"뭐, 비슷하네요. 내가 남편을 떠난 이유는 30가지도 넘지만. 그리고 남편을 떠난 후 처음 '관계를 맺은' 사람이 여자였으니까. 그 이야긴 누구에게 들었어요? 더글라스 에팅거는 아닐 테고. 그 사람은 그런 일이 일어나기 전에 이사 나갔으니까요. 그 전에 누군가에게 이야기했다면 몰라도. 어쩌면 더글라스와 내 전 남편이 만나서 둘이 서로의 어깨에 기대 엉엉 울면서 여편네들이란 하나도 쓸모가 없다고, 송곳에 찔려 죽거나 바람이 나서 나가 버렸다고 하소연을 했을지도 모르고. 더글라스에게 들었나요?"

"아뇨. 와이코프 가에 있는 당신 아파트와 같은 동에 살던 여자에게서 들었어요."

"같은 아파트 여자라고요. 아, 메이지가 분명해! 아, 그 이름이 아닌데. 잠깐만요. 미치! 미치 포머런스였어. 맞나요?"

"성만 듣고 이름은 못 들었습니다. 전화 통화만 해서."

"키 작은 미치 포머런스. 그 부부 아직도 같이 살아요? 물론 아직 같이 살겠죠. 남편이 떠나지 않는 한, 그 여자가 가정을 버리는 일은 없을 테니까. 그 여자는 자기 결혼 생활이 천국이라고 주장하죠. 그게 겉으로 드러나려고 하는 모든 부정적인 감정을 체계적으로 부인하는 것이라고 해도 말이죠. 우리 아이들을 보러 그 아파트로 돌아갈 때 가장 끔찍했던 건 바로 계단에서 마주칠 때 그 멍청한 여자의 얼굴에 떠오른 표정이었어요." 그녀는 한숨을 쉬면서 그 기억에 고개를 저었다. "바버라와 난 아무 사이도 아니었어요. 이상하게도 에드워드와 헤어지기 전에는 난 남자건 여자건 누구와도 바람을 피운 적이 없어요. 그리고 헤어진 후로 만난 여자가 태어나서 처음으로 잠자리를 한 여자고."

"하지만 당신은 바버라 에팅거에게 끌렸죠."

"내가 그랬을까요? 바버라가 매력적이라는 건 나도 의식하고 있었어요. 그렇다고 그걸 끌렸다고 할 순 없죠. 내가 바버라에게 분명 끌렸을까?"

그녀는 곰곰이 생각했다.

"어쩌면 그럴지도 몰라요." 그녀는 수긍했다. "의식적으로 그런 건 아니지만. 그리고 여자랑 자는 게 흥미로울지도 모르겠다는 가능성을 고려해 보기 시작했을 땐 특별히 맘에 두는 여자가 있진 않았어요. 사실, 바버라가 살아 있을 때는 그런 환상을 품을 생각조차 안 했으니까."

"전 그런 개인적인 질문을 해야 합니다."

"사과할 필요 없어요. 제기랄, 미치 포머런스. 내 장담하는데 그 여자 지금쯤은 새끼 돼지처럼 뚱뚱해져서 굴러다닐 거야. 하지만 그 여자랑은 통화만 했다고 했죠?"

"그렇습니다."

"아직도 같은 아파트에 살고 있나요? 분명 그러겠지. 쫓아낸다고 나갈 사람들도 아니니."

"쫓겨났어요. 어떤 사람이 그 아파트를 사서 단독주택으로 개조했습니다."

"그 사람들 병났겠군요. 그 동네에 아직도 살고 있나요?"

"그런 셈이죠. 지금은 캐롤 가에서 살고 있어요."

"뭐, 둘이 행복하길 빌어요. 미치와 고든."

그녀는 몸을 앞으로 숙여 회색 눈동자로 내 얼굴을 찬찬히 뜯어봤다.

"당신 술 마시죠. 그렇죠?"

"뭐라고요?"

"당신 주정뱅이잖아요, 안 그래요?"

"뭐, 술 마시는 남자라고 불러도 될 것 같군요."

그 말은 내가 듣기에도 어색했다. 잠시 침묵이 흐르다가 그녀의 크고 풍부한 웃음소리가 울려 퍼졌다.

"'뭐, 술 마시는 남자라고 불러도 될 것 같군요.' 그거 참 멋진 표현인데요. 그럼 난 술 마시는 여자라고 불러 주세요, 스커더 씨. 사람들은 그보다 더 심한 호칭으로 날 불러 왔죠. 거기다 오늘은 길고도 건조한 날이었어요. 우리 한잔할까요?"

"괜찮은 생각이네요."

"뭐로 마실까요?"

"버번 있습니까?"

"없을 것 같은데." 바는 책장 뒤에 있는 한 쌍의 미닫이 문 뒤에 있었다. "스카치나 보드카 중에 골라요."

"스카치."

"얼음? 물? 뭘 넣을까요?"

"아무것도 넣지 말고요."

"신이 주신 그대로 말이죠?"

재니스는 절반쯤 채운 록 글라스(위스키나 칵테일을 온더록스 스타일로 마실 때 사용하는 잔 — 옮긴이) 두 개를 들고 돌아왔다. 하나는 스카치, 하나는 보드카였다. 그녀는 내게 스카치를 주고, 자신의 잔 속을 들여다봤다. 건배를 할 말을 생각하려고 애를 쓰는 것 같았지만, 생각이 나지 않는 모양이었다.
"아, 아무렴 어때."
그녀는 그렇게 말하고 술을 들이켰다.

"누가 바버라를 죽였다고 생각해요?"
"아직 뭐라고 하긴 일러요. 내가 아직까지 들어 보지 못한 사람일 수도 있고, 아니면 피넬일 수도 있어요. 그자와 10분 정도 만나 봤음 좋겠는데."
"당신이 피넬의 기억을 되살릴 수 있을 것 같아요?"
나는 고개를 저었다.
"만나 보면 어떤 사람인지 감을 잡을 수 있을 것 같아서. 수사의 대부분은 직감이에요. 사소한 점들을 모으고 여러 사람에게서 받은 인상들을 흡수하다 보면, 나도 모르는 사이에 해답이 마음속에 팍 떠오르죠. 셜록 홈즈와는 달라요. 적어도 나는 그랬어요."
"수사를 하는데 신통력도 들어가는 것처럼 말하네요."
"뭐, 난 손금도 볼 줄 모르고 앞을 내다볼 수도 없어요. 하지만 어쩌면 그런 게 있을지도 모르죠."
나는 스카치를 조금씩 마셨다. 스카치에는 약 같은 맛이 났지만 보통 그런 것처럼 별로 신경 쓰이진 않았다. 이 스카치는 평소에 마시는 것보다 도수가 훨씬 높고 진하며 피트향이 강하게 났다. 티처스 스카치란 생각이 들었다.
"다음에는 십스헤드 베이에 가 보려고요."
"지금요?"

"내일. 거기서 네 번째 얼음송곳 살인 사건이 일어났어요. 바버라 에팅거를 두렵게 한 사건이기도 하고."

"당신은 같은 사람이……."

"루이스 피넬이 십스헤드 베이 사건을 저질렀다고 인정했어요. 물론 그것만으로는 아무것도 입증되지 않아요. 거기 왜 가 보고 싶은지는 나도 모르겠어요. 현장에서 시체를 봤던 사람과 이야기를 해 보고 싶어서 그런가 봅니다. 그 살인 사건들의 신체적 세부 사항에서 언론에 보도되지 않은 점들이 있어요. 그런데 그 점들이 바버라 살인 사건에 그대로 재현됐죠. 하지만 완벽하게 재현된 게 아니라 조금 달라서, 다른 브루클린 살인 사건들에도 유사한 점이 있는지 알고 싶어서."

"만약 그런 게 있다면, 그걸로 뭐가 입증되죠? 그때 두 번째 살인자가 있었다고, 브루클린에서만 활동한 미치광이가 있었다고?"

"그리고 편리하게도 두 건의 살인만 저지르고 멈춘 사람. 그럴 가능성도 있어요. 그렇다고 해도 바버라를 살해할 동기가 있는 사람이 배제되지도 않고. 예를 들어 남편이 바버라를 죽이기로 결심했다고 쳐요. 하지만 얼음송곳 살인자가 아직 브루클린에 오지 않았다는 사실을 깨닫고, 먼저 십스헤드 베이에 있는 알지도 못하는 사람을 죽여서 패턴을 만드는 거죠."

"사람들이 그런 짓도 하나요?"

"누구나 한 번쯤 하지 않았던 일을 상상하는 건 불가능해요. 어쩌면 누군가가 십스헤드 베이에 있는 여자를 죽일 동기가 있었어요. 그런데 그는 그 살인이 브루클린에서는 그런 종류의 유일한 살인으로 주목을 받게 될까 봐 걱정해요. 그래서 바버라를 죽인 거죠. 아니면 그건 그냥 구실일 수도 있고. 어쩌면 첫 번째 살인을 자신이 즐겼다는 걸 깨닫고 두 번째 살인을 한 걸지도 모르죠."

"맙소사." 그녀는 보드카를 마셨다. "그 신체적 세부 사항이라는 게 뭐예요?"

"알고 싶지 않을 겁니다."

"끔찍한 진실에서 가냘픈 여자를 보호해 주겠다, 뭐 이건가요?"

"피해자들은 눈을 찔렸어요. 범인이 얼음송곳으로 안구를 그대로 찔렀죠."

"세상에. 그런데 그…… 아까 뭐라고 했죠? 완벽한 재현이 아니라고요?"

"바버라 에팅거는 한쪽 눈만 찔렸어요."

"윙크처럼." 그녀는 오랫동안 앉아 있다가, 자신의 잔을 내려다보더니 비어 있는 걸 알아챘다. 그녀는 바로 갔다가 술병 두 개를 들고 돌아왔다. 그리고 자기 잔과 내 잔을 채운 후에 술병을 슬레이트 테이블 위에 놔뒀다. "그자가 왜 그런 짓을 했는지 궁금하군요."

"그래서 피넬을 만나 보고 싶기도 해요. 물어보려고."

우리의 대화는 이렇게 저렇게 바뀌었다. 어느 순간에 재니스는 날 매트라고 불러야 할지 아니면 매튜라고 불러야 할지 물었다. 난 상관없다고 대답했다. 그녀는 내가 자길 재니스가 아니라 잰이라고 부르면 불쾌하다고 대답했다.

"살인 용의자를 이름으로 부르는 게 불편하지 않다면 말이죠."

경찰로 일할 때 용의자들의 이름을 부르는 법을 터득했다. 그렇게 성이 아닌 이름으로 부르면 경찰이 심리적으로 어느 정도 우위에 서게 된다. 난 그녀는 용의자가 아니라고 대답했다.

"난 그날 오후에 해피 아워스에 계속 있었어요. 물론 이렇게 오랜 시간이 지났으니 그걸 증명하긴 어렵겠지만. 그 당시에는 쉬웠겠죠. 혼자 사는 사람들은 알리바이를 대기가 훨씬 힘들겠어요."

"여기서 혼자 살아요?"

"고양이들을 논외로 치면 그렇죠. 고양이들은 어딘가 숨어 있어요. 낯선 사람들에게는 가까이 오지 않죠. 고양이들에게 신분증을 보여 줘 봤자 별 감동도 받지 못할 거고."

"진정한 강경주의자들이군요."

"그렇죠. 난 항상 혼자 살았어요. 에드워드를 떠난 후로. 사귄 사람들은 있었지만 항상 혼자였죠."

"고양이들을 논외로 치면."

"고양이들을 논외로 치면. 그때는 그 후 8년 동안 내가 혼자 살 거라고는 생각도 못했어요. 난 여자와의 관계는 근본적인 면에서 다를 거라고 생각했죠. 있죠, 그때는 의식화하던 시기였으니까. 그래서 문제는 남자들이라고 생각했죠."

"그런데 그렇지 않았나요?"

"뭐, 그건 여러 문제 중 하나였을지도 모르죠. 여자도 알고 보니 또 다른 문제더라고요. 한동안 나는 남자와 여자 둘 다와 관계를 가질 수 있는 운 좋은 사람 중 하나라고 생각했는데."

"한동안만?"

"그래요. 그다음에 내가 알게 된 건 내가 남자와 여자 둘 다와 관계를 가질 수 있을지는 모르지만, 내가 관계에 별로 능숙한 사람은 아니라는 거였으니까."

"음, 그건 나도 공감할 수 있어요."

"그럴 줄 알았어요. 당신도 혼자 살죠, 매튜?"

"혼자 산 지 좀 됐죠."

"아들들은 부인과 같이 있나요? 내게 신기가 있는 게 아니라, 아까 당신 지갑에 사진이 있는 걸 봤어요."

"아, 그거. 오래된 사진인데."

"잘생긴 아이들이던데요."

"착하기도 해요." 나는 내 잔에 스카치를 조금 더 따랐다. "아이들은 시오셋에 살아요. 가끔 기차를 타고 와서 야구를 같이 보거나, 가든에서 하는 경기를 보죠."

"아이들이 좋아하겠어요."

"내가 좋아하는 건 확실해요."

"거기서 나온 지 꽤 됐겠군요."

나는 고개를 끄덕였다.

"경찰을 그만뒀을 무렵이죠."

"같은 이유로?"

나는 어깨를 으쓱했다.

"왜 경찰을 그만뒀어요? 이것 때문에 그랬나요?"

"뭐요?"

그녀는 술병들을 향해 한 손을 흔들어보였다.

"알잖아요. 술."

"아. 이런, 그건 아니고. 그때는 그렇게 많이 마시지도 않았어요. 난 그저 더 이상 경찰을 하고 싶지 않은 시점에 이르렀을 뿐이에요."

"이유가 뭐였는데요? 환멸? 사법 제도에 믿음이 부족해서. 부패에 신물이 나서?"

나는 고개를 흔들었다.

"경찰에 대한 환상은 일찌감치 사라졌고 사법 제도에 대해 믿음을 가진 적도 없어요. 그건 끔찍한 시스템이고 경찰들은 그냥 할 수 있는 걸 하는 것뿐이죠. 부패라면, 원래 이상주의자도 아니었으니까 그것 때문에 신경 쓰이지도 않았고."

"그럼 뭐에요, 중년의 위기?"

"그렇게 불러도 될 것 같은데."

"흠, 내키지 않는다면 이야기하지 말죠."

우리는 한동안 아무 말도 하지 않았다. 그녀는 술을 마셨고 그다음에 내가 마셨고, 그다음에 내가 잔을 내려놓고 말했다.

"뭐, 이건 비밀도 아니니까. 단지 내가 여기저기 떠들고 다니는 이야기는 아니지만. 어느 날 밤 워싱턴 하이츠에 있는 술집에 있었어요. 거긴 경찰들이 무장한 채 술을 마실 수 있었어요. 그 집 주인이 경찰들이 가게에 있는 걸 좋아했거든요. 경찰들은 외상으로 술을 마시지만 절대 술값은 내지 않았죠. 난 거기 있을 만한 자격이 있었어요. 근무 시간도 아닌 데다 긴장 좀 풀고 집에 돌아가고 싶었으니까."

아니면 그날 밤 외박했을지도 모른다. 항상 집에 가는 건 아니니까. 가끔 차를 몰고 집으로 갔다 몇 시간 못 자고 아침에 다시 출근하는 시간을 절약하기 위해 호텔에서 자는 날도 있었다. 가끔은 호텔 방을 잡을 필요가 없기도 했다.

"그런데 어린 깡패 둘이 총을 들고 그 술집에 들어와 털었어요. 내가 둘 다 잡았죠. 하나는 죽이고 다른 하나는 불구로 만들었어요. 허리 아래로 마비가 됐죠. 그 자식은 다시는 걷지도, 섹스를 하지도 못하게 됐어요."

난 전에도 이 이야기를 한 적이 있었지만 이번에는 다시 그 모든 일이 일어나는 걸 느낄 수 있었다. 워싱턴 하이츠는 언덕이 많은 곳인데 그 두 놈이 높은 곳으로 내뺐다. 내가 잔뜩 긴장한 채 두 손으로 권총을 쥐고, 그들을 향해 총을 쐈던 기억이 난다. 어쩌면 스카치 때문에 그날의 기억이 그렇게 생생하게 떠오른 건지도 모른다. 어쩌면 재니스의 흔들리지 않는 큰 회색 눈동자에 내 마음의 어딘가가 반응한 건지도 모르고.

"그래서 한 명을 죽이고 다른 한 명을 불구로 만든 것 때문에……."

나는 고개를 흔들었다.

"그건 신경 쓰이지 않았을 겁니다. 난 그저 그 둘 다 못 죽였던 게 유감스러울 뿐이에요. 그 자식들은 아무 이유도 없이 바텐더를 죽였어요. 그 두 놈 때문에 내가 밤잠을 이루지 못하는 일은 절대 없을 겁니다."

재니스는 잠자코 기다렸다.

"내가 쏜 총알 중 하나가 빗나갔어요. 오르막길에서 움직이는 목표 두 개를 쏜다는 건, 내가 그 정도 맞혔다는 것도 대단한 겁니다. 경찰서의 사격 연습장에서는 난 항상 명중했지만, 실제 현실에서는 다르니까." 나는 그녀의 눈에서 시선을 떼려 했지만 도저히 그렇게 되지 않았다. "총알 하나가 빗나가서 보도인지 뭔지를 스치고 튀어나갔어요. 엉뚱한 방향으로 튄 거죠. 거기에 어린 여자애 하나가 걸어가고 있었나, 서 있었나…… 뭘 하고 있었는지 모르겠지만 하여튼 거기 있었어요. 그 아이는 여섯 살밖에 안 됐는데. 대체 그 늦은 시간에 거기서 뭘 하고 있었는지 모르겠어요."

이번에는 내가 시선을 돌렸다.

"총알이 아이의 눈으로 들어가 버렸어요. 먼저 다른 곳에 맞고 튀어 나가면서 속도가 좀 줄긴 했어요. 그러니까 옆으로 2센티미터만 더 가서 박혔더라도 뼈를 스쳐 지나갔겠지만, 목숨이란 게 원래 그렇게 사소한 데서 결정이 되는 거잖습니까? 거기엔 중간에 뼈가 없었고, 총알이 아이의 뇌에 박혀서 죽었어요. 즉사했죠."

"맙소사."

"난 잘못한 게 없어요. 내사과에서 조사를 하긴 했는데 그건 원래 규정에 있는 절차고. 모두 내가 아무것도 잘못하지 않았다고 만장일치로 동의했죠. 사실 난 훈장까지 받았죠. 그 아이는 라틴 아메리카계였어요. 푸에르토리코 아이였죠. 이름은 에스트렐리타 리베라였고, 가끔 그런 식으로 소수 민족이 피해자가 됐을 경우에 언론이 난리를 치거나, 지역 단체에서 불평을 하는 경우가 있지만, 그 사건에서는 그런 일도 없었어요. 어느 편인가 하면 위험에 빠르게 대처한 영웅 경찰이 운이 나빴던 걸로 생각됐죠."

"그리고 경찰을 그만뒀군요."

스카치 병이 비었다. 보드카 병이 반 정도 차 있어서 내 잔에 조금 따르고는 대꾸했다.

"즉시 그만두진 않았어요. 하지만 얼마 못 가 그만뒀죠. 뭣 때문에 그랬는지는 지금도 몰라요."

"죄책감이겠죠."

"잘 모르겠어요. 내가 아는 거라곤 경찰로 산다는 게 더 이상 재미있어 보이지 않았어요. 남편과 아버지 구실도 잘 못하는 것 같았고. 난 집과 경찰 둘 다에서 휴가를 내고, 컬럼비아 서클에서 서쪽으로 한 블록 떨어진 곳에 있는 호텔로 이사 갔어요. 시간이 흐르면서 내가 아내에게도, 경찰에도 돌아가지 않을 거라는 점이 분명해졌죠."

우리 둘 다 한동안 아무 말도 하지 않았다. 잠시 후에 재니스가 몸을 기울여서 내 손을 만졌다. 예상치 못했고 조금 어색한 제스처였지만 왠지 감동을 받았다. 갑자기 울컥해지는 게 느껴졌다.

그때 재니스가 손을 빼더니 일어섰다. 순간 나보고 가라는 뜻으로 생각했다. 하지만 그녀는 이렇게 말했다.

"술집이 아직 열려 있을 때 전화를 하려고요. 가장 가까운 가게는 카날에 있는데 일찍 닫아요. 계속 스카치로 마실래요? 아니면 버번으로 바꿀래요? 버번이라면 어느 브랜드로?"

"이제 가야 하는데."

"스카치 아니면 버번?"

"스카치로 하죠."

술이 배달되길 기다리는 동안 재니스는 날 데리고 로프트 안을 돌아다니면서 자신의 작품 몇 개를 보여 줬다. 대부분은 메두사처럼 사실적이었지만, 몇 점은 추상적이었다. 그녀의 작품은 힘이 넘쳤다. 난 마음에 든다고 했다.

"난 상당히 뛰어난 조각가예요."

재니스는 내가 술값을 내게 놔두지 않으면서, 내가 손님이라고 우겼다. 우리는 다시 의자에 앉아 각자 병을 따고 잔을 채웠다. 재니스는 정말 자기 작품이 마음에 들었냐고 물었다. 내가 분명히 그렇다고 대답했다.

"사람들은 내 작품을 높게 평가해요. 내가 어떻게 조각가가 됐는지 알아요? 탁아소에서 아이들과 점토를 가지고 놀다가 하게 됐어요. 난 결국 그 진흙덩어리를 집에 가져왔죠. 노란 소상용 점토를 가져와서 몇 시간씩 만들었어요. 그러다 브루클린 칼리지에서 야간 과정을 다녔죠. 성인반 수업인데, 그 수업을 가르친 강사가 내게 재능이 있다고 했어요. 내게 말할 필요도 없었죠. 난 알고 있었으니까. 인정도 좀 받았어요. 한 1년 전에 척 레비탄 갤러리에서 전시회를 했어요. 그 갤러리 알아요? 그랜드 가에 있는 거?"

난 모르는 갤러리였다.

"그 갤러리에서 개인전을 열어 줬어요. 남자 개인전이 아니라 여자 개인전. 아니 인간의 개인전이라고 해야 하나? 망할, 요즘엔 정말 무슨 말을 하려고 해도 생각부터 먼저 해야 한다니까. 그거 알아요?"

"그렇죠."

"그리고 작년에 NEA에서 주는 보조금도 받았어요. 국립예술기금위원회 말이에요. 거기다 아인혼 재단에서 주는 보조금도 받았고. 액수는 NEA보다 작지만. 아인혼 재단 들어 본 척하지 말아요. 나도 보조금을 받기 전에는 그런 재단이 있는지도 몰랐으니까. 꽤 괜찮은 컬렉션에 내 작품들도 들어가 있어요. 미술관에 한두 점 있죠. 아, 하나다. 그리고 거긴 뉴욕 현대 미술관도 아니지만 어쨌든 미술관이라고요. 난 조각가예요."

"당신이 조각가가 아니라고 말한 적 없는데요."

"내 아이들은 캘리포니아에 있는데 만나진 않아요. 남편이 양육권을 다 가지고 있거든요. 빌어먹을, 내가 집을 나왔다 이거죠. 난 애초에 비정상적인 여자였으니까. 남편과 아이들을 버리고 집을 나온 레즈비언. 그러니까 남자가 양육권을 갖는 거죠, 그렇죠? 난 그걸 걸고 넘어지지도 않았어요. 그거 알고 싶어요, 매튜?"

"뭐요?"

"난 양육권을 '원하지' 않았어요. 탁아소를 하면서 질려 버렸죠. 아이들이라면, 내 아이들까지 다 포함해서 신물이 났어요. 거기에 대해 어떻게 생각해요?"

"자연스럽게 들리는데요."

"속물인 메이지 포머런스 부부는 절대 당신 말에 동의하지 않을걸요. 아차, 미치지. 고든과 빌어먹을 미치 포머런스. 세계 최고 모범 부부."

이제 그녀의 목소리에서 보드카로 인한 취기가 들렸다. 혀가 꼬이진 않았지만 술 때문에 음색이 달라졌다. 놀랍진 않았다. 재니스는 나만큼 마셨고 나도 상당히 취기가 올라왔다. 물론 난 그녀보다 먼저 마시기 시작했지만.

"전 남편이 캘리포니아로 가겠다고 했을 때 난 성질을 있는 대로 부렸죠. 공정하지 않다고, 내가 아이들을 볼 수 있게 뉴욕에 있어야 한다고 소리를 질렀죠. 내겐 아이들을 보러 올 권리가 있지만, 아이들이 5000킬로미터나 떨어진 곳에 있으면 그게 다 무슨 소용이 있겠어요. 하지만 그거 알아요?"

"뭐죠?"

"난 안도했어요. 마음 한편으로 아이들이 떠나는 게 기뻤어요. 당신은 그게 어떤 건지 믿지 못할 거예요. 일주일에 한 번씩 터벅터벅 걸어서 지하철을 타고, 아파트에서 아이들과 같이 앉아 있거나 보럼 힐 주위를 걸어 다니면서 항상 메이지 포머런스가 빤히 쳐다보는 걸 각오해야 하는 거 말이에요. 빌어먹을. 난 왜 그 망할 놈의 여편네 이름도 제대로 말하지 못하는 거지? 미치!"

"그 여자 전화번호 적어 놨는데. 당신이 원하면 언제든 전화해서 호통을 칠 수 있어요."

재니스가 웃었다.

"아, 맙소사. 오줌 좀 눠야겠어요. 금방 올게요."

돌아왔을 때 그녀는 소파에 앉았다. 그리고 다짜고짜 말했다.

"우리가 뭔지 알아요? 내겐 조각이 있고, 당신에겐 실존주의적인 고뇌가 있고. 우리 정체는 인생에서 도망친 주정뱅이예요. 그게 다예요."

"당신이 그렇다면 그런 거겠죠."

"날 깔보지 말아요. 현실을 직시하자고요. 우린 둘 다 알코올 중독이에요."

"난 술고래죠. 그건 중독과 다릅니다."

"뭐가 달라요?"

"난 원할 땐 언제든 그만 마실 수 있어요."

"그럼 왜 그만 마시지 않아요?"

"내가 왜 그만 마셔야 하는데요?"

그 질문에 대답하는 대신 그녀는 몸을 앞으로 숙여서 자신의 잔에 술을 채웠다.

123

"난 한동안 안 마셨어요. 두 달 동안 끊었죠. 두 달이 넘었죠."
"그냥 갑자기 끊었어요?"
"알코올 중독자 갱생회에 갔어요."
"아."
"가 본 적 있어요?"
나는 고개를 흔들었다.
"나에겐 효과가 없을 것 같은데."
"하지만 당신은 언제든 원할 때 멈출 수 있죠."
"그래요, '내가' 원한다면."
"그리고 어쨌든 당신은 알코올 중독자가 아니고."
나는 처음에는 아무 말도 하지 않았다. 그러다 말했다.
"그 단어를 어떻게 정의하느냐에 따라 다르겠죠. 어쨌든, 그건 다 꼬리표에 지나지 않아요."
"갱생회에서는 알코올 중독인지 아닌지는 자신이 판단하는 거라고 해요."
"흠, 그럼 난 아니라고 판단하겠어요."
"난 중독이라고 판단했어요. 나에겐 효과가 있었고. 문제는 술을 마시지 않아야 효과가 최고라는 거죠."
"왜 그런지는 알겠군요."
"왜 이런 이야기를 했는지 모르겠네요." 그녀는 잔을 비우고, 술잔의 테두리 너머로 나를 바라봤다. "이런 빌어먹을 주제로 이야기를 하려던 게 아니었는데. 처음에는 내 아이들 이야기에 그 다음엔 내가 술 마시는 이야기. 정말 엄청나게 우울한 이야기만 했네요."

"괜찮아요."

"미안해요, 매튜."

"잊어버려요."

"내 옆에 앉아서 잊을 수 있게 도와줘요."

나는 소파로 가서 재니스 옆에 앉아 그녀의 부드러운 머리를 쓰다듬었다. 군데군데 보이는 반짝거리는 흰머리 덕분에 훨씬 더 매력적이었다. 그녀는 한동안 그 바닥을 알 수 없이 깊은 회색 눈동자로 날 보다가 눈을 감았다. 내가 키스하자 그녀는 내게 매달렸다.

우리는 잠시 서로 껴안고 애무했다. 난 그녀의 가슴을 어루만지면서, 그녀의 목에 키스했다. 그녀의 힘센 손이 내 등과 어깨의 근육을 마치 점토를 쓰다듬는 것처럼 쓰다듬었다.

"자고 갈 거죠?"

"그러고 싶군요."

"나도 그랬으면 좋겠어요."

나는 우리의 술잔에 술을 더 부었다.

9장

멀리서 교회 종소리가 크게 울려서 잠이 깼다. 머리가 맑았고 기분도 좋았다. 다리를 침대 옆으로 내리다가 침대 맞은편 발치에 몸을 동그랗게 말고 있는 털이 긴 고양이와 눈이 마주쳤다. 그 수고양이는 날 한 번 쓱 보더니, 머리를 품속에 넣고 다시 낮잠을 자기 시작했다. 집의 안주인과 잠을 자면 고양이들에게도 인정을 받는다.

난 옷을 입고 재니스를 부엌에서 찾았다. 그녀는 옅은 색깔의 오렌지 주스를 마시고 있었다. 숙취를 달랠 뭔가가 그 안에 있을 거라는 생각이 들었다. 재니스는 케멕스 필터 포트에 커피를 끓여서 내게 한 컵 따라 줬다. 나는 창가에 서서 커피를 마셨다.

우리는 아무 말도 하지 않았다. 교회 종도 휴식을 취하면서 일요일 아침의 침묵이 길게 뻗어 나갔다. 화창한 날이었고, 구름 한

점 없는 하늘에서 태양이 이글이글 타오르고 있었다. 밑을 내려다봤는데 생명의 흔적이 하나도 보이지 않았다. 거리엔 사람 하나 없었고, 움직이는 차 한 대 없었다.

커피를 다 마시고 컵을 스테인리스 싱크대 속에 있는 더러운 접시들에 보탰다. 재니스는 열쇠를 써서 엘리베이터를 밑으로 내려가게 했다. 십스헤드 베이로 갈 거냐고 물어서 그럴 것 같다고 했다. 우리는 잠시 꼭 껴안았다. 그녀가 입고 있는 가운을 통해 근사한 몸매에서 나오는 온기를 느꼈다.

"전화할게요."

나는 그렇게 말하고 무지하게 큰 엘리베이터를 타고 1층으로 내려갔다.

오번 경찰관이 전화로 길을 일러 줬다. 나는 그가 가르쳐 준 대로, BMT(브루클린-맨해튼 지하철 노선 — 옮긴이)브라이튼 선을 타고 그레이브 샌드넥 로드로 갔다. 기차는 브루클린을 지난 후에 어느 사이엔가 지상으로 올라왔고, 마당이 있는 단독 주택들이 있는 동네들을 지나쳤는데 전혀 뉴욕처럼 보이지 않았다.

61번 관할 경찰서는 코니아일랜드 애비뉴에 있는데 큰 고생 없이 찾았다. 경찰관 집합실에서 말랐지만 강단 있는 몸매에 턱이 긴 안토넬리라는 형사와 둘 다 아는 지인들에 대해 이야기를 나눴다. 공통의 지인이 많아서 안토넬리는 나에 대한 경계심을 풀었다. 나는 안토넬리에게 무슨 사건을 조사하고 있는지 말하고 프랭크 피츠로이가 그 일을 소개해 줬다고 언급했다. 안토넬리는 프랭크도 알고 있었지만, 둘이 죽고 못 사는 사이는 아니란 느낌이 얼핏 들었다.

그가 말했다.

"우리 파일은 어떻게 작성됐는지 내가 한번 볼게요. 하지만 피츠로이가 보여 준 파일에서 우리 보고서 사본들을 봤겠죠?"

"전 사실 그 시체를 본 사람과 이야기해 보고 싶은데요."

"맨해튼에서 본 파일에 현장에 있었던 경찰관들 이름이 나와 있지 않았나요?"

나는 그 점을 생각해 봤다. 어쩌면 이런 브루클린 변두리까지 오지 않고도 이런 정보들을 다 손에 넣을 수 있었는지도 모르겠다. 하지만 직접 밖에 나가서 몸으로 부딪치면 가끔 의도한 것보다 더 많은 걸 발견하게 되는 수가 있다.

"흠, 그 파일은 내가 찾을 수 있을 것 같군요."

그는 그렇게 말하고는 가장자리에 담뱃불로 지진 자국들이 있는 낡은 목제 책상 앞에 날 앉혀 두고 나갔다. 두 책상 너머에, 소매를 걷어붙인 흑인 형사 하나가 전화 통화를 하고 있었다. 여자랑 통화를 하고 있는 것 같았는데, 경찰 업무인 것 같지는 않았다. 저쪽 벽에 있는 또 다른 책상에서는 제복을 입은 경찰 하나와 양복을 입은 경찰 이렇게 둘이서 사방으로 뻗친 대걸레 같은 금발의 10대 소년을 심문하고 있었다. 뭐라고 말하고 있는지는 들리지 않았다.

안토넬리가 얇은 파일을 하나 가지고 돌아와서 내 앞에 있는 책상에 놨다. 나는 파일을 훑어보면서, 가끔씩 노트에 필기했다. 피해자는 해링 가 2705번지에 살던 수전 포토브스키였다. 그녀는 스물아홉 살로 두 아이의 엄마로 건설 노동자인 남편과 헤어졌다. 그녀는 두 가구가 사는 주택의 아래층에서 아이들과 살고 있

있는데, 수요일 오후 2시경 살해됐다.

아이들이 그녀를 발견했다. 둘이 같이 학교가 끝나고 3시 30분쯤 집으로 돌아왔는데, 남자 아이는 여덟 살, 여자 아이는 열 살이었다. 아이들은 엄마가 부엌 바닥에 누워 있는 걸 발견했는데, 옷은 일부 벗겨져 있었고, 온몸이 송곳에 찔린 자국들로 뒤덮여 있었다. 아이들은 순찰을 돌던 경관이 나타날 때까지 비명을 지르며 거리를 달렸다.

"뭐 좀 찾았어요?"

"아마도요."

내가 말했다. 나는 현장에 처음 도착한 경찰의 이름을 노트에 적고, 해링 가에 왔다가 그 사건을 미드타운 노스 서로 넘긴 61번 관할 경찰서 소속 형사 두 명의 이름도 덧붙였다. 그리고 그 세 명의 이름을 안토넬리에게 보여 줬다.

"이들 중에 아직도 여기서 근무하는 사람이 있나요?"

"순찰 경찰관 버튼 하버메이어, 3급 수사관 케네스 올굿, 1급 수사관 마이클 퀸. 마이클 퀸은 2년, 아마 3년 전에 죽었어요. 순직했죠. 파트너와 같이 W 애비뉴에서 주류 판매점을 감시하다가 사격전이 벌어져서 목숨을 잃었어요. 참 안됐어요. 죽기 2년 전에 부인을 암으로 잃었거든요. 자식만 넷이 있었는데, 제일 큰 아이가 막 대학에 들어갔을 때라. 당신도 신문에서 봤을걸요."

"그런 것 같습니다."

"퀸을 쏜 놈들은 오랫동안 복역했죠. 하지만 그 자식들은 살아 있고 퀸은 죽었으니 말이 안 되는 거죠. 나머지 두 사람. 올굿과 하버메이어는 이름도 모르겠는데. 내가 여기 오기 전에 나간 게 분명해요. 그게 언제야? 5년 전? 대강 그 정도 됩니다."

"그 사람들이 어디로 갔는지 알 수 있을까요?"

"알아낼 수 있을 것 같기도 해요. 어쨌든 그 사람들에게 뭘 물어보고 싶은 겁니까?"

"그 피해자가 두 눈을 다 찔렸는지 알고 싶습니다."

"그 친구가 당신에게 보여 준 파일에 검시보고서가 있지 않았나요? 피츠로이인가 하는 친구?"

나는 고개를 끄덕였다.

"두 눈을 다 찔렸죠."

"그런데요?"

"몇 년 전에 있었던 사건 기억나세요? 허드슨 강에서 어떤 여자 시체가 나와서 경찰에서 사인을 익사로 판명했죠? 검시관 사무실에 있는 어떤 괴짜가 그 여자 두개골을 가지고 가서 문진으로 쓰는 바람에 스캔들이 일어났죠. 그렇게 난리가 난 와중에 누군가 마침내 시체가 발견된 후 처음으로 그 두개골을 꼼꼼히 살펴보다가 거기에 총알 구멍이 하나 있는 걸 발견했습니다."

"기억나요. 그 여자는 뉴저지 출신으로 의사 부인이었죠. 안 그런가요?"

"맞습니다."

"내게는 지금까지 경험을 토대로 한 나만의 법칙이 있는데. 의사의 아내가 살해됐을 땐, 남편이 범인이에요. 증거는 상관없어요. 항상 의사가 범인이에요. 그 사건에서는 남편이 처벌을 면했는지 아닌지 모르겠지만."

"저도 기억이 안 나네요."

"어쨌든 무슨 말인지 알겠어요. 검시보고서라는 게 100퍼센트 믿을 수 있는 게 아니니까. 하지만 9년 전에 일어난 일을 본 목격자가 얼마나 기억하겠어요?"

"많이 기억하진 못하겠죠. 그래도……."

"제가 한번 알아보죠."

안토넬리는 아까보다 좀 더 오래 자리를 비웠고, 돌아왔을 때 얼굴 표정이 이상했다.

"운이 없네요. 올굿도 죽었어요. 그리고 그 순찰 경관인 하버메이어는 경찰을 그만뒀고."

"올굿은 어떻게 죽었나요?"

"약 1년 전에 심장마비로. 그 사건이 일어나고 2년 뒤에 다른 경찰서로 전근을 갔다는군요. 센터 가 본부에서 근무했는데. 어느 날 책상에서 쓰러져 죽었어요. 올굿이 여기 근무할 때 알고 지내던 사람 하나가 서류 보관실에서 근무하고 있어서 마침 그런 사정을 알고 있더군요. 잘은 모르지만 하버메이어도 죽었을 수 있어요."

"그 사람에겐 무슨 일이 있었나요?"

안토넬리는 어깨를 으쓱했다.

"누가 알겠어요? 얼음송곳 살인 사건이 일어나고 몇 달 후에 바로 사표를 냈어요. 자세히 말하진 않고 신변상의 이유를 대면서 민간인의 삶으로 돌아가야겠다고 했다는군요. 그 친구는 경찰로 일한 지 2~3년 정도밖에 안 됐어요. 신참들이 중간에 그만두는 비율이 얼마나 되는지 알아요? 아, 당신도 그만뒀잖아요. 개인적인 이유겠죠?"

"그런 거죠."

"제가 주소와 번호를 찾아봤습니다. 그 친구는 그때부터 지금까지 여섯 번 정도 이사를 했더군요. 흔적을 남기지 않았지만, 시내 경찰서로 가서 알아봐도 되고. 근무를 오래 하지 않아서 연금은 받을 수 없지만 전직 경찰들의 근황은 거기서 계속 파악하고 있으니까."

"어쩌면 여전히 같은 집에서 살고 있을지도 모르죠."

"그럴 수도 있죠. 우리 할머니는 아직도 엘리자베스 가에 있는 작은 방 세 개짜리 집에서 살고 계시니까. 팔레르모(이탈리아 시칠리아 주의 주도 — 옮긴이)에서 보트를 타고 미국에 오신 후로 계속 같은 아파트에서 사세요. 어떤 사람들은 한곳에 붙박이처럼 살고. 또 어떤 사람들은 양말을 갈아 신듯 집을 옮겨 다니죠. 어쩌면 행운이 찾아올지도 모르죠. 그거 말고 내가 해 줄 일이 있나요?"

"해링 가는 어딘가요?"

"그 범죄 현장 말입니까?" 그는 웃었다. "와, 정말 블러드하운드(사람을 찾거나 추적할 때 이용하는, 후각이 발달한 큰 개 — 옮긴이)가 따로 없군요. 직접 냄새를 맡아 보고 싶다, 그거죠?"

안토넬리는 거기 걸어가는 길을 알려 줬다. 그는 내게 상당한 시간을 내줬지만 절대 돈은 받으려 하지 않았다. 그런 사람일 거라고 짐작은 했지만(어떤 사람은 받고 어떤 사람은 받지 않는다.), 어쨌든 권하긴 했다.

"새 모자가 생기면 잘 쓰실 수 있을 것 같은데요."

내가 말하자, 그는 딱딱한 미소를 지으며 옷장이 모자로 가득

하다고 자신의 의사를 분명히 전했다. 그가 말했다.

"게다가 요즘엔 모자를 쓸 일도 거의 없어요."

나는 그에게 25달러를 제의했는데, 그가 해 준 일에 비하면 얼마 안 되는 돈이었다.

"우리 관할은 사건도 없고 한산한 데다 오늘은 한가한 날이기도 해요. 내가 방금 준 정보가 얼마나 쓸모가 있겠어요? 보럼 힐 살인 사건에서 특별히 마음에 둔 용의자가 있나요?"

"사실 그렇진 않아요."

"탄광에서 검은 고양이를 찾는 꼴이네요. 부탁 하나만 들어줄래요? 수사 결과가 어떻게 나왔는지 알려 줘요. 결과가 나온다면 말이에요."

안토넬리가 말했다.

나는 그의 길 안내에 따라 해링 가로 갔다. 9년 사이에 그 동네가 많이 변했을 것 같진 않다. 집들은 관리가 잘 돼 있었고 사방에 아이들이 있었다. 연석에는 차들이 주차돼 있었는데, 대부분 진입로에 있었다. 이 블록에 수전 포토브스키를 기억하는 사람이 아마 한 다스는 있을 거라는 생각이 문득 들었다. 잘은 몰라도 그녀와 헤어진 남편이 다시 집으로 들어와 아이들과 거기서 살고 있을지도 모를 일이었다. 그 아이들은 이제 열일곱 살과 열아홉 살이 됐을 것이다.

수전은 젊은 나이에 첫 아이를 낳았을 것이다. 그녀는 그때 열아홉 살이었다. 일찍 결혼해서 일찍 아이를 낳는 것이 이 동네에서는 드문 일도 아니었을 것이다.

수전의 남편은 이사를 갔을 거라고 판단했다. 아이들을 위해 돌아왔다고 쳐도, 부엌 바닥에서 죽은 엄마를 발견한 집에서 계속 살게 하지는 않았을 것이다. 그렇지 않은가?

나는 그 집의 초인종을 울리지 않았고, 다른 집의 초인종도 울리지 않았다. 난 수전 포토브스키의 살인 사건을 조사하는 게 아니었고, 그녀의 유해를 들쑤실 필요도 없었다. 나는 그녀가 죽은 집을 마지막으로 한 번 보고, 돌아서서 거기를 떠났다.

내가 받은 버튼 하버메이어의 주소는 세인트 마크스 플레이스 212번지였다. 이스트 빌리지는 경찰이 살 만한 곳이 아니었고, 9년이 지난 후에 그가 아직 거기 살고 있을 가능성은 거의 없었다. 그가 경찰을 떠났든 그러지 않았든 말이다. 나는 안토넬리가 준 전화번호를 오션 애비뉴에 있는 약국 공중전화에서 걸어 봤다.

어떤 여자가 전화를 받았다. 하버메이어 씨와 통화를 할 수 있냐고 물어봤다. 잠시 그 여자는 아무 말도 하지 않았다.

"하버메이어 씨는 여기 살지 않습니다."

나는 잘못 걸었다고 사과를 하기 시작했지만 그녀의 말이 끝난 게 아니었다. 여자가 말했다.

"하버메이어 씨 전화번호는 나도 몰라요."

"하버메이어 부인이신가요?"

"그래요."

"방해해서 죄송합니다, 하버메이어 부인. 남편이 전에 근무했던 61번 관할 경찰서의 형사분이 이 번호를 알려 주셨습니다. 전 그분에게 연락을……."

"전 남편이죠."

그녀의 말은 극히 단조로웠는데, 마치 자신이 하는 말에서 의도적으로 거리를 두려고 하는 것 같았다. 나는 정신병을 앓았다 회복된 환자들이 하는 말에도 유사한 특징이 있는 점에 주목했다.

"경찰 업무와 관련해서 그분과 연락을 하려고 하는 중인데요."

"그이는 경찰을 그만둔 지 몇 년 됐는데요."

"저도 그건 알고 있습니다. 혹시 그분 연락처를 알 수 있는 방법을 알고 계시나요?"

"아뇨."

"자주 보시진 않나 보군요, 하지만 혹시 아시는 게 있으면······."

"내가 그 사람을 볼 일은 절대 없어요."

"알겠습니다."

"정말 알아요? 내가 전 남편을 볼 일은 절대 없다고요. 한 달에 한 번 수표가 오는데 그 수표는 곧바로 내 은행의 내 계좌에 입금되죠. 난 남편도 안 보고, 수표도 안 봐요. 내 말 알겠어요? 알아요?"

그 말엔 정열이 실려 있었을지도 모르겠다. 하지만 목소리는 여전히 단조롭고 무심했다.

나는 아무 말도 하지 않았다.

"그이는 맨해튼에 살아요. 남편에게 전화가 있을지도 모르죠. 그 번호가 전화번호부에 나와 있을지도 모르고. 당신이 찾아볼 수도 있겠죠. 내가 당신을 위해 알아보겠다고 말하지 않아도 뭐라고 하진 않으시겠죠?"

"물론입니다."

"분명 중요한 일이겠죠. 경찰 업무라는 게 항상 그렇잖아요. 안 그래요?"

약국에는 맨해튼 전화번호부가 없어서 전화번호 안내원에게 물어봤다. 안내원은 서쪽 103번가에 사는 버튼 하버메이어 번호를 찾아냈다. 그 번호로 전화를 했지만 아무도 받지 않았다.

약국 안에 간이식당이 있었다. 나는 스툴에 앉아서 구운 치즈 샌드위치와 너무 단 체리 파이를 먹고 블랙커피를 두 잔 마셨다. 커피는 나쁘지 않았지만, 재니스가 케멕스 필터 포트에 끓인 커피와는 비교도 할 수 없었다.

난 재니스를 생각했다. 그리고 다시 공중전화로 가서 그녀에게 전화를 걸 뻔했지만, 대신 하버메이어에게 다시 전화를 해 봤다. 이번에는 전화를 받았다.

"버튼 하버메이어 씨인가요? 전 매튜 스커더라고 합니다. 오늘 오후에 제가 찾아가서 만날 수 있는지 해서 전화 드렸습니다."

"무슨 일인데요?"

"경찰 일인데. 직접 묻고 싶은 질문이 몇 가지 있어서요. 시간을 많이 뺏진 않겠습니다."

"경찰이신가요?"

제기랄.

"예전에 그랬죠."

"저도 그랬습니다. 용건이 뭔지 말해 주실 수 있나요, 저기, 성함이?"

"스커더입니다. 사실 오래된 사건 이야기입니다. 전 지금 탐정으로 일하고 있는데 당신이 61구역 경찰서에서 근무할 때 관련됐던 사건을 조사 중입니다."

"그건 아주 오래전 일이잖아요."

"저도 압니다."

"전화로 해결할 수 없나요? 선생님에게 쓸모가 있을 만한 정보가 있을지 생각도 못 하겠는데요. 전 순찰 경관이었어요. 그 사건을 수사한 게 아니라서……."

"괜찮다면 찾아가고 싶은데요."

"흠, 전……."

"시간은 많이 뺏지 않겠습니다."

잠시 침묵이 흘렀다.

"오늘은 쉬는 날인데요." 그는 이렇게 말했는데 그렇다고 우는 소리는 아니었다. "그저 퍼질러 앉아서, 맥주나 좀 마시면서 야구 보려고 했는데."

"광고 시간에 이야기할 수도 있죠."

그는 웃음을 터트렸다.

"좋습니다, 도무지 당신에겐 못 당하겠군요. 주소는 아시죠? 초인종에 이름이 붙어 있습니다. 언제쯤 오시는 걸로 알고 있으면 될까요?"

"한 시간, 한 시간 반 정도 뒤에요."

"그 정도면 충분하네요."

어퍼 웨스트사이드도 발전 중인 동네였지만, 지역 부흥 운동이 96번가에는 아직까지 도달하지 못했다. 하버메이어는 콜럼버스와 암스테르담 사이에 있는 103번가의 양쪽 길가를 따라 늘어선 낡은 브라운스톤들 중 하나에 살고 있었다. 이 동네 주민은 주로 스페인계였다. 현관 입구 계단에 사람들이 많이 앉아서, 거대한 휴대용 라디오를 들으며 밀러 하이 라이프 맥주를 갈색 종이 봉지에 든 채로 마시고 있었다. 여기 있는 여자들 셋 중 하나는 임산부였다.

나는 주소에 맞는 건물을 찾아서, 맞는 벨을 울리고 4층까지 올라갔다. 그는 뒤쪽에 있는 아파트 중 하나의 문간에서 날 기다리고 있었다. 그가 "스커더 씨세요?"라고 묻기에 나는 고개를 끄덕였다.

"하버메이어입니다. 들어오세요."

나는 그를 따라 간이 부엌이 딸린 꽤 큰 크기의 스튜디오 아파트 안으로 들어갔다. 머리 위에 달린 조명 기구는 알전구에 일본식 종이 갓을 씌운 것이었다. 벽은 페인트칠을 할 때가 됐다. 나는 소파에 앉아서 그가 건넨 맥주 캔을 받았다. 그는 자기 캔을 따고, 가서 텔레비전을 껐다. 흑백 휴대용 텔레비전이 오렌지색 나무 상자 위에 놓여 있었고, 그 상자의 아래 쪽 선반 두 칸에 페이퍼백들이 꽂혀 있었다.

하버메이어는 자기 의자를 끌어와서 앉고, 다리를 꼬았다. 그는 30대 초반으로 보였는데, 키는 176에서 177센티미터 정도에, 안색은 창백하고, 어깨는 좁은 데다 술배가 나와 있었다. 옷은 갈색 개버딘 바지에 갈색과 베이지색 무늬의 스포츠셔츠를 입고 있었다. 움푹 들어간 갈색 눈에, 살이 쪄서 턱 아래 살이 늘어져 있었고, 번지르르하게 흘러내린 짙은 갈색 머리에, 그날 아침은 수염을 안 깎아서 꺼칠했다. 그러고 보니 남 말 할 때가 아니군.

내가 말했다.

"약 9년 전이었죠. 수전 포토브스키라는 여자 사건."

"알고 있습니다."

"그래요?"

"아까 전화 끊고 생각해 봤죠. 왜 누가 거의 10년 전 사건에 대해 나랑 이야기를 하고 싶어 할까? 그러다 얼음송곳 살인 사건이 분명하다고 생각했어요. 저도 신문을 보거든요. 얼음송곳 살인자가 잡혔잖아요, 그렇죠? 범인이 제 발로 굴러 들어온 거죠."

"대충 그렇죠."

나는 루이스 피넬이 바버라 에팅거를 살인하지 않았다고 부인했고, 알리바이를 확인해 보니 그의 주장이 사실인 것 같다는 그간의 정황을 설명했다.

그가 말했다.

"이해가 안 되네요. 그래도 그자는 사람을 여덟 명이나 죽였잖아요. 그걸로 감옥에 처넣기에 충분하지 않나요?"

"에팅거 씨의 아버지로서는 충분하지 않죠. 그분은 자기 딸을 죽인 범인이 누군지 알고 싶어 합니다."

"그리고 그게 선생님이 하는 일이군요." 그는 조용히 휘파람을 불었다. "참 무지하게 운 좋은 분이네."

"대강 사정이 이렇습니다." 나는 캔 맥주를 조금 마셨다. "포토브스키 살인 사건과 제가 조사하는 사건 사이에 무슨 관계가 있다고 생각하진 않지만, 둘 다 브루클린에서 일어났고 어쩌면 피넬이 둘 중 하나는 죽이지 않았을지도 모릅니다. 당신은 범행 현장에 최초로 도착한 경찰관이었습니다. 그날에 대해 잘 기억하고 있나요?"

"맙소사. 그럴 수밖에 없죠."

"그래요?"

"그 일 때문에 경찰을 그만뒀으니까요. 하지만 십스헤드 베이에서 그 사정은 이미 들으셨겠죠."

"거기서는 자세히 말할 수 없는 신변상의 이유라는 말만 들었습니다."

"정말요?" 그는 두 손으로 맥주 캔을 잡고 앉은 채 고개를 숙여서 맥주를 내려다봤다. "그 여자의 아이들이 어떻게 비명을 질렀는지 기억나요. 그걸 보고 뭔가 정말 나쁜 일이 일어난 곳으로 가겠다는 걸 직감했던 기억이 나요. 그다음에 기억나는 건 제가 그 여자 부엌에 서서 그 시체를 내려다보고 있었던 거죠. 아이 하나가 애들이 흔히 그런 것처럼 내 바짓가랑이를 잡고 매달려 있었어요. 어떤 건지 잘 아시잖아요. 난 그 여자를 내려다보고 있다가 눈을 감았다가 다시 떴는데 눈앞에 보이는 광경이 변하지 않더군요. 그 여자는 거 뭐더라, 이름이 잘 생각 안 나는데. 실내복 같은 걸 입고 있었어요. 그 위에 일본어 같은 글자가 찍혀 있었고, 새 그림이 있었는데 일본식 스타일의 그림 같았죠. 기모노인가? 그걸 기모노라고 하는 것 같네요. 그 색이 기억나요. 오렌지색에 테두리는 검은색이었죠." 그는 날 올려다봤다가, 다시 시선을 내렸다. "그 가운이 벌어져 있었어요. 기모노 말이에요. 완전히 확 벌어진 게 아니라 슬쩍. 그 여자의 몸에 점들이 찍혀 있었는데, 마치 구두점 같았어요. 범인이 얼음송곳으로 찍은 곳들 말이에요. 주로 상반신에 몰려 있었어요. 그 여자는 가슴이 아주 예뻤어요. 그런 걸 기억하다니 끔찍하지만 어떻게 잊어버릴 수 있겠어요? 난 거기 서서 그녀의 가슴에 있는 상처들을 다 보고 있었죠. 그 여자는 죽었는데, 그런 상황에서도 가슴이 끝내주게 예쁘다는 게 눈에 들어오는 거예요. 그리고 그런 생각을 한 자신을 증오하게 되죠."

"그런 일도 있기는 있죠."

"저도 알아요, 안다고요. 하지만 마치 목구멍에 뼈가 걸린 것처럼 그 생각이 마음에 박혀서 떠나질 않아요. 거기다 아이들은 울어 대고, 밖은 정신없이 시끄러웠어요. 처음에는 아무 소리도 못 들었어요. 그 여자를 보면서 모든 감각이 차단돼 버렸죠. 귀가 먹어 버린 것처럼, 다른 모든 감각이 정지돼 버렸어요. 제 말이 무슨 뜻인지 아세요?"

"압니다."

"그러다 소리가 들리고, 아이는 여전히 내 바지 자락에 매달려 있었는데, 그 아이가 100살까지 산다 해도 평생 엄마의 모습을 그렇게 기억하겠죠. 나도 그 여자를 그때 처음 봤지만, 도저히 그 장면이 머릿속에서 떠나질 않더군요. 밤이고 낮이고 계속 생각났어요. 잠을 자면 그 장면이 나오는 악몽을 꾸고, 낮에도 시시때때로 생각이 나더군요. 난 아무 데도 가고 싶지 않았어요. 또 다른 시체를 우연히 발견하게 될 모험을 하고 싶지 않았죠. 그러다 마침내 사람이 살해되면 그걸 처리하는 일이 전문인 직장은 더 이상 다니고 싶지 않다는 걸 깨닫게 됐죠. '자세히 말할 수 없는 신변상의 이유.' 그래요, 방금 자세히 말했네요. 시간을 좀 갖고 버텨 봤지만 그런 마음이 사라지지 않아서 그만뒀습니다."

"지금은 무슨 일을 하나요?"

"경비원으로 일하고 있어요." 그는 맨해튼 중간 지대에 있는 한 가게 이름을 댔다. "다른 일들도 해 봤지만 지금 이 일을 7년째 하고 있습니다. 제복을 입고 심지어 엉덩이에 권총까지 차고 일하죠. 이 전에 일했던 곳에서는, 권총을 찼지만 장전은 안 했어요. 그것 때문에 돌아 버릴 것 같더군요. 권총을 휴대하느냐 마느냐는 상관없지만, 빈 권총을 차게 하진 말아 달라고 했어요. 그러면 나쁜 놈들이 내가 무장한 줄 알지만 실제로 나는 자기방어를 할 수 없는 형편이잖아요. 지금은 장전된 권총을 차고 일하는데 7년 동안 권총을 사용한 적은 한 번도 없었고, 저도 그편이 좋습니다. 제 일은 강도와 들치기를 제지하는 겁니다. 좀도둑을 막는 데는 별로 효과가 없죠. 도둑놈들이 상당히 솜씨가 좋거든요."

"상상이 가네요."

"따분한 일입니다. 하지만 전 좋아요. 누군가의 부엌에 들어갔는데 바닥에 시체가 있는 그런 일을 할 필요가 없다는 걸 알고 있는 게 좋은 거죠. 일하면서 사람들과 농담도 하고, 가끔 도둑질하는 사람을 잡는데, 그런 일이 좋고 안정적입니다. 난 단순한 삶을 살게 됐어요, 그게 무슨 말인지 아세요? 전 그런 삶이 좋습니다."

"범죄 현장에 대해 물어보고 싶은 게 있습니다."

"물어보세요."

"그 여자의 눈."

"아, 맙소사. 꼭 그걸 상기시켜야 합니까?"

"말해 주세요."

"그 여자는 눈을 뜨고 있었습니다. 범인이 모든 피해자들의 눈을 찔렀죠. 전 그걸 몰랐습니다. 신문에 안 나왔거든요. 당신도 아시겠지만 언론에 다 내보내는 게 아니라 감추는 것도 있잖아요. 하지만 형사들이 거기 왔을 때 곧바로 알아봤고 그걸로 확실해진 거죠. 그러니까 그건 우리 사건이 아니라 다른 관할 경찰서로 넘길 수 있다는 뜻이었죠. 어디로 갔는지는 잊어버렸습니다."

"미드타운 사우스."

"당신이 그렇다면 그런 거겠죠." 그는 잠시 눈을 감았다. "그 여자가 눈을 뜨고 있었다고 제가 말했나요? 천장을 올려다보고 있었어요. 하지만 눈이 마치 피를 흘리는 타원형 같더군요."

"양쪽 다요?"

"뭐라고요?"

"눈이 두 쪽 다 찔렸나요?"

그는 고개를 끄덕였다.

"왜요?"

"바버라 에팅거는 한 쪽만 찔렸습니다."

"그게 차이가 있나요?"

"나도 몰라요."

"누군가 범인의 수법을 모방하려고 했다면, 정확하게 따라했겠죠, 그렇지 않나요?"

"대부분 그렇게 생각하겠죠."

"다만 그게 피넬 본인이었는데 여느 때와 달리 서두르고 있었던 게 아니라면 말입니다. 미치광이가 무슨 생각을 하는지 누가 알겠어요? 어쩌면 이번에는 신이 그에게 한 쪽 눈만 찌르라고 했는지도 모르죠? 아무도 모르는 일입니다."

그는 새 맥주를 가지러 가면서 내게도 하나 권했지만 난 사양했다. 그걸 마실 정도로 오래 머무르고 싶지 않았다. 사실 그에게 물어볼 질문은 딱 하나뿐이었고 그의 대답은 검시 보고서에 나온 사실을 확인해 줬을 따름이었다. 전화로 물어볼 수도 있었지만, 그러면 그의 기억을 조사해서 그가 부엌에서 발견한 것을 생생하게 알아내지 못했을 것이다. 그가 시간을 거슬러 올라가서 또다시 수전 포토브스키의 시신을 보게 됐다는 건 의심의 여지가 없다. 하버메이어는 그 여자가 두 눈을 다 찔렸는지 기억을 더듬은 게 아니었다. 그는 눈을 감고 마음속에서 그 상처들을 생생하게 봤다.

그가 말했다.

"가끔 궁금해져요. 그러니까, 경찰이 피넬이란 자를 체포했다는 기사를 읽었을 때, 그리고 이렇게 선생님이 오셔서 말인데. 제가 포토브스키 사건 현장에 가지 않았더라면? 아니면 제가 좀 더 경험을 쌓고 난 3년 후쯤 그 일이 있었더라면? 제 인생이 어떻게 달라졌을지 알 수 있을 것 같은데."

"계속 경찰로 일했을지도 모를 일이죠."

"가능한 일이죠, 그렇지 않나요? 제가 정말 경찰이라는 일을 좋아했는지, 그 일을 잘 하긴 했는지 모르겠어요. 경찰학교 수업은 좋았어요. 제복을 입는 것도 좋았고. 걸어서 순찰을 돌면서 사람들에게 인사를 하고 답례 인사를 받는 것도 좋았어요. 실제 경찰 업무는 얼마나 좋아했는지 모르지만. 정말 경찰 일이 적성에 맞았더라면 그날 부엌에서 본 광경 때문에 충격을 받진 않았겠죠. 아니면 참고 견뎌서 결국 극복하게 됐을지도 모르고. 당신도 경찰이었는데, 그만뒀잖아요. 그렇죠?"

"자세하게 말할 수 없는 신변상의 이유 때문에."

"그래요, 그런 일이 많을 것 같아요."

"사람이 하나 죽었죠. 어린아이. 그래서 그 일을 할 맛이 나지 않았어요."

"제가 바로 그랬어요, 매튜. 그 일을 할 맛이 나지 않았죠. 제가 무슨 생각을 하는지 알아요? 그 일이 아니었다면 다른 일로 그런 생각이 들었을 거라는 겁니다."

나도 그와 같은 말을 할 수 있을까? 전에는 그런 생각이 들지 않았다. 에스트렐리타 리베라가 그 시간에 당연히 있어야 할 집에 있었다면, 내가 아직 시오셋에 살면서 경찰로 일하고 있었을까? 아니면 다른 사건 때문에 필연적으로 지금 이 길을 걷게 됐을까?

내가 말했다.

"부인과 헤어졌더군요."

"맞아요."

"사표를 낸 그때인가요?"

"얼마 안 가서 그랬죠."

"그리고 곧바로 여기로 이사 왔나요?"

"몇 블록 떨어진 브로드웨이의 SRO호텔로 갔습니다. 거기서 10주 정도 지내다가 여길 찾아냈죠. 그 후로 쭉 여기서 살았습니다."

"부인은 아직도 이스트 빌리지에 살던데."

"네에?"

"세인트 마크스 플레이스. 아직도 거기 산다고요."

"아, 맞아요."

"아이가 있나요?"

"없습니다."

"헤어지기가 더 쉬웠겠군요."

"그런 셈이죠."

"내 아내와 아들들은 롱아일랜드에 살아요. 난 57번가 호텔에 살고."

그는 고개를 끄덕이면서 내 사정을 이해했다. 사람들은 이사를 다니고 그들의 삶은 변한다. 하버메이어는 캐시미어 스웨터를 지키는 일을 하게 됐다. 나는 지금 하는 일이 뭐든 그걸 하게 됐고. 안토넬리의 표현을 빌자면 탄광에서 검은 고양이를 찾고 있는 거지. 거기에 있지도 않은 고양이를.

10장

호텔로 돌아왔을 때 린 런던에게 메시지가 와 있었다. 나는 로비에 있는 공중전화로 그녀에게 전화를 걸어서 내가 누구고 용건이 뭔지 설명했다.

린이 말했다.

"우리 아버지가 당신을 고용했다고요? 이상하네요. 아버진 아무 말씀도 없으셨는데. 언니를 죽인 범인은 잡혔다고 생각했는데. 왜 아버지가 갑자기. 잠깐, 우선은 그렇다치고. 내가 무슨 도움이 될 수 있을지 모르겠네요."

난 직접 만나서 언니에 대해 이야기를 하고 싶다고 했다.

"오늘 밤은 안 돼요." 린은 사무적으로 말했다. "산에 갔다 온 지 몇 시간밖에 안 돼서 기진맥진한 데다 이번 주 수업 계획도 짜야 해요."

"내일은 어때요?"

"내일은 하루 종일 수업이 있어요. 저녁은 약속이 있고 그 다음엔 콘서트에 가야 해요. 화요일 밤엔 집단 치료가 있고. 수요일은 어때요? 수요일도 딱히 좋은 날은 아니지만. 젠장."

"그럼."

"그럼 전화로 해결할 수 있지 않을까요? 난 사실 아는 게 별로 없어요, 스커더 씨. 그리고 지금은 피곤해 죽겠지만, 그래도 10분 정도는 질문에 대답할 수 있을 것 같은데. 그렇지 않으면 당신과 언제 만날 수 있을지 솔직히 잘 모르겠거든요. 난 정말 아는 게 별로 없어요, 그때는 너무 오래전이고 또……"

"내일 오후 수업이 몇 시에 끝납니까?"

"내일 오후요? 수업은 3시 15분에 끝나지만……"

"그럼 당신 아파트에서 4시에 뵙겠습니다."

"내가 말했잖아요. 내일 저녁 약속이 있다고."

"그리고 그다음엔 콘서트에 간다고 했죠. 4시에 만나죠. 시간은 별로 뺏지 않을 테니까."

그녀는 마뜩찮아 했지만, 우리는 그렇게 통화를 끝냈다. 난 동전을 새로 넣고 재니스 킨에게 전화했다. 오늘 하루 있었던 일을 간단히 들려주자 재니스는 내 부지런함이 경이롭다고 말했다.

"나도 모르겠어요. 가끔은 내가 그냥 시간만 낭비하고 있다는 생각이 들기도 하고. 오늘 일은 전화 몇 통으로 같은 결과가 나올 수도 있었는데."

"어젯밤 우리는 전화 통화로 용건을 해결할 수도 있었어요. 그렇게 따지면."

"그러지 않아서 기쁘군요."

"나도 그렇게 생각해요. 어쨌든 오늘 작업할 계획이었는데 점토를 쳐다보지도 못하겠어요. 잘 때쯤이면 숙취가 가시기만 바랄 뿐이에요."

"난 오늘 아침 맑은 정신으로 일어났는데."

"난 이제야 좀 머리가 맑아지기 시작했어요. 아무래도 집에 계속 있었던 게 실수인 것 같아요. 햇볕을 쬐면 머릿속에 있던 연기가 날아가 버렸을지도 모르는데. 지금은 그냥 빈둥거리면서 적당한 시간에 자려고요."

그녀의 마지막 문장에 말로 표현하지 못한 초대가 포함되어 있었는지도 모른다. 내가 먼저 놀러 가겠다고 넌지시 말해 볼 수도 있었다. 하지만 이미 집에 온 데다, 혼자서 짧고 조용하게 저녁을 보내는 것도 그 나름의 매력이 있었다. 난 재니스에게 같이 있어서 얼마나 즐거웠는지 말하면서 또 전화하겠다고 했다.

"전화해 줘서 기뻐요. 당신은 다정한 사람이에요, 매튜." 재니스가 말했다. 그녀는 잠시 입을 다물었다가 다시 말했다. "내가 생각해 봤는데, 아무래도 그 사람이 그런 것 같아요."

"그 사람?"

"더글라스 에팅거. 아마 그 사람이 범인일 거예요."

"왜?"

"이유는 나도 모르겠어요. 사람들에겐 항상 배우자를 죽일 동기가 있잖아요, 안 그런가? 난 에드워드를 죽여야 할 이유가 없었던 날이 없었는걸요."

"내 말은 왜 그 사람이 범인이라고 생각했냐는 거죠."

"아. 내가 무슨 생각을 하고 있었냐면, 다른 살인을 모방해서 누군가를 죽이려면 얼마나 간교한 사람이어야 할까, 하는 생각을 하고 있었어요. 그러다 그 남자가 정말 솔직하지 못한 데다 사람 뒤통수를 치는 인간이란 걸 깨달았죠. 그 사람이라면 능히 그런 짓을 꾸밀 수 있어요."

"그거 흥미로운데요."

"뭐, 내게 무슨 전문적인 지식이 있는 건 아니에요. 하지만 좀 전에 그런 생각을 하고 있었어요. 그런데 그 사람 지금은 무슨 일을 한다고 그랬죠? 스포츠 용품을 판다고 했나? 그렇게 말했나요?"

나는 방에 앉아서 한동안 책을 읽다가, 모퉁이에 있는 암스트롱에서 저녁을 먹었다. 거기서 두어 시간 있었지만 별로 많이 마시진 않았다. 가게는 한가했는데, 일요일엔 대개 그랬다. 몇 사람과 이야기를 하긴 했지만 주로 혼자 앉아서 지난 이틀간에 일어난 일들을 멍하니 생각했다.

그날은 일찍 암스트롱을 나와서, 8번가로 걸어가 일찍 나온 월요일 자 《뉴스》를 샀다. 그리고 내 방으로 돌아가 신문을 읽고, 샤워했다. 거울에 비친 내 얼굴을 봤다. 면도를 할까 했지만, 그냥 내일 아침까지 기다리기로 했다.

자기 전에 술을 한잔 가볍게 하고 잠자리에 들었다.

깊은 잠에 빠져 꿈을 꾸고 있을 때 전화벨이 울렸다. 나는 꿈속에서 달리고 있었다. 누군가를 쫓고 있거나 쫓기고 있다가 침대에서 일어나 앉았는데 심장이 사정없이 쿵쿵 뛰고 있었다.

전화벨이 계속 울리고 있었다. 손을 뻗어서 전화를 받았다. 어떤 여자가 말했다.

"왜 죽은 사람을 그대로 놔두지 않아요?"

"누구십니까?"

"죽은 사람은 내버려 둬요. 건드리지 말라고요."

"누구죠?"

찰칵. 불을 키고 시계를 봤다. 새벽 1시 30분쯤 됐다. 그렇다면 한 시간 반쯤 잔 건데.

누가 전화한 거지? 전에 들어 본 적이 있는 목소리였지만 짚이는 데가 없었다. 린 런던? 아닌 것 같은데.

침대에서 나와 노트의 페이지를 넘기다가, 다시 수화기를 들었다. 호텔 교환원이 나왔을 때 번호를 불러 줬다. 전화가 연결돼서 벨이 두 번 울리는 소리를 들었다.

어떤 여자가 받았다. 방금 내게 죽은 사람은 그대로 내버려 두라고 한 바로 그 여자였다. 전에 목소리를 한 번 들은 적이 있는 여자였는데, 이제 기억이 났다.

하루나 이틀 정도 기다릴 것 없이 그녀에게 당장 해야 할 말은 없었다. 아무 말도 하지 않은 채, 나는 수화기를 내려놓고 다시 침대로 돌아갔다.

11장

 그다음 날 아침을 먹은 후에 찰스 런던의 사무실에 전화했다. 그는 아직 출근하지 않았다. 나는 내 이름을 대고 다시 전화하겠다고 했다.
 그리고 새 동전을 넣고 13번 관할 경찰서에 있는 프랭크 피츠로이에게 전화를 걸었다.
 "스커더야. 피넬이 어느 감옥에 있는지 알아?"
 "시내에 있었는데. 그러다 라이커스 아일랜드로 보냈고. 왜?"
 "만나 보고 싶은데. 가능성이 있을까?"
 "별로 없는데."
 "자네가 거기 가 볼 수도 있잖아. 내가 동료 경찰관으로 묻어 갈 수 있고."
 내가 아이디어를 냈다.

"글쎄, 잘 모르겠어, 매튜."

"공짜로 해 달라는 게 아니야."

"그게 문제가 아니야. 정말이라니까. 문제는 이 빌어먹을 놈이 제 발로 걸어 들어왔는데 말도 안 되는 사소한 조항을 어겼다고 그냥 풀려나게 둘 순 없다는 거야. 허가도 받지 않은 방문객을 들여보냈다가 변호사가 알기라도 하면 펄펄 뛸 테고 그러다 이 사건 자체가 엎어질 수 있어. 내 말 이해해?"

"그럴 가능성은 별로 없을 것 같은데."

"그럴 수도 있지만, 난 조금이라도 모험하고 싶지 않아. 어쨌든 그 새끼에게 무슨 볼일이 있어서?"

"나도 모르겠어."

"어쩌면 내가 대신 한두 가지 물어봐 줄 수는 있겠지. 내가 그 자식을 볼 수 있게 된다면, 그것도 할 수 있을지는 모르겠지만. 그 자식 변호사가 면회를 차단했을지도 몰라. 그래도 특별히 물어볼 게 있다면."

나는 호텔 로비에 있는 공중전화박스에서 전화를 하고 있었는데 누군가 문을 두드리고 있었다. 프랭크에게 잠깐만 기다리라고 하고 문을 조금 열었다. 호텔의 접수 담당자인 비니가 전화가 왔다고 했다. 누구냐고 물었더니 여자인데 이름은 말 안 했다고 했다. 어젯밤에 전화한 여자일까 하는 생각이 들었다.

나는 비니에게 1분 안에 받을 거니까 내선으로 돌려놓으라고 말했다. 그리고 가리고 있던 전화기의 송화구에서 손을 떼고 루이스 피넬에게 특별히 물어보고 싶은 질문은 생각이 나질 않지만 그가 제안한 건 생각해 보겠다고 했다. 프랭크는 수사에 진전이 있는지 물었다.

내가 말했다.

"모르겠어. 진전이 있는 건지 없는 건지. 어쨌든 조사는 하고 있어."

"그 양반이 돈 들인 만큼은 해 준다 이거지. 런던이지, 참."

"그런 셈이지. 대부분 시간 낭비란 느낌은 들지만."

"항상 그런 식이지, 안 그래? 내가 쓰는 시간의 90퍼센트는 낭비되고 있구나, 하는 생각이 드는 때가 있지. 하지만 낭비되지 않는 10퍼센트가 나오려면 그렇게 하는 수밖에."

"그게 정답이지."

"자네가 피넬을 만나 볼 수 있다 해도, 그것도 낭비된 90퍼센트에 속할 거야. 그렇게 생각하지 않아?"

"아마도."

나는 프랭크와 통화를 끝내고, 데스크로 가서 내선 전화기를 들었다. 애니타였다.

"매튜? 수표 받았단 말을 하고 싶어서 전화했어."

"잘됐네. 더 못 보내서 미안해."

"딱 필요한 때 왔어."

난 집에 부칠 돈이 있을 때 보냈다. 애니타는 한 번도 그냥 돈이 왔다는 말을 하려고 전화한 적이 없었다.

아이들이 어떻게 지내는지 물었다.

"잘 있어. 물론 지금은 학교에 있고."

"당연히 그렇겠지."

"당신, 아이들 본 지 좀 된 것 같은데."

순간 바늘에 콕 찔린 것처럼 분노가 치밀었다. 고작 이 말을 하려고 전화했단 말이야? 그냥 내 죄책감을 자극하려고?

"사건을 맡았어. 조사가 끝나는 대로, 그때가 언제든 아이들을 보내 주면 매디슨 스퀘어 가든에서 농구 한 게임 보지, 뭐. 권투를 보거나."

"아이들이 좋아하겠네."

"나도 그래." 나는 재니스를 생각했다. 자식들이 멀리 있어서 안도하고, 찾아갈 필요가 없어서 안도하고, 그렇게 안도하는 게 미안해서 죄책감을 느끼는 그녀. "그럼 아주 좋겠어."

"매튜, 내가 전화한 이유는……."

"응?"

"아, 맙소사." 그녀가 말했다. 슬프고 지친 목소리였다. "밴디 때문에."

"밴디?"

"개 말이야. 밴디 기억하잖아."

"물론이지. 밴디가 뭐?"

"아, 정말 슬퍼. 수의사가 안락사를 시켜야 한다고 하네. 지금으로선 밴디에게 해 줄 수 있는 게 없다고."

"아. 그래야 한다면 어쩔 수 없지만."

"이미 했어. 금요일에."

"그랬구나."

"당신이 알고 싶어 할 것 같아서."

"불쌍한 밴디. 올해 열두 살은 됐겠네."

"열네 살이었어."

"그렇게 나이가 많은 줄 몰랐어. 개치고는 오래 살았네."
"인간으로 치면 아흔여덟이래."
"뭐가 문제였던 거야?"
"수의사 말로는 그냥 기력을 잃었대. 신장이 안 좋았어. 눈도 멀다시피 했고. 당신도 알고 있었지?"
"아니."
"지난 1~2년 동안 시력이 계속 떨어졌어. 정말 슬픈 일이었어, 매튜. 아이들은 밴디에게 흥미를 잃었어. 난 그게 제일 슬펐던 것 같아. 아이들은 어렸을 때 밴디를 사랑했지만 자기들은 성장하는데 밴디는 늙어 가니까 흥미를 잃은 거지." 애니타는 울기 시작했다. 나는 서서 전화기를 귀에 댄 채 아무 말도 하지 않았다. "미안해, 매튜."
"바보 같은 말 하지 마."
"당신한테 전화한 건 누군가에게 말하고 싶었는데 달리 전화할 사람이 있어야지. 처음에 밴디 데려왔을 때 기억나?"
"기억나."
"난 밴디가 아니라 밴디트(노상 강도라는 뜻 ─ 옮긴이)라고 이름을 지어 주고 싶었지. 얼굴에 있는 무늬 때문에 마치 마스크를 쓴 것 같았잖아. 당신이 개 이름은 악당같이 지어야 한다고 했지만, 우린 이미 밴디라고 부르기 시작했어. 그래서 그건 밴더스내치(광포한 성질을 가진 가공의 동물 ─ 옮긴이)의 줄임말이라고 하기로 했잖아."
"『이상한 나라의 앨리스』에 나오는 동물이지."
"수의사가 그러는데 밴디는 아무 고통도 느끼지 않았대. 그냥 잠들었다는 거야. 내 대신 밴디 시체를 처리해 줬어."

"그거 잘됐네."

"밴디는 행복하게 살았어, 그렇지 않아? 그리고 착한 개였어. 대단한 어릿광대였지. 항상 날 웃게 만들었어."

애니타는 그렇게 몇 분 더 이야기했다. 그 대화는 밴디처럼 그렇게 기력을 잃었다. 애니타는 돈을 보내 줘서 고맙다고 다시 한 번 인사했고, 나는 다시 더 보낼 수 있었으면 좋았을 거라고 말했다. 나는 애니타에게 지금 맡고 있는 사건을 끝내는 대로 아이들을 만나겠다고 전해 달라고 했다. 애니타는 꼭 전해 주겠다고 했다. 전화를 끊고 밖으로 나갔다.

해는 구름에 가려졌고 불어오는 바람에 냉기가 서려 있었다. 호텔에서 두 집 건너에 맥거번이란 이름의 술집이 있다. 거기는 일찍 문을 연다.

난 안으로 들어갔다. 늙은 남자 둘밖에 없었는데, 하나는 바 뒤에 있었고, 하나는 바 앞에 있었다. 바텐더는 살짝 떨리는 손으로 내게 얼리 타임스(버번 위스키 — 옮긴이) 더블 샷을 따르고 거기다 물을 섞었다.

나는 술 냄새를 풍기며 런던의 사무실에 일찌감치 찾아가도 되는 건지 생각하며 술잔을 들다가, 이 정도는 비공식적으로 일하는 사립 탐정에게 봐줄 수 있는 기행이라고 판단했다. 나는 불쌍하고 늙은 밴디를 생각했지만, 물론 정말로 그 개에 대해 생각한 건 아니었다. 나에게, 그리고 아마도 애니타에게, 밴디는 아직도 우리를 연결해 주는 몇 안 되는 끈 중 하나였다. 우리의 결혼처럼, 밴디 역시 서서히 죽어 갔다.

나는 술을 마시고 거길 나왔다.

런던의 사무실은 파인 가에 있는 28층 건물의 16층에 있었다. 나는 진한 황록색 작업복을 입은 남자 둘과 같이 엘리베이터를 탔다. 하나는 클립보드를 들고 있었고, 다른 하나는 공구 세트를 들고 있었다. 둘 다 아무 말 하지 않았고, 나도 입을 다물고 있었다.

런던의 사무실을 발견했을 때는 미로에 있는 쥐 같은 기분이 들었다. 그의 이름은 불투명 유리문 위에 붙은 네 명의 이름 중 제일 위에 있었다. 안으로 들어가자, 살짝 영국식 억양이 섞인 접수계원이 나에게 자리를 권한 후, 전화기에 대고 조용히 말했다. 내가 《스포츠 일러스트레이티드》 잡지를 보고 있을 때 문이 열리더니 찰스 런던이 자기 사무실로 들어오라고 손짓을 했다.

그의 사무실은 꽤 컸고, 호화롭지 않으면서 편안했다. 창문으로 항구가 보였는데, 주위를 둘러싼 건물들에 일부 가려져 있었다. 우리는 책상을 사이에 두고 섰는데, 뭔가 거리가 느껴졌다. 순간 맥거번에서 버번을 마셨던 걸 후회했다가, 그건 우리를 갈라놓은 것처럼 보이는 투명한 막과는 아무 상관이 없다는 걸 깨달았다.

런던이 말했다.

"전화 먼저 하지 그랬어요. 그럼 굳이 여기까지 안 와도 됐을 텐데."

"했는데 아직 출근 안 하셨다고 하더군요."

"나중에 전화할 거란 메시지를 받았는데요."

"전화 통화는 아껴 두자 생각했죠."

그는 고개를 끄덕였다. 그가 입은 양복은 암스트롱에서 봤을 때와 같은 양복처럼 보였는데, 넥타이만 달랐다. 그 양복과 셔츠도 다른 것일 거라고 확신했다. 아마 그에겐 똑같은 양복 여섯 벌과 흰 셔츠로 가득 찬 서랍이 두 개는 있을 것이다.

런던이 말했다.

"이 사건은 그만둬 주십시오, 스커더 씨."

"흠."

"놀란 것 같지 않네요."

"여기 들어오면서 그런 분위기를 감지했습니다. 왜죠?"

"내 개인적인 이유는 중요하지 않습니다."

"저에겐 중요합니다."

그는 어깨를 으쓱했다.

"내가 실수했습니다. 당신을 헛수고 시킨 거죠. 돈을 낭비했고."

"선생님은 이미 돈을 낭비했습니다. 그러니 제게서 그 대가로 뭔가를 받는 편이 낫죠. 돈은 이미 써 버려서 돌려 드릴 수 없습니다."

"환불은 기대하지 않았습니다."

"제가 오늘 여기에 온 건 돈을 더 달라고 온 게 아닙니다. 그러니 수사를 중단하라고 말해서 당신이 절약하는 게 뭡니까?"

무테 안경 뒤에서 옅은 파란색 눈이 두 번 깜박였다. 런던은 내게 앉지 않겠냐고 물었다. 난 서 있는 게 편하다고 말했다. 그도 계속 서 있었다.

런던이 말했다.

"제가 어리석게 굴었어요. 복수하고 응징하겠다고 나서고. 괜한 소란을 일으킨 거죠. 그 남자가 바버라를 죽였거나 다른 미치광이가 죽였겠지만 확실히 알 수 있는 길은 아마 없을 겁니다. 당신을 보내서 과거를 캐고 현재를 혼란스럽게 만든 내가 잘못한 거죠."

"그게 내가 하고 있는 일입니까?"

"뭐라고요?"

"과거를 캐고 현재를 혼란스럽게 만든 거? 아무래도 그게 내가 맡은 역할에 대한 훌륭한 정의인가 보군요. 언제 날 철수시키기로 결정한 겁니까?"

"그건 중요하지 않아요."

"더글라스 에팅거가 선생님에게 손을 쓴 거죠, 그렇죠? 어제 그런 게 분명해요. 토요일은 가게에 사람들이 많이 오고, 테니스 라켓도 많이 파니까. 어젯밤에 전화했겠네, 그렇죠?"

런던이 머뭇거리자 내가 말했다.

"어서 말해 봐요. 그건 중요한 게 아니라고 해 보라고요."

"중요하지 않아요. 더 중요한 건, 이건 당신 일도 아니잖아요. 스커더 씨."

"어젯밤 1시 30분경에 에팅거와 재혼한 부인이 건 전화를 받고 잠이 깼어요. 그 여자가 그때 선생님에게도 전화를 했나요?"

"대체 무슨 소리를 하는 건지 모르겠군요."

"그 여자는 목소리가 독특하던데. 그저께 에팅거 집에 전화했을 때 그 목소리를 들었어요. 그 여자가 남편이 힉스빌 가게에 있다고 말해 줬죠. 어젯밤 전화를 해서 내게 죽은 사람은 건드리지 말라고 하더군요. 선생님도 그걸 원하는 것 같은데요."

"그래요. 그게 내가 원하는 겁니다."

런던이 말했다.

나는 그의 책상 위에 있던 문진을 집었다. 2센티미터 정도 길이의 놋쇠 라벨에 이게 애리조나 사막에서 온 석화된 나뭇조각이라는 말이 찍혀 있었다.

"캐런 에팅거가 뭘 두려워하는지 알 수 있어요. 남편이 살인자로 드러날지도 모르고, 그러면 그 여자로서는 정말 세상이 뒤집어지는 일이겠죠. 당신이 그 여자 입장이라면 어떤 식으로든 범인을 알고 싶어 할 거라고 생각하겠죠. 첫 번째 아내를 죽인 범인일지도 모르는 남자와 살면서 앞으로 얼마나 마음이 불안하겠어요? 하지만 그런 면에서 사람 심리가 의외로 웃겨요. 사람들은 그런 의심이나 생각은 밀어내 버릴 수 있죠. 무슨 일이 있었건 그건 오래 전에 브루클린에서 일어난 일이고. 게다가 그 여자는 죽었잖아요? 사람들은 여기저기 이사 다니면서 인생도 변하기 마련이니, 그 여자로서는 걱정할 게 없다, 이겁니다."

런던은 아무 말도 하지 않았다. 그의 문진 바닥에는 검은 펠트 천이 붙어 있어서 책상이 긁히지 않았다. 나는 펠트가 붙은 부분을 바닥으로 해서 책상에 다시 내려놨다.

내가 말했다.

"선생님은 더글라스 에팅거나 그 아내의 세상이 뒤집힐까 걱정하는 게 아니겠죠. 그 사람들에게 좀 번거로운 일이 생긴다고 해서 선생님에게 무슨 문제가 생기는 겁니까? 더글라스 에팅거가 당신에게 압력을 넣을 방법을 가지고 있다면 모르겠지만, 그건 아닌 것 같고. 선생님이 그렇게 쉽게 남에게 휘둘릴 분이라고 생각지 않는데."

"스커더 씨."

"다른 이유가 있을 텐데 그게 뭐죠? 돈은 아니고, 물리적인 협박도 아니고. 아, 젠장, 뭔지 알았어요."

그는 내 시선을 피했다.

"딸의 평판. 내가 그녀의 무덤에서 뭘 발견하게 될까 봐 두려운 거죠. 따님이 바람을 피우고 있었다고 에팅거가 말한 게 분명해요. 나한테는 아니라고 말했지만, 그 사람이 그렇게 솔직한 사람은 아닌 것 같던데. 사실, 정말 남자를 만나고 있었던 것처럼 보이더군요. 어쩌면 한 명 이상일지도 모르고. 그게 선생님의 윤리관에는 위배될지 모르겠지만, 자식이 살해됐다는 사실에는 별 영향을 미치지 못합니다. 따님은 연인에게 살해됐을지도 모릅니다. 남편에게 살해됐을지도 모르고. 가능성은 무궁무진하지만 선생님은 그 어떤 것도 보고 싶지 않은 겁니다. 진실이 밝혀지는 과정에서 딸이 정숙하지 못했다는 게 드러날지도 모르니까."

잠시 그가 분노를 터트릴 것 같았다. 그러다 그의 눈에 뭔가 떠올랐다.

"유감스럽지만 나가 줘야겠어요. 전화할 것도 있고 15분 후에 약속이 있어서."

"월요일은 보험사가 바쁜 날인가 보군요. 스포츠 용품점이 토요일에 바쁜 것처럼."

"마음이 상했다니 미안합니다. 아마도 나중엔 내 입장을 이해하겠지만, 그러나······."

"아, 선생님 입장이야 이해하고 있어요. 따님이 아무 이유 없이 미치광이에게 살해됐고 선생님은 그 현실에 가까스로 적응했죠. 그런데 이제 새롭게 적응해야 할 현실이 생긴 거죠. 그게 알고 보니 누군가 따님을 죽여야 할 이유가 있었을 가능성을 이해해야 하고, 그것도 그럴 만한 이유일지도 모르니까." 나는 고개를 저었다. 너무 말을 많이 하는 내가 짜증스러워서였다. "난 여기 따님의 사진을 가지러 왔습니다. 공교롭게도 가져오지 않으신 것 같군요."

"왜 그걸 원하죠?"

"요전 날 말하지 않았나요?"

"하지만 당신은 지금 이 사건에서 손을 뗐잖아요." 런던은 마치 머리가 모자란 아이에게 설명해 주는 것처럼 말했다. "환불은 기대하지 않지만, 수사는 중단해 주기 바랍니다."

"날 해고하고 싶다 이거군요."

"당신이 그런 표현을 선호한다면……."

"선생님은 애초에 날 고용한 적도 없습니다. 그러니 어떻게 날 해고할 수 있죠?"

"스커더 씨."

"벌레가 가득 찬 깡통을 열어 놓고 이제 와서 그 벌레들을 그냥 다시 깡통에 넣자고 결심할 순 없습니다. 이미 많은 것들이 움직이기 시작했어요. 나는 그것들이 어디로 이어지는지 보고 싶습니다. 여기까지 와서 멈추진 않겠어요."

그는 기이한 표정을 하고 있었는데, 날 조금 두려워하는 것 같은 표정이었다. 어쩌면 내가 언성을 높였거나 왠지 모르겠지만 내가 위험하게 보였나 보다.

"긴장 풀어요. 내가 죽은 사람을 혼란스럽게 할 일은 없을 테니까요. 죽은 사람은 그런 일을 당할 수도 없습니다. 선생님은 내게 수사를 중단하라고 요구할 권리가 있고 나는 꺼지라고 말할 권리가 있습니다. 나는 한 사람의 시민으로서 비공식적인 수사를 하고 있습니다. 선생님이 도와준다면 좀 더 효율적으로 할 수 있겠지만, 혼자서도 해낼 수 있습니다."

"난 당신이 그 사건을 놨으면 좋겠는데."

"난 선생님이 날 지원해 줬으면 좋겠습니다. 바란다고 다 이뤄지는 것도 아니고. 선생님 뜻대로 일이 처리되지 않아서 유감입니다. 이 말을 하려고 했던 건데. 내 말을 듣고 싶지 않았던 것 같군요."

내려오는 길에, 엘리베이터는 거의 매 층마다 멈췄다. 나는 거리로 나왔다. 아직도 날은 흐렸고, 내가 기억했던 것보다 훨씬 더 추웠다. 한 블록 반을 걸어서 술집을 찾아냈다. 거기서 더블 버번을 얼른 마시고 나왔다. 몇 블록 더 가서 또 다른 술집에 들어가서 또 한잔했다.

지하철을 찾아서, 시 외곽으로 가는 플랫폼으로 가다가, 마음을 바꿔서 브루클린행 열차를 기다렸다. 제이 가에서 내려서 거리 하나를 올라다가 다시 내려왔다가 결국엔 보럼 힐에 왔다. 나는 스케르메르혼에 있는 펜테코스트(성령의 힘을 강조하는 기독교 교파―옮긴이) 교회에서 멈췄다. 교회 게시판에는 스페인어로 쓴 공지가 가득 차 있었다. 거기에 몇 분 동안 앉아서 머릿속이 정리되길 빌었지만, 그런 일은 일어나지 않았다. 나는 죽은 것들 사이에서 내 생각이 오락가락하고 있다는 걸 깨달았다. 죽은 개, 죽은 결혼, 부엌에서 죽은 여자, 죽은 흔적.

적갈색 셔츠 위에 소매 없는 스웨터를 입은 탈모가 진행 중인 남자가 내게 스페인어로 뭐라고 물었다. 자기가 날 도와줄 수 있는지 알고 싶어 하는 것 같았다. 나는 일어서서 거길 나왔다.

좀 더 걸어 다녔다. 이상하게도 왠지 바버라 에팅거의 아버지가 날 해고하기 전보다 그녀의 살인범을 쫓는 데 더 강한 열의가 느껴졌다는 것이다. 수사는 여전히 희망이 안 보이고, 의뢰인의 협조도 받지 못하는 상황이다. 그런데도 나는 런던에게 여러 가지 것들이 움직이기 시작했다고 한 내 말을 믿는 것 같았다. 죽은 사람은 정말로 내가 혼란스럽게 할 수 없는 곳에 있지만, 내가 산 사람들을 혼란스럽게 만들기 시작했고 거기서 뭔가 단서가 나올 것이란 감이 왔다.

난 늙고 불쌍한 밴더스내치를 생각했다. 항상 막대기를 쫓아가거나 산책을 하러 가고 싶어 했던 개. 밴더스내치는 항상 장난감을 가져와서 놀고 싶다는 신호를 보내곤 했다. 내가 그냥 서 있으면 장난감을 발치에 떨어뜨려 놓지만, 그걸 뺏으려고 하면 장난감을 꽉 물고 죽어라 버텼다.

아마도 내가 밴더스내치에게서 그런 점을 배운 것 같다.

나는 와이코프 가에 있는 빌딩으로 갔다. 그리고 도널드 길먼과 롤프 웨이고너가 사는 아파트의 초인종을 울렸다. 그들은 집에 없었다. 주디 페어본도 없었다. 나는 재니스가 같이 살고 있던(그 사람 이름이 뭐더라?) 건물을 지나쳐 걸어갔다. 에드워드. 에디.

술집에 들러서 술을 한 잔 마셨다. 아무것도 타지 않은 버번으로 더블이 아닌 원 샷. 그냥 추위를 쫓고 체력을 유지할 생각으로 마신 술이었다.

루이스 피넬을 만나기로 결심했다. 우선, 매번 살인을 할 때마다 다른 송곳을 썼는지 물어볼 것이다. 부검에 거기에 대해선 어떤 식으로든 답이 나와 있지 않았다. 아마 아직까지는 법의학이 그렇게 높은 수준으로 발달되진 않은 모양이었다.

피넬이 어디서 얼음송곳을 구했는지 궁금했다. 얼음송곳은 엄청나게 구식으로 느껴졌다. 얼음송곳을 살인 말고 어디다 쓰겠는가? 이제 집에 아이스박스가 있는 사람도 없고, 얼음 장수가 얼음 덩어리를 배달해 주지도 않는다. 요즘은 얼음을 얼리는 플라스틱 트레이에 물을 채워서 아이스 큐브를 만들거나, 자동으로 얼음을 만들어 내는 냉장고를 가지고 있다.

시오셋에 있는 우리 집 냉장고에는 자동 얼음 제조 기능이 있었다.

얼음송곳은 어디서 구했지? 얼마나 했을까? 갑자기 머릿속이 얼음송곳에 대한 질문으로 가득 찼다. 나는 돌아다니다가, 싸구려 잡화점을 찾아서, 가정용품 코너에 있는 점원에게 얼음송곳이 어디 있냐고 물었다. 그 여직원은 나를 철물코너로 보냈는데, 거기서 또 다른 직원이 얼음송곳은 안 판다고 말했다.

"이제 쓸모가 없어져서 안 나오는 모양이군요."

내가 말했다.

그 여직원은 굳이 대답하려고 하지도 않았다. 나는 좀 더 주위를 돌아다니다가, 철물과 주방용품을 파는 가게 앞에 멈췄다. 카운터 뒤에 서 있던 점원은 낙타털 카디건을 입고 시거 꽁초를 잘

근잘근 씹고 있었다. 내가 얼음송곳을 파냐고 물었더니 한 마디 말도 없이 갔다가 판지에 스테이플러로 찍혀 있는 얼음송곳 하나를 가지고 왔다.

"98센트입니다. 세금까지 합해서 1달러 6센트입니다."

사실 송곳을 사고 싶은 마음은 없었다. 그냥 얼마나 하는지, 살 수는 있는지 궁금했다. 어쨌든 돈을 치렀다. 밖에 나가서 철사로 만든 쓰레기통에 멈춰서 갈색 종이봉투와 판지를 버리고 내가 산 송곳을 살펴봤다. 송곳날은 12센티미터 남짓 되는 길이에, 끝이 뾰족했다. 손잡이는 짙은 색 목재로 만든 원통형이었다. 한 손에 그걸 쥐어 봤다가 다른 손에 바꿔 쥐었다가, 다시 주머니에 넣었다.

그리고 가게 안으로 다시 들어갔다. 송곳을 내게 팔았던 점원이 잡지를 보다 고개를 들었다.

"방금 여기서 얼음송곳을 샀는데."

"무슨 문제가 있나요?"

"아무 문제없어요. 얼음송곳이 많이 팔리나요?"

"조금요."

"얼마나 많이?"

"적어 놓진 않는데. 가끔 하나씩 팔죠."

"사람들이 무슨 용도로 사나요?"

그는 이 인간 또라이 아니야, 하는 의문을 품기 시작할 때 짓는 그런 경계하는 표정을 지었다.

"뭐든 자기들이 원하는 게 있겠죠. 그걸로 이를 쑤시진 않겠지만, 그거 말고는 뭐든 하고 싶은 걸 하겠죠."

"여기서 오래 일했나요?"

"그건 왜요?"

"이 가게에서 오래 일했어요?"

"충분히 오래 했거든요."

나는 고개를 끄덕이고, 그 가게를 나왔다. 난 그에게 9년 전에 누가 얼음송곳을 사 갔냐고 묻지 않았다. 그랬다면, 내가 정상인지 의심하는 건 그뿐만이 아니었을 것이다. 하지만 누군가가 그에게 바버라 에팅거가 살해된 직후에 그 질문을 했더라면, 누군가 그와 브루클린의 그 지역에 있는 다른 철물점 직원들에게 그 질문을 했더라면, 그리고 적절한 사진을 주변 사람들에게 보여 주면서 적절한 질문을 했더라면, 그때 바버라의 살인범을 잡을 수 있었을지도 모른다.

그런데 그렇게 할 이유가 없었다. 진실이 보이는 것과 다르다고 생각할 이유가 없었고, 이건 얼음송곳 살인자의 또 다른 범행이라고만 생각했다.

나는 주머니 속에 있는 송곳의 뭉툭한 끝부분을 꼭 쥐고 걸어갔다. 편리한 도구다. 이걸로 벨 수는 없고 찌를 수만 있다. 하지만 누군가에게 여전히 큰 해를 가할 수 있다.

얼음송곳을 가지고 다니는 건 법에 저촉되지 않나? 법에서는 송곳이 흉기는 아니지만 위험한 도구로 분류된다. 흉기란 장전된 권총, 스위치 나이프(칼날이 튀어나오는 나이프 — 옮긴이), 그래비티 나이프(자루를 잡고 손목을 아래로 흔들면 날이 튀어나오는 나이프 — 옮긴이), 단검, 곤봉, 브라스 너클(격투할 때 손가락 관절에 끼우는 쇳조각 — 옮긴이)과 다른 기능은 없이 사람을 죽이려고 공격할 때 쓰는 물건들을 의미한다. 얼음송곳에는 다른 용도들이 있지만, 그 물건을 판 사람은 내게 다른 용도는 어느 하나 말해 주지 못했다.

그렇다 해도, 이걸 합법적으로 들고 다닐 수 있다는 뜻은 아니다. 마체테(날이 넓고 무거운 칼 — 옮긴이)는 법률상으로는 위험한 도구로, 흉기는 아니지만, 뉴욕 거리에서 가지고 다닐 수는 없다.

나는 주머니에서 몇 번 그걸 꺼내서 봤다. 그러다 가는 도중에 하수구 창살 사이로 떨어뜨렸다.

바버라 에팅거를 살해하는 데 쓰인 얼음송곳도 같은 식으로 사라졌을까? 그럴 수 있었다. 심지어 바로 이 하수구에 떨어졌을 수도 있다. 모든 게 가능했다.

바람은 잠잠해지는 게 아니라 더 거세지고 있었다. 나는 또 한 잔하러 멈췄다.

시간 가는 걸 잊었다. 어느 순간 시계를 봤더니 3시 35분이었다. 4시에 린 런던을 만나기로 했던 게 기억났다. 어떻게 제 시간에 맞춰 갈 수 있을까. 그래도, 그녀는 첼시에 살고 있으니까, 그렇게 오래 걸리진 않겠지만.

그런 생각을 하다 퍼뜩 멈췄다. 지금 내가 무슨 걱정을 하는 거야? 뭐 하러 약속을 지키겠다고 용을 써? 그 여자는 안 지킬 판에. 그 여자 아버지가 오늘 아침 일찍 아니면 어젯밤 늦게 이야기를 해놔서 지금쯤이면 런던 가문의 정책에 변화가 생겼다는 걸 알 텐데. 매튜 스커더는 더 이상 런던 가문의 이익을 대변하지 않는다는 걸 알겠지. 그는 혼자만의 이유로 어리석은 짓을 끈질기게 하고 있고, 아마도 그렇게 할 권리가 있겠지만, 찰스 런던이나 학교 교사인 딸의 협조를 기대할 순 없을 것이다.

"뭐라고 하셨나요?"

고개를 들자, 바텐더의 촉촉한 갈색 눈과 마주쳤다.

"그냥 혼잣말을 하고 있었어요."

"그거야 문제 될 거 없죠."

나는 그의 태도가 마음에 들었다.

"한 잔 더 줘요. 당신도 한잔하고."

브루클린에서 재니스에게 전화를 두 번 했는데 그때마다 통화 중이었다. 맨해튼에 갔을 때 암스트롱에서 다시 전화했더니 또 통화 중이었다. 버번을 한 샷 넣은 커피를 마시고 나서 또 해 봤지만 여전히 통화 중이었다.

나는 전화 교환원에게 재니스의 전화선을 확인해 달라고 부탁했다. 교환원이 돌아와서 수화기가 내려져 있다고 했다. 수화기를 내려놔도 전화벨이 울릴 수 있게 하는 방법이 있어서, 경찰이라고 하고 교환원에게 그렇게 해 달라고 부탁할까 생각하다 관두기로 했다.

난 재니스를 방해할 권리가 없다. 어쩌면 재니스는 자고 있을지도 모른다. 어쩌면 손님이 와 있는지도 모르고.

어쩌면 거기에 남자가 있을지도 모르고, 여자가 있을지도 모른다. 그건 내가 상관할 바가 아니었다.

뭔가가 내 뱃속에 들어앉아 뜨거운 석탄처럼 은은히 빛나고 있었다. 그 느낌을 익사시키려고 버번이 들어간 커피를 한 잔 더 마셨다.

그 밤은 빠르게 흘러갔다. 사실 시간 가는 것에 별로 관심을 두지 않았다. 내 마음은 이리저리 둥둥 떠다녔다.

생각해야 할 것들이 있었다.

어느 순간 내가 공중전화 박스에 서서 린 런던의 번호를 돌리고 있는 걸 깨달았다. 받지 않았다. 흠, 저녁에 콘서트를 보러 간다고 했으니까. 그리고 어쨌든 내가 왜 그녀에게 전화를 하고 있는지 기억을 할 수 없었다. 이미 그래 봤자 아무 의미가 없다고 결정했는데. 그래서 그녀와의 약속도 어겼다.

그렇다고 그녀가 약속을 지키지도 않았겠지만. 날 바람맞혀서, 바보 같은 기분이 들게 했겠지.

그래서 다시 재니스에게 전화했다. 여전히 받지 않았다.

재니스 집에 가 볼까 생각했다. 택시로 가면 그리 오래 걸리지 않을 것이다. 하지만 그게 무슨 소용이 있을까? 여자가 수화기를 내려놓을 때는 남자가 찾아오길 바라서 그런 게 아닌데.

재니스 맘대로 하라지.

바로 돌아오자, 누군가 1번 애비뉴 칼잡이에 대해 이야기하고 있었다. 아직 안 잡힌 모양이었다. 살아남은 그의 피해자 중 하나가 그 남자가 어떻게 대화를 하려고 시도하다가 칼을 휘두르면서 공격했는지 묘사했다.

나는 시간이나 길을 묻다가 덮치는 강도들에 대해 읽었던 짧은 기사가 생각났다. 낯선 사람하고는 말을 섞지 말아야 해, 나는 생각했다.

"그게 바로 오늘 밤 이곳의 문제야. 낯선 사람들이 너무 많아."
내가 말했다.

몇몇 사람이 날 쳐다봤다. 바 뒤편에서 빌리가 괜찮으냐고 물었다.

"괜찮아." 난 그를 안심시켰다. "그냥 오늘 밤은 여기가 너무 붐벼서 그래. 숨 쉴 공간이 없어."

"아무래도 오늘 밤은 일찍 자는 게 좋겠어."

"그건 맞는 말이야."

하지만 난 일찍 잠자리에 들고 싶지 않았다. 그냥 어서 거기를 나오고 싶을 뿐이었다. 모퉁이를 돌아 맥거번에 가서 재빨리 한 잔 마셨다. 그곳은 활기가 없어서 금방 나왔다. 길 건너편에 있는 폴리 바에 갔다가 주크박스 소리가 신경에 거슬리기 시작했을 때 나왔다.

바깥 공기는 차가우면서도 상쾌했다. 오늘 하루 종일 어마어마한 양을 마셨는데도 잘 버티고 있는 것 같았다. 술은 내게 아무런 영향을 미치지 않았다. 난 하나도 안 취했고, 정신도 말짱하고, 머리도 맑다. 몇 시간은 지나야 잠이 올 것 같았다.

난 그 블록을 한 바퀴 돌다가 8번 애비뉴에 있는 좁고 어둑어둑한 술집에 들렀다가, 다시 조이 파렐스에 갔다.

좀처럼 가만히 있질 못하겠는 데다 금방이라도 싸우고 싶은 마음이 들어서 바텐더가 짜증나는 말을 했을 때 나와 버렸다. 뭐라고 했는지는 기억이 안 난다.

그러다 길을 걷고 있었다. 암스트롱 건너편에 있는 9번 애비뉴에서 서쪽으로 걷고 있었는데, 뭔가 살기가 느껴져서 경계 태세를 갖췄다. 왜 그런 느낌이 들었는지 의아해하는 와중에, 한 젊은 남자가 내 앞에서 9미터쯤 떨어진 곳에 있는 문간에서 나왔다.

그는 한 손에 담배를 들고 있었다. 내가 다가가자 일부러 내가 오는 길로 와서 성냥 있냐고 물었다.

이건 개자식들이 쓰는 수법인데. 일단 길 가던 사람을 멈추게 하고 상대를 저울질하는 것이다. 그리고 이때 또 한 놈이 뒤에서 덮치면서 내 숨통을 팔뚝으로 누르고, 목구멍에 칼을 들이댄다.

난 담배는 안 피우지만 주머니에 성냥 한 갑은 가지고 다닌다. 나는 손을 동그랗게 모아 쥐고, 성냥불을 켰다. 그가 불을 안 붙인 담배를 입에 물고 몸을 앞으로 기댔을 때 내가 불 붙은 성냥을 탁 내밀면서 남자의 턱 밑으로 쑥 들어가서, 그를 잡고 세게 밀어 버렸다. 그는 휘청거리다가 뒤쪽에 있는 벽돌 벽에 부딪쳤다.

나는 몸을 빙그르르 돌려서 그의 파트너를 맞을 준비를 했다.

내 뒤에는 아무도 없었다. 텅 빈 거리만 있었다.

그래서 일이 더 간단해졌다. 나는 계속 돌았고, 그가 눈을 크게 뜨고 입을 떡 벌린 채 벽에서 떨어졌을 때 마주 봤다. 그는 키는 나와 비슷했지만 몸이 나보다 날씬했고, 10대 후반이나 20대 초반으로 보였다. 부스스한 검은 머리에 가로등 불빛에 비친 얼굴이 백짓장처럼 희었다.

나는 비호같이 움직여서 그의 배를 쳤다. 그가 나를 향해 주먹을 휘둘렀지만 나는 그 펀치를 피하고 다시 그의 벨트 버클에서 3~4센티미터 정도 위를 쳤다. 그러자 그는 두 손을 떨어뜨렸고, 나는 오른팔을 위쪽으로 동그랗게 휘둘러서 팔꿈치로 그의 입을 쳤다. 그는 뒤로 물러서면서 양손으로 자신의 입을 가렸다.

내가 말했다.

"돌아서서 벽에 두 손을 대! 얼른, 이 새끼야. 벽에 손 대라니까!"

그는 나보고 돌았다고, 자긴 아무 짓도 하지 않았다고 말했다. 입을 손으로 가리고 있느라 말이 웅얼웅얼했다.

하지만 어쨌든 돌아서서 벽에 손을 댔다.

나는 다가가 그의 발에 한 발을 걸어 뒤로 끌어당겨서, 남자가 갑자기 벽에서 떨어지는 일이 없게 했다.

"난 아무 짓도 안 했어요. 대체 왜 이래요?" 나는 그에게 머리를 벽에 대라고 말했다. "성냥 좀 빌려 달라고 한 것뿐인데요."

나는 닥치라고 했다. 내가 몸수색을 하자 그는 가만히 서 있었다. 입가에서 피가 조금 흘러내렸다. 심각한 건 아니었다. 그는 칼라에 털이 달리고 앞쪽에 큰 주머니가 두 개 있는 가죽재킷을 입고 있었다. 이런 재킷을 항공 재킷이라고 하는 것 같았다. 왼쪽 주머니에 클리넥스 화장지 뭉치와 윈스턴 라이트 한 갑이 들어 있었다. 다른 주머니에 나이프가 있었다. 나이프를 가볍게 튀겨 보니까 날이 튀어 나왔다.

그래비티 나이프였다. 일곱 가지 흉기 중 하나.

"그냥 가지고 다니는 거예요."

"뭘 하려고?"

"호신용으로."

"누굴 상대로? 키 작은 할머니들 상대로?"

나는 그의 바지 뒤쪽 주머니에서 지갑을 꺼냈다. 지갑 속 신분증에 나온 이름은 앤서니 스포르작이고 주소는 퀸스의 우드사이드였다.

내가 말했다.

"집에서 아주 멀리까지 왔군, 앤서니."

"그래서요?"

그의 지갑에는 10달러 지폐 두 장과 1달러 지폐가 몇 장 있었다. 반대쪽 바지 주머니에서 고무줄로 단단히 묶은 두꺼운 지폐 뭉치를 하나 찾았고, 가죽 잠바 밑에 입은 셔츠의 가슴 주머니에서 1회용 부탄가스 라이터를 찾아냈다.

"라이터액이 다 떨어졌단 말이에요."

라이터를 켜 봤다. 라이터의 불이 확 붙어서 그에게 보여 줬다. 불길이 올라오자 그는 얼굴을 옆으로 홱 돌렸다. 라이터를 누르자 불이 꺼졌다.

"아까는 꺼졌었어요. 안 켜졌다고요."

"그럼 왜 가지고 있는데? 왜 안 버렸어?"

"쓰레기를 버리는 건 불법이니까."

"돌아서."

그는 천천히 벽에서 돌아섰는데, 바짝 경계하는 눈빛이었다. 입가에서 턱으로 가늘게 피가 흘러내렸다. 내가 팔꿈치로 친 부분이 부풀어 오르기 시작했다.

그것 때문에 죽지는 않을 것이다.

나는 그에게 지갑과 라이터를 줬다. 그리고 지폐 뭉치는 내 주머니에 쑤셔 넣었다.

"그거 내 돈이에요."

"훔친 돈이잖아."

"절대 아니에요! 그걸 어쩌려고, 당신이 가지려고?"

"어떻게 생각해?" 나는 나이프를 휙 튀겨서 칼날을 빼서 빛이 반사되게 했다. "다시는 이 동네에 얼씬도 하지 마. 그리고 경찰 병력 절반이 1번 애비뉴 칼잡이를 잡는 데 투입된 마당에 칼을 들고 다니는 것도 안 좋지."

그는 나를 노려봤다. 눈빛을 보아하니 내가 칼을 들고 있지 않았음 하는 눈치였다. 난 그와 눈을 마주친 후에 칼날을 접어서 내 뒤에 있는 땅바닥에 떨어뜨렸다.

"가 봐. 어디 한번 마음대로 해 봐."

나는 발바닥 앞쪽에 힘을 실어 균형을 잡은 후, 그가 움직이길 기다렸다. 잠시 그는 칼을 잡을까 생각해 보는 것 같았고, 나는 그래 주길 기대했다. 내 정맥 속에서 피가 노래를 부르고, 관자놀이가 펄쩍펄쩍 뛰는 걸 느낄 수 있었다.

"당신 미쳤어, 그거 알아? 완전 돌았다고."

남자는 그렇게 말하더니 10미터 정도 뒤로 주춤주춤 물러나더니 달리다시피 모퉁이로 갔다.

나는 그가 보이지 않을 때까지 서 있었다.

거리는 여전히 텅 비어 있었다. 보도에 그래비티 나이프가 있는 걸 찾아서 주머니에 넣었다. 거리 맞은편에서, 암스트롱 바의 문이 열리더니 젊은 남자 하나와 여자가 나왔다. 둘은 손을 잡고 거리를 걸어갔다.

나는 기분이 좋았다. 취하지도 않았다. 내 몸을 유지하는 차원에서 오늘 하루치 마셔야 할 만큼 마신 것이다. 그 이상은 아니다. 내가 그 불량배를 얼마나 잘 처리했는지 보라. 내 본능에도 아무 문제가 없었고, 반사 신경도 느리지 않았다. 술이 방해가 되지도 않았다. 그냥 연료를 들이켜서 꽉꽉 채워 넣는 정도였다. 그건 잘못된 게 아니잖아.

12장

 갑자기 잠이 깼다. 서서히 의식을 찾는 중간 단계도 없이 갑자기 트랜지스터라디오를 켜는 것처럼 잠이 깨 버렸다.
 나는 내 호텔 방 침대 커버 위에서 베개를 베고 누워 있었다. 옷은 의자에 쌓아 놓고 속옷만 입고 있었다. 깔깔한 입속에서 역겨운 맛이 낫고 무시무시한 두통이 밀려왔다.
 나는 일어났다. 온몸이 휘청거리면서 고통스러웠고, 죽음이 임박한 것처럼 재빨리 몸을 돌리면 저승사자의 눈을 볼 수 있을 것 같았다.
 술은 마시고 싶지 않았지만, 이런 기분을 달래려면 한잔 마셔야 한다는 걸 알고 있었다. 버번 병을 찾아 헤매다가 마침내 쓰레기통에서 발견했다. 어젯밤 자기 전에 다 마신 모양이었다. 원래 그 병에 얼마나 남아 있었는지 궁금했다.

상관없다. 이제는 텅 비어 있었다.

나는 한 손을 뻗어서, 찬찬히 지켜봤다. 눈에 보이게 떨리진 않았다. 손가락들을 구부려 봤다. 바위처럼 끄떡없진 않지만, 수전증처럼 떨지도 않았다.

하지만 마음속에선 떨고 있었다.

호텔로 돌아온 기억이 나지 않았다. 기억 속을 조심조심 더듬어 봤지만 그 어린 불량배가 허둥지둥 달려가서 모퉁이를 돌아가던 이후로 아무것도 떠오르지 않았다. 앤서니 스포르작, 그게 그의 이름이었다.

봐? 내 기억엔 아무 문제도 없다니까.

다만 그 이후로 아무 기억이 없다는 게 문제였다. 아니, 조금 후에 젊은 커플이 암스트롱에서 나와서 손을 잡고 걸어갔던 것까진 기억난다. 그리고 모든 게 새하얗게 됐다가, 호텔 방으로 돌아오는 내 모습에 초점이 맞춰졌다. 어쨌든, 그게 몇 시였지?

아직도 손목에 시계는 차고 있었다. 9시 15분이었다. 창밖이 환한 걸 보니, 아침이란 소리였다. 사실 꼭 밖을 봐야만 아침이란 사실을 알 수 있었던 건 아니지만. 난 밤새 돌아다닌 게 아니라 반 블록 걸어서 집에 돌아올 만큼만 걸었다.

거기서 집으로 곧장 왔다고 치면 말이다.

나는 속옷을 벗고 샤워하러 들어갔다. 쏟아지는 물을 맞으며 서 있는 동안 전화벨 소리가 울리는 걸 들을 수 있었다. 그냥 울리게 놔뒀다. 뜨거운 물 아래 오랫동안 있다가, 세차게 쏟아지는 차가운 물 아래 버틸 수 있을 때까지 버텼는데, 그리 오래 참지는 못했다. 그리고 타월로 몸을 닦고 면도를 했다. 손의 움직임이 생각만큼 안정적이진 않았지만 천천히 해서 베이진 않았다.

거울에 비친 내 얼굴이 마음에 들지 않았다. 눈에 무수한 핏발이 서 있었다. 나는 하버메이어가 수전 포토브스키에 대해 묘사한 걸 생각했다. 그녀의 눈이 핏속에서 춤추고 있었다고. 난 빨간 내 눈도 맘에 들지 않았고, 광대뼈와 인중에 걸쳐 그물망처럼 얽혀 있는 터진 핏줄들도 맘에 들지 않았다.

얼굴이 대체 왜 이 모양인지 알고 있었다. 술 때문이다. 다른 이유가 없다. 술이 간에 무슨 짓을 할지는 잊어버릴 수 있다. 내 간은 매일 아침 봐야 할 필요가 없는 곳에 들어가 있으니까.

그리고 다른 사람도 볼 수 없는 곳에 있으니까.

나는 옷을 입었다. 다 새것으로 갈아입고, 다른 건 죄다 빨래 바구니에 쑤셔 넣었다. 샤워하니까 한결 낫고, 면도하니까 한결 낫고, 새 옷으로 갈아입으니까 한결 나았지만, 이 세 가지를 다 했는데도 어깨 위로 망토 같은 회한이 내려앉는 걸 느낄 수 있었다. 간밤에 일어난 일을 보고 싶지 않은 건 그게 마음에 들지 않을 거라는 걸 알고 있었기 때문이다.

하지만 내가 어떤 선택을 할 수 있겠는가?

나는 주머니에 지폐 뭉치를 넣고, 다른 주머니에 그래비티 나이프를 넣었다. 그리고 아래층으로 내려가서 밖으로 나가면서, 데스크를 그냥 지나쳤다. 메시지가 와 있을 거라는 건 알고 있었지만 데스크에서 보관해 둘 거라고 생각했다.

맥거번에 들르지 않기로 결심했지만 거기 도착했을 때 들어갔다. 눈에 보이지 않는 떨림을 멈추기 위해 얼른 한잔해야지. 나는 약을 먹는 것처럼 술을 마셨다.

모퉁이를 돌아 성 바오로 성당의 뒤쪽 신도석에 앉았다. 오랜 시간처럼 느껴지는 시간동안 생각조차 하지 않았다. 그냥 앉아 있었다.

그러다 생각이 나기 시작했다. 사실 멈출 방법이 없었다.

나는 어젯밤 취했는데 그걸 모르고 있었다. 아마 상당히 일찍부터 취해 있었던 것 같다. 브루클린에서 분명하게 기억나지 않는 부분들이 있었고, 지하철을 타고 맨해튼으로 돌아온 것도 전혀 기억이 나지 않았다. 그 문제에 대해서라면, 지하철을 탔는지도 확실하지 않았다. 택시를 탔을지도 모른다.

브루클린 술집에서 혼잣말을 했던 기억은 난다. 그때 취해 있었던 게 분명하다. 정신이 말짱할 때는 혼잣말을 하지 않는데.

어쨌든 아직까지는 그랬다.

좋아, 그건 감수할 수 있다. 지독한 과음을 했는데, 그런 짓을 계속하면 언젠가는 원하지 않아도 취할 때가 올 것이다. 이번이 처음은 아니었는데 그렇다고 마지막도 아닐 것이다. 술 마시다 보면 이런 일은 보통이다.

하지만 어제는 취했을 때 9번 애비뉴에서 영웅 경찰 놀이를 하고 있었다. 술에 취해서 센 척 객기를 부린 것이다. 세상물정에 밝은 내 본능에 따라 그 남자애를 강도라고 판단했던 어젯밤 행적이 오늘 아침에 일어나 보니 별로 자랑스럽지 않았다.

어쩌면 그 남자애는 그저 성냥을 원했던 건지도 모른다.

그 생각을 하자 속이 뒤틀리면서 목구멍 뒤쪽으로 담즙이 올라오는 게 느껴졌다. 어쩌면 그는 그냥 우드사이드에서 시내로 하룻밤 놀러 나온 아이인지도 모른다. 어쩌면 그 아이는 내 머릿속, 그러니까 취한 머릿속에서만 강도였는지도 모르겠다. 내가 공연히 그 아이를 때리고 강도짓을 한 건지도 모르고.

하지만 멀쩡하게 작동되는 라이터가 있는데도 성냥을 달라고 했는데.

그래서? 그건 사람들이 대화를 시작할 때 쓰는 담배만큼이나 오래된 구실이다. 성냥이 있냐고 물으면서 대화를 시작하는 거지. 그 자식은 남창이었을지도 모른다. 비행 재킷을 입은 게이가 처음도 아니고.

그는 그래비티 나이프를 가지고 있었다.

그래서? 이 도시를 샅샅이 수색해 보면 무기고 하나는 너끈히 채울 수 있는 무기들이 쏟아져 나올 것이다. 시민의 절반이 나머지 절반의 시민으로부터 스스로를 보호하기 위해 뭔가를 가지고 다닌다. 그는 법을 어기고 흉기인 나이프를 휴대하고 다녔지만, 그것만 가지고는 아무것도 입증되지 않는다.

그는 벽에 손을 대고 서는 법을 잘 알고 있었다. 몸수색을 당하는 게 처음이 아닌 것이다.

그것도 역시 아무것도 입증할 수 없다. 아이들이 일주일에 한 번씩 경찰에게 몸수색을 당하면서 크는 동네들도 있으니까.

그 돈은? 그 지폐 뭉치는?

정직하게 번 돈일 수도 있다. 아니면 셀 수도 없이 부정한 방법으로 돈을 벌었지만 그래도 강도짓을 해서 번 건 아닐 수도 있다.

그리고 나의 터무니없이 자신만만한 경찰 본능은? 빌어먹을, 그 자식이 문간에서 나온 바로 그 순간 나에게 접근하리라는 걸

난 알고 있었다.

맞다. 그리고 나는 또한 그의 파트너가 내 뒤에서 다가오고 있다는 걸, 마치 내 뒤통수에 눈이 달린 것처럼 확신하고 있었다. 하지만 거기엔 아무도 없었다. 그러니 절대 틀리지 않는 본능이란 것도 참 한심하다.

나는 그래비티 나이프를 꺼내서 펼쳐 봤다. 이걸 어젯밤에도 가지고 다녔다고 생각해 보자. 더 현실적으로, 보럼 힐에서 산 얼음송곳을 계속 가지고 다녔다고 생각해 보자. 내가 그 아이의 몸에 주먹 몇 방 날리고 팔꿈치로 얼굴을 가격한 것으로 그쳤을까? 아니면 가지고 있던 무기를 사용했을까?

온몸이 떨리는 게 느껴졌는데 숙취 때문만은 아니었다.

나는 칼날을 접어서 집어넣었다. 그리고 지폐 뭉치를 꺼내 고무줄을 뺀 후에 세어 봤다. 50달러와 10달러 지폐로 170달러나 생겼다.

만약 그 자식이 강도였다면, 왜 가지고 있던 나이프를 쓰지 않았을까? 어떻게 나이프가 그대로 단추 달린 재킷 주머니에 들어 있었을까?

그게 똑딱이 단추던가?

그건 중요하지 않았다. 나는 지폐들을 구분해서 원래 가지고 있던 내 돈과 합쳤다. 나가는 길에 촛불을 몇 자루 켜고, 자선 헌금함에 17달러를 밀어 넣었다.

57번가 모퉁이에서 그래비티 나이프를 하수구에 떨어뜨렸다.

13장

 내가 탄 택시의 기사는 이스라엘 이민자로 라이커스 아일랜드란 곳을 한 번도 들어 본 적이 없는 것 같았다. 나는 그에게 라구아디아 공항으로 가는 표지판을 따라가라고 했다. 공항에 가까워졌을 때 내가 길을 가르쳐 줬다. 다리 입구에 있는 작은 식당 앞에서 내렸다. 그 다리는 바워리 베이와 라이커스 아일랜드와 퀸스의 나머지 구역을 가르는 이스트 강의 수로 사이에 걸려 있었다.
 점심시간이 지나서 가게는 한산했다. 작업복을 입은 남자 몇 명이 카운터 앞에 앉아 있었다. 중간쯤에 한 남자가 커피 한 잔을 놓고 부스에 앉아 있다가 고개를 들어 내가 다가오는 걸 예상했다는 눈빛으로 쳐다봤다. 내 소개를 하자 그는 마빈 힐러라고 말했다.
 "제 차가 밖에 있습니다. 커피 한잔 드시겠어요? 다만 제가 좀 서둘러야 해서. 오늘 아침에 퀸스 형사 법정에 오래 있어서 45분 후에는 치과에 가야 합니다. 늦으면 안 되거든요."

난 커피는 됐다고 말했다. 그가 계산을 하고 우리는 밖으로 나가서 그의 차를 타고 다리를 건넜다. 그는 예의바르고 꽤 솔직한 사람으로 나보다 몇 살 어렸고 엘름허스트의 퀸스 대로에 사무실이 있는 변호사다워 보였다. 그의 의뢰인 중 하나로 그 사무실 임대료를 내는 데 별 보탬이 안 되는 인물이 바로 루이스 피넬이었다.

나는 프랭크 피츠로이에게서 그의 이름을 알아내 가까스로 그의 비서에게 그를 호출해서 호텔에 있는 내게 전화를 하게 만들었다. 피넬을 보러 갈 수 있게 허락해 달라는 내 요청을 그가 대번에 거절할 거라고 예상했는데 결과는 정반대였다.

"그렇게 하는 게 합법적이긴 한데. 차라리 저랑 밖에서 만나서 같이 차를 타고 들어가는 게 어떨까요? 그렇게 하면 아마 더 많은 걸 알아낼 수 있을 겁니다. 그 사람은 제가 옆에 있을 때 이야기하는 걸 좀 더 편해하거든요. 그 사람에게서 뭘 얻어낼 수 있을지 모르겠어요. 당신은 피넬이 바버라 에팅거를 죽이지 않았다는 걸 아는 걸로 만족한다는 거지요?"

"그런 셈이죠."

"저라면 그 건에 대해선 피넬이 결백하다고 생각하겠습니다. 증거가 상당히 확실하거든요. 그게 피넬의 말뿐이라면 전 그냥 잊어버리라고 하겠죠. 피넬처럼 미친 사람이 뭘 기억하고 뭘 꾸며낼지 누가 알겠습니까?"

"그 사람 정말 미쳤나요?"

"아, 확실히 정상이 아니에요. 그건 분명해요. 직접 보시면 확신하게 될 겁니다. 전 그의 변호사지만, 우리끼리 하는 말인데 그자가 절대로 세상에 나오지 못하게 하는 게 제 일이라고 생각해요. 제가 이 사건을 맡아서 참 다행이죠."

"그건 왜요?"

"이 사건을 맡고 싶어 할 정도로 미친 작자라면 그 사람을 별 고생하지 않고 빼낼 수 있으니까요. 전 유죄 답변을 할 거지만, 제가 싸운다면 검사 측에서는 승산이 없어요. 검사 측이 가진 거라곤 피넬의 자백뿐인데 그건 수십 가지 방법으로 무너뜨릴 수 있거든요. 그가 자백했을 때 제정신이 아니었다는 이유까지 포함해서요. 9년이나 지났기 때문에 검찰은 증거가 하나도 없어요. 루이스 피넬 같은 자를 도와서 다시 세상에 풀어 주는 것이 변호라고 생각하는 변호사들도 있어요."

"그러면 다시 범행을 저지를 겁니다."

"물론 다시 그러겠죠. 그자는 경찰에 체포됐을 때 주머니에 빌어먹을 얼음송곳을 가지고 있었어요. 다시 우리끼리 하는 말이지만, 전 그런 정신머리를 가진 변호사들은 의뢰인들과 같이 감방에 처넣어야 한다고 생각해요. 하지만 그런 한편으로 전 여기에서 신처럼 행동하고 있죠. 피넬에게 뭘 물어보고 싶은 겁니까?"

"브루클린에서 또 다른 살인 사건이 있었어요. 그 사건에 대해 몇 가지 물어볼까 합니다."

"십스헤드 베이. 그건 유죄를 인정했죠."

"맞습니다. 그거 말고 또 뭘 물어볼지는 저도 모르겠어요. 어쩌면 제가 시간을 낭비하고 있는 건지도 모릅니다. 변호사님 시간도."

"그건 걱정하지 말아요."

30분이 좀 지나서 우리는 다시 차를 타고 본토로 돌아가고 있었고, 난 다시 그의 시간을 낭비해서 미안하다고 사과하고 있었다.

"제게 좋은 일 하신 겁니다. 치과에 새로 예약을 해야 하니까요. 치주의 수술이라고 들어 보신 적 있나요?"

"아뇨."

"현명하신 분이네요. 제 처의 사촌이 치과의사인데 상당히 솜씨가 좋아요. 하지만 이 치주의 수술이란 게 잇몸을 잘라 내는 겁니다. 한 번에 한 부위씩 잘라 내죠. 지난번에 갔을 때 치료받고 1주일 동안 네 시간마다 진통제를 먹어야 했어요. 그래서 내내 좀비처럼 걸어 다녔죠. 길게 보면 잘한 일이겠지만, 아주 신나는 곳에 가야 하는데 당신 때문에 못 갔다는 생각은 안 하셔도 됩니다."

"변호사님이 그렇게 말한다면 그런 거겠죠."

난 아무 데나 내려줘도 괜찮다고 했지만 그는 노던 대로에 있는 지하철역까지 태워다 주겠다고 고집을 부렸다. 가는 길에 피넬에 대해 조금 이야기했다.

"경찰이 왜 그를 길거리에서 체포했는지 아시겠죠? 눈에 광기가 번득이잖아요. 한 번 보면 바로 알 수 있죠."

"거리엔 미치광이들이 많아요."

"그래도 그 사람은 위험한 미치광이고 그건 바로 드러나요. 하지만 저는 그 사람과 같이 있어도 전혀 불안하지 않아요. 뭐, 내가 여자도 아니고 그 사람에게 얼음송곳이 있는 것도 아니니까. 그래서 그럴지도 모르겠네요."

나는 지하철 역 입구에서 내렸지만 잠시 머뭇거렸고, 그는 한 팔을 차의 의자 뒤에 걸치고 나를 향해 몸을 앞으로 기울였다. 우리 둘 다 헤어지길 망설이고 있는 것 같았다. 난 그가 마음에 들었고 그 역시 날 비슷하게 높이 평가하고 있는 걸 느낄 수 있었다.
"정식 사립 탐정이 아니라고, 그렇게 말씀하셨죠?"
"맞습니다."
"탐정 면허를 받을 수는 없었습니까?"
"그러고 싶지 않아서요."
"흠, 적당한 일이 생기면 제가 소개할 수 있을 것 같습니다."
"왜 그러고 싶은데요?"
"모르겠어요. 당신이 피넬을 대하는 태도가 좋았습니다. 그리고 당신이 진실을 중요하게 여긴다는 느낌을 받았어요." 그는 빙그레 웃었다. "게다가 당신에게 진 빚도 있고. 30분간의 무시무시한 치과 치료를 피하게 해 줬잖아요."
"저기, 제게 변호사가 필요한 일이 생기면……."
"그래요. 누구에게 전화해야 할지 알고 계시죠."

맨해튼행 기차를 간발의 차이로 놓쳤다. 지상 플랫폼 위에서 다음 번 기차를 기다리는 동안 고장 안 난 공중전화기를 간신히 한 대 찾아내서 린 런던의 번호를 돌렸다. 마빈 힐러에게 전화하기 전에 호텔 데스크에 확인했더니, 전날 밤에 린에게서 온 메시지가 하나 있었다. 아마 내가 왜 나타나지 않았는지 궁금해서 한 전화일 것이다. 샤워하고 있을 때 전화한 사람이 그녀인지 궁금했다. 그게 누구든 메시지는 남기지 않았다. 데스크 직원이 여자가 전화했다고 했지만, 그의 기억력은 믿을 만한 것이 못 된다는 걸 예전에 터득했다.

린의 번호로 걸었지만 응답이 없었다. 놀라운 일도 아니었다. 아직 학교에 있거나, 집으로 가는 중일 것이다. 오후에 계획이 있다고 그랬던가? 기억이 안 난다.

나는 전화기에 나온 동전을 집어서, 동전과 노트를 넣기 시작했다. 전화해야 할 사람이 또 있나? 노트 페이지를 넘기다가, 거기에 적어 놓은 이름들과 번호들과 주소들이 아주 많다는 데 놀랐다. 건진 건 거의 없는데.

캐런 에팅거? 그녀에게 뭘 두려워하냐고 물어볼 수 있겠군. 조금 전 힐러는 내가 진실을 중요하게 여긴다는 느낌을 받았다고 했다. 분명 캐런 에팅거는 진실을 숨길 만한 가치가 있다고 생각했다.

하지만 여기서 전화하면 시외 통화가 될 것이다. 동전도 많이 없는데.

찰스 런던? 프랭크 피츠로이? 어퍼 웨스트사이드에 사는 전직 경찰? 로어 이스트사이드에 사는 그의 전 부인?

미치 포머런스? 재니스 킨?

아마 아직도 수화기를 내려놨겠지.

나는 노트와 동전을 넣었다. 술을 한잔 마셔도 될 것 같은데. 오늘은 맥거번에서 잠을 깨려고 한잔 마셨다. 그 후로 늦은 아침을 먹고 커피를 몇 잔 마셨지만, 그게 다였다.

나는 플랫폼 뒤쪽의 낮은 벽 너머를 바라봤다. 술집 유리창의 붉은 네온에 시선이 붙들렸다. 방금 전철을 하나 놓쳤는데. 얼른 한잔하고 돌아와도 다음 번 전철이 오기까지 시간이 충분했다.
나는 벤치에 앉아 전철을 기다렸다.

전철을 두 번 갈아타고 콜럼버스 서클에 내렸다. 거리로 나왔을 때는, 하늘이 어두워지면서 특유의 코발트 청색으로 뉴욕을 뒤덮었다. 호텔에서 날 기다리는 메시지는 없었다. 로비에서 린 런던에게 전화를 걸었다.
이번에는 전화를 받았다.
"종잡을 수 없는 스커더 씨군요. 절 바람맞히셨죠."
"죄송합니다."
"어제 오후에 기다렸다고요. 그리 오래 기다린 건 아니지만. 시간이 별로 없었거든요. 무슨 일이 생겨서 그런 거겠지만, 전화도 한 번 없었잖아요."
나는 어떻게 약속을 지킬까 생각하다가 어떻게 가지 않기로 결심했는지 기억해 냈다. 내 대신 술이 내린 결정이었다. 거기다 따뜻한 술집에 있었는데 밖은 추웠다.
"어제 아버님과 이야기를 했는데. 수사를 중지해 달라고 부탁하시더군요. 그래서 아버님이 아가씨에게 내 수사에 협조하지 말라고 말해 두신 줄 알았죠."
"그래서 런던 일가는 완전히 지워 버리기로 했다, 그 말인가요?"
그녀의 목소리에서 재미있어 하는 기색이 느껴졌다.
"전 약속한 대로 여기서 기다리고 있었어요. 그다음에 나가서 저녁 약속을 지키고, 집에 왔더니 아버지가 전화를 했어요. 당신에게 사건에서 손을 떼라고 지시했지만 그래도 당신은 계속할 작정이라는 말을 하려고요."

그러니까 그녀를 만날 수도 있었던 것이다. 술이 결정을 내렸는데, 부적절한 결정을 내린 셈이었다.

"아버지가 절대로 당신을 부추기지 말라고 했어요. 애초에 과거를 캐는 실수를 저질렀다고."

"하지만 당신이 내게 전화했죠. 아니면 아버님과 통화하기 전에 한 겁니까?"

"그 전에도 했고 그다음에도 했어요. 첫 번째 전화했을 땐 절 바람맞혀서 화가 나서 했고. 두 번째는 아버지에게 화가 나서 한 거죠."

"왜요?"

"전 누가 이래라 저래라 하는 거 싫어하거든요. 그런 면에서 성질이 못된 거죠. 아버지가 그러는데 당신이 언니 사진을 원한다면서요? 아버지가 안 주셨을 것 같은데. 아직도 언니 사진을 가지고 싶어요?"

내가 그랬나? 그걸 가지고 뭘 하려고 했는지 이제는 기억도 안 난다. 어쩌면 철물점들을 돌아다니면서 얼음송곳을 판 사람들에게 보여 줄 수도 있겠지.

"그래요. 아직도 원합니다."

"흠, 그 정도는 드릴 수 있어요. 그것 말고 다른 건 뭘 드릴 수 있는지 모르겠지만. 하지만 지금 드릴 수 없는 한 가지는 시간이에요. 막 나가려던 참에 전화벨이 울렸거든요. 지금 코트도 입고 있고. 저녁 먹으러 친구랑 만나기로 했는데, 오늘 저녁은 그 후에도 계속 바빠요."

"집단 치료가 있어서 말이죠."

"그걸 어떻게 알아요? 지난번에 통화했을 때 내가 말했나요? 기억력이 좋군요."

"가끔은요."

"생각을 좀 해 볼게요. 내일 밤도 역시 불가능하고. 오늘 밤 치료 받은 후에 보자고 하고 싶지만 대개 치료를 받고 나면 진이 빠져서요. 내일 학교가 끝난 후에 교직원 회의가 있는데, 그게 끝날 때쯤이면. 저기, 학교로 와 줄 수 있어요?"

"내일요?"

"1시에서 2시까지 쉬거든요 내가 어디서 근무하는지 아나요?"

"빌리지에 있는 사립 학교란 건 알지만 어느 학교인지는 모릅니다."

"데본허스트 학교예요. 이름만 들어선 아주 비싼 사립 학교 같죠? 사실은 전혀 안 그래요. 그리고 이 학교는 이스트 빌리지에 있어요. 10번가와 11번가 사이에 있는 2번 애비뉴. 10번가보다는 11번가에 더 가까운 동쪽이에요."

"제가 찾아가겠습니다."

"전 41호 교실에 있을 거예요. 그리고 스커더 씨? 전 두 번 바람맞고 싶지 않아요."

모퉁이를 돌아 암스트롱으로 갔다. 햄버거와 작은 샐러드를 하나 먹고, 커피에 버번을 타서 마셨다. 8시에 바텐더가 교대되는데, 근무가 시작되기 30분 전에 빌리가 와서 내가 그에게 다가갔다.

"어젯밤 내가 좀 심했던 것 같은데."

"아, 괜찮았어."

"어제 정말 긴 하루였거든."

"자네가 좀 큰 소리로 말하긴 했어. 그거 말고는 평소와 다를 바 없었어. 그리고 여길 나가서 일찍 자러 간 거 알고 있잖아."

다만 나는 일찍 자지 않았다.

나는 내 자리로 돌아와 버번을 탄 커피를 한 잔 더 마셨다. 그 커피를 다 마셨을 때 남아 있던 숙취는 다 사라졌다. 두통은 꽤 일찍 가셨지만, 평소 컨디션보다 아주 살짝 어딘가 어긋난 것 같은 기분이 하루 내내 가시질 않았다.

대단한 시스템이야. 독과 해독제가 같은 병에 들어 있다니.

나는 공중전화박스로 가서, 동전을 넣었다. 애니타의 번호를 돌릴 뻔하다가 거기 앉아서 왜 전화를 걸어야 하는지 생각했다. 죽은 개에 대해 이야기하고 싶지 않았는데, 그게 몇 년 만에 우리가 의미 있는 대화 비슷한 걸 나눌 수 있는 한계였다.

재니스의 번호를 돌렸다. 주머니에 노트가 들어 있었지만 꺼낼 필요도 없었다. 번호가 그냥 생각났다.

"매튜예요. 혹시 같이 있고 싶은 사람이 필요한지 해서."

"아."

"바쁘지 않다면……"

"아, 안 바빠요. 사실, 몸이 좀 안 좋아요. 텔레비전 앞에 자리 잡고 앉아서 조용히 밤을 보내려던 참이었어요."

"음, 혼자 있고 싶다면……"

"그런 말은 안 했어요."

잠시 침묵이 흘렀다.

"너무 늦는 건 싫어요."
"나도 그래요."
"여기 어떻게 오는지 기억하고 있죠?"
"그럼요."

가는 길에 데이트를 하러 가는 아이 같은 기분이 들었다. 나는 전에 정해 놓은 방식대로 벨을 울리고 모퉁이에 서 있었다. 재니스가 내게 열쇠를 던졌다. 나는 건물 안으로 들어가서 대형 엘리베이터를 탔다.

재니스는 스커트와 스웨터를 입고 발에는 도스킨(암사슴 가죽 비슷한 나사 — 옮긴이) 슬리퍼를 신고 있었다. 둘이 서서 잠시 마주보다가 내가 가져온 종이 봉지를 건넸다. 재니스가 거기서 티처스 스카치 한 병과, 그녀가 좋아하는 브랜드의 러시아 보드카 한 병을 꺼냈다.

재니스가 말했다.
"주인에게 딱 맞는 선물이네요. 난 당신이 버번을 마시는 줄 알았는데."
"그게 좀 웃긴 사연이 있어요. 지난 번 아침에 일어났을 때 머리가 맑았는데, 그때 스카치를 마시면 숙취가 덜 생길지도 모른다는 생각이 들더군요."

그녀는 술병들을 내려놓으며 말했다.
"오늘 밤은 안 마시려고 했는데."
"뭐, 그냥 놔둬도 괜찮아요. 보드카는 상하지 않으니까."
"당신이 마시지 않는다면 나도 안 마시려고 했죠. 술상 좀 볼게요. 아무것도 안 타고 마시죠?"

"맞아요."

처음엔 좀 부자연스러웠다. 우린 가까워졌고, 침대에서 같이 하룻밤을 보냈는데도 여전히 같이 있으면 경직되고 어색했다. 나는 사건에 대해 이야기하기 시작했는데, 누군가에게 그 이야기를 하고 싶기도 했고, 그게 우리의 공동 관심사이기도 했기 때문에 그랬다. 내 의뢰인이 날 사건에서 손을 떼게 하려고 했지만 어쨌든 수사를 계속하기로 했다는 말을 했다. 재니스는 그게 별나다고 생각하지 않는 것 같았다.

그러다 피넬에 대해 이야기했다.

"그 사람은 분명 바버라 에팅거를 죽이지 않았습니다. 십스헤드 베이 살인 사건은 그 사람이 확실히 했죠. 처음부터 이 두 가지는 별로 의심하진 않았지만 그래도 확신을 가지고 작업하고 싶었어요. 그냥 그 사람을 한번 만나고 싶은 마음도 있었고. 어떤 사람인지 알아보고 싶었어요."

"어땠어요?"

"평범하더군요. 그런 사람들은 언제나 평범해요, 그렇지 않나요? 이 말이 맞는 말인지 모르겠지만. 피넬의 문제는 하찮아 보인다는 거였죠."

"신문에서 그 사람 사진을 본 것 같아요."

"사진으론 그 느낌이 다 전달되지 않아요. 피넬은 눈길을 끌지 않는 그런 사람이죠. 점심을 배달하고, 극장에서 표를 파는 그런 사람들 있잖아요. 작고 빈약한 체격에, 남의 이목을 꺼리는 태도에, 금방 기억에서 사라져 버리고 마는 그런 얼굴."

"'악의 평범성.'"

"그게 뭐죠?"

그녀는 그 구절을 다시 말했다.

"아돌프 아이히만에 대한 에세이 제목이에요."

"피넬이 악인인지는 모르겠어요. 그자는 미치광이죠. 아마 악도 광기의 한 형태일지 모르죠. 어쨌든, 정신과 의사의 보고서가 없어도 그자가 광인이란 건 딱 보면 알겠더군요. 눈에서 광기가 번득이고 있었어요. 눈에 대한 이야기가 나와서 말인데, 그자에게 물어보고 싶은 게 하나 더 있었죠."

"뭐요?"

"모두 다 양쪽 눈을 찔렀냐고요. 피넬은 그랬다고 대답했어요. 여자들의 몸을 인정사정없이 찌르기 직전에 눈부터 처리했다고 하더군요."

재니스는 몸서리를 쳤다.

"왜요?"

"그게 바로 내가 그에게 또 묻고 싶은 거였죠. 왜 눈이냐고? 알고 보니 그자에겐 철저하게 논리적인 이유가 있었어요. 자신의 범행을 들키지 않으려고 그렇게 한 거죠."

"이해가 안 돼요."

"피넬은 죽은 사람의 눈에 그들이 죽기 전에 본 마지막 이미지가 남아 있을 거라고 생각했어요. 만약 그렇다면 피해자의 망막을 스캔해서 살인자의 사진을 확보할 수 있겠죠. 그자는 여자들의 눈을 망가뜨려서 그 가능성에 대비해 나름대로 조심하고 있었던 겁니다."

"맙소사."

"웃긴 건 그런 이론을 가지고 있는 사람이 피넬이 처음이 아니었단 겁니다. 19세기에 범죄학자 몇 명이 피넬과 같은 이론을 믿었어요. 그들은 망막에서 그 이미지를 포착하는 데 필요한 기술이 얼마 안 있으면 나올 거라고 생각했죠. 그리고 그런 기술이 나중에 가능해질지 아무도 모르잖아요? 의사라면 왜 그게 생리학적으로 불가능한지 온갖 이유를 댈 수 있겠지만, 적어도 100년 전에는 믿기지 않게 보이던 일들이 지금 존재하는 걸 봐요. 심지어 20년 전에 그랬던 것들이 말이죠."

"그래서 피넬이 조금 시대를 앞서갔다, 이건가요?"

재니스는 일어서서, 내 빈 잔을 바로 가지고 갔다. 그녀는 내 잔을 채우고, 자기 걸로 보드카를 한 잔 따랐다.

"그 말을 들으니 한잔해야겠어요. '건배하지, 자기(영화 「카사블랑카」에 나왔던 대사—옮긴이).' 이게 내가 할 수 있는 최고의 험프리 보가트 성대 모사예요. 이것보단 점토를 더 잘 만지지만." 그녀는 앉아서 말했다. "오늘은 아무것도 안 마시려고 했는데. 뭐, 아무렴 어때요."

"나도 오늘은 가볍게 마시고 싶군요."

그녀는 고개를 끄덕였는데, 눈은 들고 있던 자신의 잔을 보고 있었다.

"당신이 전화했을 때 기뻤어요, 매튜. 전화할 거라고 생각 안 했는데."

"어젯밤 전화하려고 했는데. 계속 통화 중이더군요."

"수화기를 내려놨어요."

"알아요."

"전화 교환원에게 확인시켰어요? 어젯밤에는 그냥 세상으로부터 벗어나고 싶었어요. 여기서 문 꼭 잠그고 수화기 내려놓고 블라인드 칠 때, 그때가 정말 내가 안전해질 때죠. 무슨 말인지 알아요?"

"알 것 같아요."

"있죠, 난 맑은 정신으로 일요일 아침에 일어난 게 아니에요. 그리고 일요일 밤에 취했죠. 그런데 어젯밤에 또 취했어요."

"아."

"그러고 오늘 아침에 일어나서 몸이 떨리는 걸 멈추게 하려고 약을 하나 먹고 하루나 이틀 정도 술을 멀리해야겠다고 결심했어요. 이 롤러코스터에서 내리려고요, 내 말 알아요?"

"그럼요."

"그런데 난 지금 손에 술잔을 들고 있어요. 이거 참 놀랍지 않나요?"

"말하지 그랬어요, 재니스. 그랬으면 보드카를 가져오지 않았을 텐데."

"별일 아니에요."

"스카치도 안 가져왔을 텐데. 나도 어젯밤 과음했습니다. 오늘 밤 우리 둘이서 술 안 마시고 같이 있을 수 있었는데."

"정말 그렇게 생각해요?"

"당연하죠."

재니스의 커다란 회색 눈은 바닥이 보이지 않았다. 그녀는 오랫동안 날 슬픈 표정으로 보다가, 순간 얼굴이 밝아졌다.

"지금으로선 그 가정을 시험해 보긴 너무 늦었잖아요. 지금 이 상황에서 최선을 다해 보는 게 어때요?"

우린 술은 많이 마시지 않았다. 그녀는 나와 보조를 맞추는 선에서 보드카를 마셨고 그다음엔 순조롭게 흘러갔다. 재니스가 레코드를 몇 장 틀었고 우리는 소파에 앉아서 음악을 들으며, 말은 별로 안 했다. 우리는 소파에서 사랑을 나누기 시작했고 그다음엔 침실로 들어가서 마무리했다.

우린 잘 맞았다. 토요일 밤에 했을 때보다 훨씬 더 좋았다. 새로운 관계는 짜릿한 맛이 있지만, 연인 사이에 궁합이 좋으면, 친밀함 덕분에 관계가 한층 더 즐거워진다. 난 절정을 맛봤고, 그녀가 느끼는 쾌감을 조금 느꼈다.

사랑을 나눈 후에 우리는 다시 소파로 돌아갔고 나는 바버라 에팅거 살인 사건에 대해 이야기하기 시작했다.

"그녀는 너무 깊이 묻혔습니다. 너무 많은 시간이 흘렀다는 이야기만은 아니에요. 9년은 긴 시간이지만, 9년 전에 죽어도 그들의 삶을 조사해서 그들이 막 죽었을 당시처럼 모든 것을 발견할 수 있는 사람들도 있어요. 이웃에 살던 사람들이 그대로 거기서 살고 모두 예전과 같은 삶을 살아가는 사람들이 있단 말이죠. 그런데 바버라 에팅거의 경우는 주위 사람들이 모두 엄청나게 변했어요. 당신은 탁아소를 닫고 남편을 떠나 여기로 왔죠. 당신 남편은 아이들을 데리고 캘리포니아로 가 버렸고, 나는 현장에 가장 먼저 왔던 경찰 중 하나였지만, 그 후로 내 삶이 어떻게 뒤집혔는지는 하느님이 아실 거예요. 십스헤드 베이에서 살인 사건을 조사했던, 아니 조사를 시작했던 경찰이 세 명이었는데, 둘은 죽고 하나는 경찰과 가정을 떠나서 가구가 딸린 방에 살면서 백화점 경비로 일하고 있어요."

"그리고 더글라스 에팅거는 재혼해서 스포츠 용품을 팔고 있고요."

나는 고개를 끄덕였다.

"린 런던은 결혼했다가 이혼했고, 와이코프 가에 살던 이웃의 절반은 다른 곳으로 이사 갔어요. 이건 마치 지상에 부는 바람이란 바람은 총동원돼서 바버라의 무덤에 모래를 날리느라 바빴던 것 같다고 할 수 있죠. 미국인들이 이리저리 옮겨 다니며 산다는 건 나도 알고 있어요. 어딘가에서 읽었는데 매년 인구의 20퍼센트가 이사를 한다고 하더군요. 그렇다고 해도, 지상의 바람이란 바람은 모두 바버라의 무덤에 모래를 불어 날리느라 바빴던 것 같아요. 이건 마치 트로이의 유적을 발굴하는 꼴이니."

"최초의 사자들과 함께 깊게 묻혔다."

"그게 무슨 말이에요?"

"내가 제대로 기억하는 건지 모르겠어요. 잠깐만요."

그녀는 방을 가로질러 가서 책장을 살펴보다가, 얇은 책을 한 권 꺼내서 넘겼다.

"딜런 토머스가 쓴 글이에요. 여기 어디 있는데. 대체 어디 있지? 분명 여기 있는데. 여기 있다."

재니스가 읽었다.

"*런던의 딸이 최초의 사자들과 함께 깊게 묻혔다.*
오랜 벗들,
세월 저편의 알갱이들, 제 어머니의

*검은 핏줄들에 둘러싸여
흘러가는 템스의
슬퍼하지 않는 물가에 은밀히
첫 죽음 이후 다른 죽음은 없다."*

"런던의 딸."

"런던은 도시를 뜻하죠. 하지만 그래서 생각이 났나 봐요. 최초의 사자들과 함께 깊이 묻혀 있는 찰스 런던의 딸."

"다시 읽어 봐요."

재니스가 읽었다.

"다만 거기 어딘가에 문이 있는데 내가 그 손잡이를 찾을 수만 있다면. 바버라를 죽인 건 어떤 미치광이가 아니에요. 누군가 그녀를 아는 사람이 어떤 이유가 있어서 죽인 거죠. 누군가 의도적으로 피넬의 소행처럼 보이게 만들었어요. 그리고 그 살인자는 아직도 주위에 있어요. 그 자식은 죽지도 않았고, 안 보이는 곳으로 멀리 가지도 않았어요. 아직도 주위에 있죠. 그걸 믿을 만한 근거는 없지만 도저히 그런 느낌을 떨쳐 버릴 수 없어요."

"범인이 더글라스라고 생각해요?"

"내가 아니라고 한다면, 그렇게 생각하지 않는 유일한 사람이겠죠. 심지어 그 사람 아내도 남편이 범인이라고 생각하던데. 그 여자는 자기가 그런 생각을 하는 줄도 모르겠지만, 그렇지 않다면 내가 찾을 진실이 뭐 그렇게 두렵겠어요?"

"하지만 당신은 다른 사람이라고 생각하는 거죠?"

"난 바버라가 죽은 후에 엄청나게 많은 사람들의 삶이 크게 변했다고 생각해요. 어쩌면 바버라가 죽어서 그렇게 변하게 된 것도 있을지 몰라요. 어쨌든 그들 중 몇 명은 그렇죠."

"확실히 더글라스는 그렇죠. 더글라스가 범인이건 아니건."

"다른 사람들의 삶에도 영향을 끼쳤을 겁니다."

"마치 연못에 던진 돌처럼? 파급 효과 같은 거요?"

"어쩌면요. 무슨 일이 일어났는지, 어떻게 일어났는지는 나도 몰라요. 내가 말했잖아요. 이건 그냥 육감이자 느낌이라고. 딱딱 짚어서 말할 수 있을 정도로 구체적인 게 아니에요."

"그건 당신의 경찰 본능인가요?"

내가 웃었다. 그녀는 뭐가 웃기냐고 물었다. 내가 말했다.

"그건 그렇게 웃기지 않아요. 나도 하루 종일 내 경찰 본능이 과연 맞는 것인지 궁금해했으니까."

"무슨 뜻이에요?"

그래서 난 결국 애초에 계획했던 것보다 훨씬 더 많은 이야기를 하고 말았다. 애니타가 건 전화부터 그래비티 나이프까지 전부 다. 이틀 전에 그녀가 얼마나 이야기를 잘 들어 주는지 알았지만, 이번에도 여전히 잘 들어 줬다.

내가 이야기를 끝냈을 때 재니스가 말했다.

"당신이 왜 그렇게 자책하는지 모르겠어요. 당신은 살해될 수도 있었어요."

"그 자식이 정말로 강도짓을 하려고 시도했다면요."

"당신이 뭘 어떻게 해야 했겠어요? 그 자식이 당신을 칼로 찌를 때까지 기다려요? 그리고 애초에 그 자식은 왜 칼을 가지고 다녔겠어요? 그래비티 나이프가 뭔지는 모르지만 끈 하나 자르자고 가지고 다닐 물건처럼 들리진 않는데요."

"호신용으로 가지고 다닐 수도 있었죠."

"그 돈뭉치는요? 내가 듣기엔 이성애자인 척하는 동성애자 같아요. 게이들을 유혹해서 돈을 털고, 때로는 같이 섹스하는 도중에 그들을 패거나 죽이는 놈들 중 하나인 것 같은데요. 자신은 완전한 이성애자라는 걸 증명하기 위해서. 그런데 당신은 지금 그런 자식의 입술을 터트렸다고 걱정하고 있는 거예요?"

나는 고개를 흔들었다.

"내가 걱정하는 건 내 판단력이 흐려진 것 같아서 그런 거죠."

"당신이 취했으니까."

"거기다 취한 것도 몰랐으니까."

"그 강도 두 명을 쐈던 그날 밤 당신의 판단력은 흐렸나요? 그 푸에르토리코 소녀가 죽던 날 밤?"

"당신은 상당히 예리한 사람이네요."

"내가 좀 머리가 좋아요."

"그 질문에 대한 대답은 아니라는 거예요. 난 그때 많이 마시지도 않았고, 술기운도 없었어요. 하지만……."

"하지만 그때 일이 되풀이됐다."

"맞아요."

"그리고 그것을 직시하고 싶지 않은 거죠. 캐런 에팅거가 남편이 전처를 살해했을지 모른다고 자신이 생각하는 사실을 직시하고 싶지 않은 것처럼."

"정말 예리한 여자라니까."

"더 이상 예리해지는 일은 없을 거예요. 이제 기분 좀 나아졌어요?"

"그래요."

"이야길 하면 기분이 나아져요. 하지만 당신이 너무 깊이 숨겨놔서 당신 자신도 그게 거기 있었는지 모르는 거예요." 그녀는 하품을 했다. "예리한 여자가 되는 건 피곤한 일이에요."

"그 말은 믿을 수 있겠다."

"침대로 갈래요?"

"좋죠."

하지만 난 그날 밤 거기서 자지 않았다. 자고 가려고 했지만, 재니스의 숨소리로 그녀가 잠이 든 걸 알았을 때도 잠이 오지 않았다. 처음에는 옆으로 누웠다가 다시 반대쪽으로 누워 봤지만, 잠이 오지 않을 거라는 게 분명해졌다. 나는 침대에서 일어나 조용히 걸어서 다른 방으로 갔다.

옷을 입고 창가에 서서 리스페나드 가를 내다봤다. 스카치가 많이 남았지만 한 모금도 마시고 싶지 않았다.

나는 재니스의 집을 나왔다. 한 블록 떨어진 카날 가에서 간신히 택시를 잡았다. 암스트롱이 문을 닫기 30분 정도 전에 업타운에 도착했지만, 관두자고 생각하고 곧바로 내 방으로 갔다.

결국 잠이 들었다.

14장

꿈을 많이 꿔서 깊은 잠은 못 잤다. 밴디가 그 꿈 중 하나에 나타났다. 밴디는 사실 죽은 게 아니었다. 밴디의 죽음은 정교한 사기의 일부로 조작된 것이었다. 밴디가 이걸 다 말해 주고, 사실 그동안 말을 할 수 있었지만 이 재주를 밝히기가 두려웠다는 말도 해 줬다.

'내가 이걸 알았더라면 우리가 어떤 대화들을 나눌 수 있었을까!'

꿈에서 나는 이렇게 경이로워했다.

아침에 상쾌하고 맑은 기분으로 깨어났고 지독하게 배가 고팠다. 레드 플레임에서 베이컨과 달걀과 홈 프라이(살짝 삶은 감자 조각을 버터로 튀긴 것—옮긴이)를 먹고 《뉴스》를 읽었다. 경찰이 1번 애비뉴 칼잡이를 잡았다. 혹은 적어도 그렇다고 주장하는 누군가를 체포했다. 용의자 사진이 얼마 전에 실린 경찰의 몽타주와 놀랄 정도로 닮았다. 그런 일은 흔하지 않은데.

커피를 두 잔째 마시고 있을 때, 내가 앉아 있는 부스 맞은편으로 비니가 쓰윽 들어와 앉고는 말했다.

"로비에 여자가 와 있었어요."

"내 손님이야?"

비니가 고개를 끄덕였다.

"젊은데, 못생긴 편은 아니에요. 옷도 좋은 옷을 입고 머릿결이 좋았어요. 스커더 씨가 들어오실 때 알려 주면 돈을 준다고 하더라고요. 스커더 씨가 호텔로 돌아올지 아닐지 그것도 모르는데. 그래서 한번 모험을 해 보기로 하고 여기저기 찾아다녔어요. 지금은 에디가 저 대신 데스크에 있어요. 호텔로 돌아오실 거예요?"

"그럴 계획은 아니었는데."

"이렇게 하면 어떨까요? 있죠. 로비로 가서서 그 여자 너머로 절 보시면서 들어왔다고 말해도 된다거나 아니면 안 된다는 사인을 주세요. 그 돈을 벌고 싶으니, 그냥 포기하진 않겠단 말이죠. 제 말이 무슨 말인지 아시겠어요? 만약 그 여자를 피하고 싶으시면……."

"알려 줘도 돼. 그 여자가 누구건 간에."

그는 데스크로 돌아갔다. 나는 커피를 마시고 신문을 다 읽고 천천히 호텔로 돌아갔다. 내가 로비로 들어왔을 때 비니가 담배 자판기 옆에 있는 윙체어(등받이 양쪽에 날개같이 기대는 부분이 달려 있는 안락의자—옮긴이)를 향해 크게 고개를 끄덕여 보였지만, 굳이 그럴 필요도 없었다. 비니의 도움 없이도 그녀를 찾아냈을 것이다. 그녀는 이 호텔과 전혀 어울리지 않았다. 몸치장을 잘하고, 헤어스타일도 잘 꾸미고, 색을 잘 맞춰 옷을 입은 교외 사는 숙녀가 57번가의 엉뚱한 곳까지 왔다. 동쪽으로 몇 블록만 더 가면 그곳에서는 모험을 해 볼 수 있을지 모르는데. 미술관 순례를 하고, 거실에 걸린 버섯 색깔의 두꺼운 커튼과 어울릴 판화를 찾는 그런 모험 말이다.

나는 비니가 돈을 벌게 해 주고, 그녀 옆을 천천히 지나쳐서, 엘리베이터를 기다리며 섰다. 문이 막 열리는 순간 그녀가 내 이름을 불렀다.

내가 대답했다.

"안녕하세요, 에팅거 부인."

"어떻게……"

"남편분 책상에서 당신 사진을 봤습니다. 그리고 당신 목소리도 알아들었을 겁니다. 전화로만 들었지만."

그녀의 금발은 더글라스 에팅거의 포토큐브에 있는 사진보다 조금 더 길었고, 목소리도 직접 들으니 콧소리가 덜했다. 그러나 분명 그녀가 맞았다.

"당신 목소리를 몇 번 들었습니다. 한 번은 제가 전화했을 때, 한 번은 당신이 내게 전화했을 때, 그리고 다시 내가 당신에게 전화했을 때."

"당신일 거라고 생각했어요. 전화벨이 울렸을 때 놀랐는데 당신은 아무 말도 하지 않았죠."

"난 그냥 내가 아는 목소리가 맞나 확인하고 싶었을 뿐이었거든요."

"그 후로 당신에게 전화를 했어요. 어제는 두 번이나 했고."

"메시지는 받지 못했는데요."

"하나도 안 남겼으니까요. 당신과 연결이 되면 뭐라고 해야 할지 몰랐어요. 우리가 이야기를 나눌 수 있는 좀 더 조용한 곳이 있나요?"

나는 커피를 마실 수 있는 곳으로 그녀를 데려갔다. 레드 플레임은 아니고 아래쪽에 그와 비슷한 곳이 있었다. 나가는 길에 비니가 내게 윙크를 하면서 교활한 미소를 지어 보였다. 그녀가 그에게 돈을 얼마나 줬는지 궁금했다.

나에게 주려는 돈보다는 적을 거라고 확신했다. 자리에 앉고 커피가 나오자마자 그녀는 테이블에 핸드백을 놓고 톡톡 두드리면서 밝혔다.

"이 안에 봉투가 하나 있어요. 안에 5000달러가 들어 있죠."

"이 동네에서 들고 다니긴 거금인데요."

"어쩌면 당신이 나 대신 가지고 다니고 싶을지도 모르죠." 그녀는 내 얼굴을 찬찬히 뜯어봤다. 그러나 내가 아무런 반응을 보이지 않자 몸을 앞으로 숙이면서, 공모자처럼 목소리를 낮췄다. "이 돈은 당신 거예요, 스커더 씨. 그냥 런던 씨가 부탁한 걸 하면 돼요. 수사를 중지해요."

"뭘 두려워하고 있는 겁니까, 에팅거 부인?"

"난 그저 당신이 우리 삶을 쑤시고 다니지 않았으면 해요."

"내가 거기서 뭘 발견할 거라고 생각하는 겁니까?"

그녀는 핸드백을 손으로 꽉 움켜쥐면서, 5000달러가 갖는 상상의 권력에서 안정을 찾으려고 했다. 그녀의 손톱 색깔은 철이

녹슨 것 같은 색이었다. 내가 부드럽게 말했다.

"남편이 전처를 죽였다고 생각해요?"

"아뇨!"

"그럼 두려워할 게 뭐가 있습니까?"

"나도 모르겠어요."

"남편을 언제 만났습니까, 에팅거 부인?"

그녀는 나와 눈이 마주쳤지만, 대답하지 않았다.

"아내가 살해되기 전에?" 그녀는 손으로 핸드백을 사정없이 주무르고 있었다. "더글라스는 롱아일랜드에서 대학을 나왔습니다. 당신은 남편보다 나이가 적지만 그때 그를 알게 됐을 수도 있죠."

"그때는 남편이 그 여자를 알기도 전이에요. 두 사람이 결혼하기 아주 오래전에. 그러다 그 여자가 죽은 후에 우리는 우연히 다시 만났죠."

"내가 그걸 알아낼까 봐 두려워하고 있었던 겁니까?"

"난……."

"당신은 바버라가 죽기 전부터 더글라스를 만나고 있었죠, 그렇지 않나요?"

"당신이 그걸 입증할 순 없어요."

"내가 왜 그걸 입증해야 하나요? 아니 내가 왜 그걸 입증하고 싶어 하겠습니까?"

그녀는 핸드백을 열었다. 고리를 여는 손가락이 서툴렀지만 열어서 은행에서 주는 마닐라 봉투를 하나 꺼냈다.

"5000달러예요."

"집어넣으십시오."

"이걸로는 충분하지 않아요? 이건 큰돈이라고요. 아무것도 하지 않는 대가치고 5000달러면 많은 거 아닌가요?"

"너무 많아요. 당신이 바버라를 죽인 건 아니죠?"

"내가요?" 그녀는 힘들게 그 질문의 뜻을 파악했다. "내가요? 물론 아니죠."

"하지만 바버라가 죽었을 때 기뻤죠."

"끔찍한 소리. 그런 말 하지 말아요."

"당신은 더글라스와 불륜을 저지르고 있었습니다. 그와 결혼하고 싶었는데, 그러다 바버라가 살해됐어요. 어떻게 기쁘지 않을 수 있죠?"

그녀의 시선은 내 어깨 너머의 먼 곳을 향해 있었다. 그녀의 목소리는 그 시선처럼 아주 먼 곳에서 들렸다.

"그 여자가 임신한 걸 난 몰랐어요. 그이가…… 그이가 자기도 몰랐다고 했어요. 그이가 그 여자랑은 같이 안 잔다고 했어요. 내 말은, 잠자리를 안 했다는 거죠. 물론, 두 사람은 같이 잤죠. 같은 침대를 썼으니까, 하지만 섹스는 하지 않았다고 했어요. 난 그이 말을 믿었죠."

웨이트리스가 우리 커피 잔에 다시 커피를 채워 주려고 다가오고 있었다. 나는 한 손을 들어 우리 대화를 방해하지 못하게 했다. 캐런 에팅거가 말했다.

"남편이 그 여자가 다른 남자의 아이를 임신했다고 말했어요. 자기 아이일 수가 없다고."

"당신이 찰스 런던에게 그렇게 말했습니까?"

"난 런던 씨랑은 말해 본 적도 없어요."

"그렇지만 당신 남편이 했죠, 안 그래요? 당신 남편이 런던에게 그렇게 말한 겁니까? 내가 수사를 계속하면 그 사실이 나올까 봐 런던 씨가 두려워한 겁니까?"

그녀의 목소리는 아주 멀리서 말하는 것처럼 초연했다.

"남편이 그 여자는 다른 남자의 아이를 임신했다고 했어요. 흑인 남자. 남편은 아이가 흑인일 거라고 했죠."

"런던에게도 그렇게 말했군요."

"그래요."

"전에 남편이 그런 말을 한 적이 있나요?"

"아뇨. 내가 생각하기엔 그건 그냥 런던 씨에게 압력을 넣으려고 지어낸 말 같아요."

그녀는 날 쳐다봤다. 그녀의 눈에서 조심스런 교외 주부의 표면 밑에 숨겨진 인간적인 모습이 살짝 보였다.

"나머지도 그 사람이 날 위해 지어낸 거짓말인 것처럼. 그건 아마 그이의 아이였을 거예요."

"당신은 바버라가 바람을 피우고 있었다고 생각하지 않나요?"

"아마도. 아마도 그랬을 거예요. 하지만 분명 남편과도 잠자리를 했을 거예요. 그렇지 않았다면 임신을 하지 않게 조심했겠죠. 여자들은 어리석지 않아요." 그녀는 눈을 몇 번 깜박였다. "안 그런 점도 있지만. 남자들은 항상 애인에게 더 이상 아내와 잠자리는 안 한다고 하죠. 그건 언제나 거짓말인데."

"당신은 그럼……?"

그녀는 내 질문을 곧바로 받아쳤다.

"그이는 아마 애인에게 나랑은 더 이상 잠자리를 하지 않는다고 말하고 있겠죠." 그녀는 아주 사무적인 어조로 말했다. "그건 거짓말인데."

"누구에게 말한다는 거죠?"

"누구든 지금 바람피우는 상대에게."

"당신 남편이 지금 다른 여자와 바람을 피우고 있단 말입니까?"

"네." 그녀는 그렇게 말하고 얼굴을 찡그렸다. "방금 전까지 나도 그걸 모르고 있었어요. 알고는 있었지만, 내가 알고 있다는 것조차 의식하지 못하고 있었던 거죠. 당신이 이 사건을 맡지 않았더라면 좋았을걸. 런던 씨가 애초에 당신에 대한 이야기를 듣지 말았더라면 좋았을걸."

"에팅거 부인."

그녀는 이제 일어섰다. 양손으로 핸드백을 꽉 움켜쥐고, 얼굴엔 지금 겪고 있는 고통이 생생히 드러나 있었다.

"난 행복한 결혼 생활을 하고 있었어요. 그런데 지금 내게 있는 건 뭐죠? 말해 줄래요? 지금 내게 있는 건 뭔가요?"

15장

그녀가 대답을 원했을 거라곤 생각하지 않는다. 내게는 분명 그녀를 위한 답이 없었고, 그녀는 내가 무슨 말을 할지 들어 볼 만큼 오래 있지도 않았다. 그녀는 뻣뻣하게 커피숍을 나가 버렸다. 나는 커피를 다 마실 때까지 있다가, 팁을 남기고 계산을 치렀다. 난 그녀의 5000달러도 안 받았을 뿐 아니라 커피 값까지 내고 말았다.

밖은 날씨가 좋았고 나는 린 런던과 만나기로 한 약속을 지키러 가는 길에 좀 걸으면서 시간을 죽이자고 생각했다. 결국 시내까지 쭉 걸어가게 됐고, 중간에 한 번 멈춰서 공원 벤치에 앉았다 다시 걸었고 커피와 롤빵을 하나 먹느라고 또 한 번 멈췄다. 14번 가를 건넜을 때 댄 린치 바로 들어가서 그날 첫 술을 마셨다. 이전에 마시는 술을 스카치로 바꿀까 생각한 적이 있다. 스카치 덕분에 또다시 숙취를 피할 수 있었는데, 오늘 버번 한 샷을 마시고 입가심으로 작은 맥주를 주문하고 나서야 전에 했던 결심이 떠올랐다. 술을 마시면서 입속에 느껴지는 온기를 음미했다. 술집에서 진한 맥주 냄새가 났는데 그것도 좋았다. 그리고 좀 더 있고 싶었다. 하지만 이미 그 교사를 한 번 바람맞힌 전과가 있으니.

나는 학교를 찾아서 안으로 들어갔다. 아무도 왜 들어오는지 묻지 않았고, 복도에서 날 멈춰 세우지도 않았다. 41호 교실을 찾아 문간에 잠시 서서 옅은 색의 오크 책상 앞에 앉은 여자를 살펴봤다. 그녀는 책을 읽고 있었는데 내가 온 걸 모르고 있었다. 내가 열려 있는 문을 노크하자 고개를 들어 날 봤다.

"매튜 스커더라고 합니다."

"전 린 런던이에요. 들어오세요. 문 닫으시고요."

그녀가 일어서서 우리는 악수를 했다. 내가 앉을 곳은 없었다. 전부 아동용 책상밖에 없었다. 게시판에 아이들이 그린 그림들과 시험지들이 압정으로 붙어 있었는데, 황금색이나 은색 별 표시가 된 시험지들이 몇 장 있었다. 칠판에 노란색 분필로 긴 나눗셈 문제가 적혀 있었다. 나는 무의식중에 그 문제풀이를 확인하고 있다는 걸 깨달았다.

"사진을 원한다고 하셨죠." 린 런던이 말하고 있었다. "유감스럽게도 제가 가족의 기념품을 챙기는 성격이 아니라서. 이게 제가 찾아낼 수 있는 최선이었어요. 언니가 대학을 다닐 때죠."

나는 사진을 찬찬히 보다가 사진에서 시선을 떼서 내 옆에 서 있는 여자를 한번 봤다. 그녀는 내 시선이 움직이는 걸 알아챘다.

"닮은 곳을 찾는다면, 시간 낭비하지 마세요. 언니는 엄마를 닮았어요."

린은 아버지를 닮았다. 런던처럼 차가운 파란 눈이었다. 런던처럼 안경을 꼈지만, 무테가 아닌 굵은 테에 사각형 렌즈였다. 갈색 머리는 뒤로 넘겨서 단단하게 쪽을 지었다. 얼굴 표정은 엄격했고, 이목구비는 날카로웠다. 그녀가 서른세 살밖에 안 된 걸 알고 있었지만 실제로는 몇 살 더 많아 보였다. 눈가에 주름이 잡혀 있었는데 입가의 주름보다 더 깊었다.

바버라의 사진에선 건질 게 없었다. 사후에 경찰이 찍은 사진들은 봤다. 와이코프 가에 있는 부엌에서 찍은 흑백의 선명한 이미지 사진이었다. 나는 생전의 그녀가 어떤 사람인지 짐작할 만한 그런 사진을 원했는데 린이 준 사진으로도 그건 알 수 없었다. 아마 사진에서 나올 수 있는 것 이상을 찾고 있었나 보다.

린이 말했다.

"아버진 당신이 언니 이름에 먹칠을 할까 봐 두려워하고 계세요. 그럴 건가요?"

"그런 일을 할 계획은 없었습니다."

"더글라스 에팅거가 아버지에게 뭔가 말했는데 아버진 당신이 그걸 세상에 발각할까 봐 두려워하고 계세요. 그게 뭔지 알고 싶은데."

"당신 언니가 흑인 남자의 아이를 임신하고 있었다고 더글라스가 아버님에게 말했다더군요."

"맙소사. 그게 사실인가요?"

"어떻게 생각해요?"

"더글라스는 벌레 같은 인간이라고 생각해요. 항상 그렇게 생

215

각했어요. 이제 왜 아버지가 당신을 증오하는지 알겠군요."

"날 증오한다고요?"

"네. 왜 그런지 궁금했죠. 사실 제가 스커더 씨를 만나고 싶었던 큰 이유는 대체 어떤 남자기에 우리 아버지가 그렇게 격하게 반응하게 만들었는지 알고 싶어서였죠. 스커더 씨가 아니었다면 아버진 당신의 성스러운 딸에 대한 그런 정보를 듣지 못했을 테니까요. 스커더 씨를 고용하지 않았더라면, 스커더 씨가 더글라스에게 이야기하지 않았다면 말이에요. 더글라스랑 이야기했을 거라고 생각했는데, 맞죠?"

"그 사람을 만났습니다. 힉스빌에 있는 가게에서."

"스커더 씨가 그러지 않았더라면, 아버지가 절대로 듣고 싶어 않을 말을 더글라스가 하지도 않았겠죠. 제 생각에 아버지는 딸 둘 다 처녀라고 믿고 싶어 하시는 것 같아요. 뭐, 저에겐 그렇게 마음을 쓰지 않을지도 모르죠. 전 이혼을 하는 무모한 짓을 했으니 구원할 수도 없고. 제가 다른 인종의 남자와 연애를 한다면 아버진 역겨워할 거예요. 어쨌든 지켜야 할 선이라는 게 있으니까. 하지만 바람을 피운다면 그렇게 신경 쓰지 않을 것 같아요. 난 이미 망가진 제품이니까." 쓰라린 이야기를 하고 있었지만 그녀의 목소리는 담담했다. "하지만 언니는 아빠에게 성자였으니까 달라요. 내가 살해됐다면 아버지는 애초에 스커더 씨를 고용하지도 않았겠죠. 하지만 고용했다고 해도 당신이 뭘 밝혀냈건 상관하지 않았을 거예요. 언니는 완전히 경우가 다르지만."

"언니가 성자였나요?"

"우린 그렇게 가깝지 않았어요." 그녀는 시선을 돌리면서, 책상 위에 있던 연필 한 자루를 집었다. "언니는 언제나 언니였으니까. 난 언니를 맹목적으로 받들다 결국 언니의 숨겨진 결점만 보게 됐죠. 그러면서 언니가 고고한 척한다고 경멸하는 시기를 보냈고. 이제 성인이 돼서 그런 감정은 극복했을지 모르겠지만 언니가 죽어 버렸잖아요. 그래서 언니에 대한 죄책감은 하나도 사라지지 않고 그대로 남아 있어요." 그녀는 날 바라봤다. "이제 내가 집단 치료에서 치유하고자 하는 문제 중 하나예요."

"언니가 더글라스의 아내였을 때 바람을 피우고 있었나요?"

"그랬다고 해도 나에겐 말하지 않았을걸요. 언니가 내게 말해 준 하나는 더글라스가 바람을 피우고 다닌다는 거였죠. 더글라스가 언니랑 같이 아는 친구들에게 수작을 걸고 사회복지사로 일하면서 상담해 주는 여자들이랑 자고 다닌다고. 그게 정말인지 아닌지는 모르겠어요. 더글라스가 내게 수작을 건 적은 없으니까."

그녀는 더글라스가 수작을 걸어오지 않은 게 분노해야 할 일 중 하나인 것처럼 말했다. 나는 그녀와 10분 정도 더 이야기했지만 바버라 에팅거의 죽음이 그녀의 삶에 영향을 미쳤다는 사실 외에 다른 건 알아내지 못했고, 그건 새로운 소식도 아니었다. 9년 전에 린이 얼마나 달랐을지 궁금했고, 바버라가 죽지 않고 살았다면 얼마나 달라졌을지도 궁금했다. 아마 그녀의 그 쓰라린 심정, 정신적인 갑옷은 이미 그 전부터 마음속에 갇혀 있었을 거란 짐작이 들었다. 린의 결혼 생활은 어땠을지 궁금했다. 사실 이미 짐작할 수 있었지만. 바버라가 살아 있었대도 같은 남자와 결혼했을까? 바버라가 살아 있었다면 린이 이혼을 했을까?

나는 쓸모없는 사진 한 장과 머릿속에 아무 관계없는 혹은 대답할 수 없는 질문들만 가득 채운 채 그곳을 떠났다. 떠나면서 답답한 성격의 소유자인 그 여자로부터 도망칠 수 있어서 아주 기쁘기도 했다. 댄 린치의 술집은 업타운 쪽으로 두 블록만 가면 되는 곳에 있었다. 그곳을 향해 발길을 돌리면서 그곳의 짙은 색깔의 목재와 온기와 술과 맥주 향기를 떠올렸다.

그들은 모두 내가 그녀에 대한 사실들을 들춰낼까 봐 두려워하고 있어. 난 그렇게 생각했다. 그녀는 너무 깊이 파묻혀 있어서 그럴 수도 없는데. 재니스가 읽어 준 시의 일부가 떠올라 그 시가 어떤 내용이었는지 돌이켜 보려고 애를 썼다. '최초의 사자들과 함께 깊이 파묻혀 있다?' 이게 맞나?

난 정확한 시 구절을 알아보고 싶었다. 아니, 전문을 읽어 보고 싶었다. 2번 애비뉴의 어딘가에 도서관 분관이 있다는 게 희미하게 기억났다. 그래서 북쪽으로 한 블록 올라갔지만 찾지 못해서 돌아가 다운타운 쪽으로 걸어갔다. 거기에 정말 도서관이 있었다. 내가 기억하고 있는 바로 그곳에. 네모난 3층 건물로 정면은 대리석으로 근사하게 장식이 돼 있었다. 정문에 있는 표지판에 개관 시간이 나와 있었는데, 수요일은 휴관이었다.

모든 도서관의 분관들이 개관 시간을 줄이고, 휴관하는 날도 늘었다. 재정적으로 어려워서 그런 이유도 있다. 시에서는 어디든 쓸 여유가 없고, 정부는 낡고 오래된 집 안을 돌아다니면서 안 쓰는 방들을 폐쇄하는 늙은 구두쇠처럼 행동하고 있다. 경찰 병력은 예전에 비해 1만 명이 줄었다. 집세와 범죄율만 빼고 모든 것이 줄었다.

나는 또 다른 블록으로 걸어가서 세인트 마크스 플레이스에

도착했다. 그 근처에 서점이 하나 있는 걸 알고 있었는데 거기에 시집 섹션이 있을 가능성이 컸다. 세인트 마크스 플레이스에서 가장 붐비는 상업 블록이면서 이스트 빌리지에서 가장 유행의 첨단을 걷는 그 블록은 2번과 3번 애비뉴 사이에 있다. 나는 오른쪽으로 돌아서 3번 애비뉴로 걸어갔는데 그 블록의 3분의 2 정도 걸어가자 서점이 나왔다. 거기에 딜런 토마스의 시를 모아 놓은 페이퍼백이 한 권 있었다. 그 시집을 두 번이나 훑어보고 나서야 비로소 찾고 있던 시를 발견했다. 시를 처음부터 끝까지 읽어봤다. '런던에서 포화로 숨진 한 아이의 죽음을 애도하길 거부하며.' 이게 그 시의 제목이었다. 이해 안 되는 부분들도 있었지만, 어쨌든 느낌이 좋은 시였고, 시어들이 품은 무게와 형태도 마음에 들었다.

시가 너무 길어서 노트에 옮겨 적을 생각은 들지 않았다. 게다가, 다른 시들도 보고 싶은 마음이 들지도 모른다. 나는 책값을 치르고 주머니에 넣었다.

사소한 것들이 어떻게 사람을 이런저런 방향으로 몰고 가는지 기이하다. 나는 걸어 다니느라 피곤해졌다. 집으로 가는 지하철을 타고 싶었지만, 술도 한잔하고 싶었다. 서점 앞에 있는 보도에 잠시 서서 뭘 하고 어디로 가야 할지 결정하려고 애를 썼다. 거기 서 있는 동안 제복을 입은 순찰 경관 둘이 내 옆을 지나갔다. 둘 다 황당할 정도로 젊어 보였는데, 하나는 어찌나 동안인지 제복이 마치 연극 의상 같았다.

거리 맞은편에 있는 한 가게 간판에 '하버맨스'라고 적혀 있었다. 거기서 뭘 파는지는 모르겠다.

나는 버튼 하버메이어를 생각했다. 아까 두 경찰이나 하버메이어의 이름과 비슷한 간판을 보고 생각나지 않았더라도 그를 생각했을지도 모른다. 어쨌든 하버메이어를 생각했다. 그가 한때 이 거리에 살았고, 그의 전처는 아직도 여기 살고 있다는 것이 기억났다. 주소는 기억할 수 없지만, 노트에 적혀 있었다. 세인트 마크스 플레이스 212번지에 전화번호까지 있었다.

그래도 그 전처가 살고 있는 건물을 가서 볼 이유는 없었다. 그는 내가 조사하는 사건에 관계된 사람도 아니니까. 루이스 피넬과 만나 보니 그 키 작은 미치광이가 수전 포토브스키를 죽였고 바버라 에팅거는 죽이지 않았다는 걸 확실히 알게 됐다. 하지만 하버메이어의 인생이 변했고, 그 변하게 된 방식이 내 관심을 끌었다. 또 다른 죽음으로 인해 내 인생이 변해 버린 방식과 닮아서 그랬다.

세인트 마크스 플레이스는 3번 애비뉴에서 시작해서 동쪽으로 갈수록 번지수가 높아진다. 2번과 1번 애비뉴 사이의 거리는 상업용 건물보다 주거용 건물들이 더 많다. 연립 주택 두 채가 화려하게 장식된 창문들과 출구 근처에 있는 문자판으로 교회라는 걸 알리고 있었다. 하나는 우크라이나 교회였고, 또 하나는 폴란드 천주교회였다.

나는 1번 애비뉴로 가서 신호등이 바뀌길 기다렸다가 건넜다. 조용한 블록으로 들어섰는데, 거기 있는 집들은 그 전 블록보다 덜 매력적이었고 관리 상태도 허술했다. 걷다가 지나친, 주차된 차들 중 한 대는 버려진 차였는데, 타이어와 휠캡은 누가 빼서 가져가 버렸고, 라디오도 뽑아 가고, 차 안은 불에 탔다. 거리 맞은편에는 수염을 기르고 머리가 긴 남자 폭주족 셋이 오토바이에 시동을 걸려고 하고 있었다.

그 블록의 마지막 번지수가 132번지였다. 모퉁이에서 길이 끝났는데, 거기서 A 애비뉴가 톰킨스 스퀘어 공원의 서쪽 경계가 됐다. 나는 거기 서서 그 번지수를 보다가, 다시 공원을 봤다.

A 애비뉴에서 강 동쪽으로 알파벳 시티라고 하는 블록들이 있다. 여기 사는 사람들은 마약 중독자들과 강도들과 미치광이들이다. 경제적으로 괜찮은 수준의 사람들이 일부러 여기에서 사는 경우는 없다. 다른 곳에 살 여유가 있다면 구태여 여기까지 오진 않는단 뜻이다.

나는 노트를 꺼냈다. 주소는 여전히 아까 본 대로 세인트 마크스 플레이스 212번지였다.

나는 톰킨스 스퀘어 공원을 통과해서 A 애비뉴를 가로질러 갔다. 공원을 통과하는 중에, 마약 판매상들이 내게 마약과 알약과 산을 사라고 권했다. 내가 경찰처럼 안 보였거나 그런 건 신경 쓰지 않는 모양이었다.

B 애비뉴 반대편의 번지수들은 300부터 시작했다. 그리고 거기 거리 표지판에는 세인트 마크스 플레이스라고 나와 있지 않았다. 거기는 동쪽 8번가였다.

나는 공원을 다시 돌아갔다. 세인트 마크스 플레이스 130번지에 블란체 펍이라고 하는 술집이 있었다. 안으로 들어갔다. 그곳은 마치 여기저기 줄줄 새는 양동이에 든 피를 뿌린 것처럼 김빠진 맥주 냄새와 지린내와 목욕이 절실히 필요한 사람들이 있었다. 대여섯 정도 있었는데, 대부분은 바에 있었고, 테이블에 한 커플이 있었다. 내가 들어가자 실내가 쥐 죽은 듯이 조용해졌다. 내가 그곳에 어울리지 않는 사람처럼 보였던 것 같은데, 내가 그곳에 어울리지 않는다는 건 정말 천만다행이었다.

나는 먼저 전화번호부부터 썼다. 십스헤드 베이 경찰서에서 실수를 했을 수도 있고, 안토넬리가 번호를 잘못 불러 줬을 수도 있고, 아니면 내가 잘못 적었을 수도 있다. 전화번호부에서 버튼 하버메이어가 서쪽 103번지에 나와 있는 건 찾았지만, 세인트 마크스 플레이스에 나온 하버메이어는 하나도 없었다.

동전도 떨어졌다. 바텐더가 동전을 바꿔 줬다. 내가 그들에게 용건이 없다는 걸 깨닫자 가게 안의 손님들이 긴장을 푸는 것 같았다.

나는 전화기에 동전을 하나 넣고, 노트에 적힌 번호를 돌렸다. 아무도 전화를 받지 않았다.

술집을 나가서 몇 집 밑으로 내려가 세인트 마크스 플레이스 112번지까지 갔다. 현관에 있는 우편함들을 확인했는데, 정말 거기서 하버메이어라는 이름을 찾을 거라고 기대한 건 아니었다. 그러다 다시 밖으로 나갔다. 술을 한잔하고 싶었지만 블란체에서 마시고 싶지는 않았다.

그러나 폭풍이 칠 때는 어떤 항구라도 좋다. 난 술집에서 최고 브랜드의 버번을 아무것도 안 타고 마셨다. 내 자리의 오른쪽에서 두 남자가 둘 다 아는 친구들에 대한 뭔가를 토론하고 있었다.

"내가 그 여자에게 그 자식이랑 집에 가지 말라고 했거든." 한 남자가 말하고 있었다. "그 자식은 나쁜 놈이라고. 널 때리고 돈을 뜯어갈 놈이라고 했지. 그런데도 그놈이랑 만나더니, 집에 데려갔어. 그 자식은 내 말대로 걔를 때리고 뜯어먹었지. 그래 놓고 걔는 대체 무슨 생각으로 내게 와서 울고불고 하는 거냐고?"

나는 그 번호로 다시 전화했다. 네 번째로 벨이 울렸을 때 한 남자아이가 전화를 받았다. 난 잘못 건 줄 알고 거기가 하버메이어 씨 집이 맞는지 물었다. 아이는 그렇다고 대답했다.

난 하버메이어 부인이 있냐고 물었다.

"엄마는 옆방에 계세요. 중요한 일이에요? 엄마 불러올 수 있는데."

"그럴 것 없다. 배달 주소를 확인해야 해서 걸었단다. 거기가 몇 번지니?"

"212번지요."

"210…… 뭐?"

아이는 내게 아파트 번지수를 말해 주기 시작했다. 나는 거리 이름을 말해 달라고 했다.

"세인트 마크스 플레이스 212번지요."

나는 순간 가끔 꿈에서 나오는 것 같은 순간을 느꼈다. 잠을 자면서 불가능한 일들이 연속적으로 일어나는 걸 알고 내가 지금 꿈을 꾸고 있다는 자각을 하게 되는 바로 그런 순간 말이다. 난 지금 앳된 목소리의 아이와 이야기를 하고 있는데 이 아이는 현실에 존재하지 않는 주소에 살고 있다고 주장하고 있으니.

아니면 아마도 이 아이와 엄마는 톰킨스 스퀘어 공원에서 다람쥐들과 살고 있는지도 모르지.

내가 말했다.

"그 사이에 뭐가 있니?"

"네에?"

"교차 도로 이름이 뭐냐고? 너희 집이 있는 블록 이름이 어떻게 되니?"

"아. 3번이랑 4번 사이에 있어요."

"뭐라고?"

"우리 집은 3번이랑 4번 애비뉴 사이에 있다고요."

"그건 불가능한데."

"네에?"

나는 전화기에서 고개를 돌리면서 블란체 펍의 내부에서 보는 것과는 완전히 다른 풍경을 보게 될 거라고 반쯤 기대했다. 아마도 달의 풍경 같은 뭐 그런 풍경. 세인트 마크스 플레이스는 3번 애비뉴에서 시작돼서 동쪽으로 이어진다. 3번과 4번 애비뉴 사이에 세인트 마크스 플레이스는 없다.

"어디?"

"네? 여보세요, 아저씨. 전 저기 잘 모르……"

"잠깐 기다려라."

"엄마를 바꿔 드릴게요. 전……"

"어느 지구?"

"네에?"

"너희 집은 맨해튼에 있는 거니? 브루클린? 브롱스? 어느 지구니, 얘야?"

"브루클린요."

"확실해?"

"네, 확실해요." 이제 아이의 목소리는 울음을 터트릴 것 같았다. "우리는 브루클린에 살아요. 어쨌든 아저씨는 뭘 원하세요? 뭐가 문제예요? 아저씨 미친 사람이에요?"

"괜찮아, 얘야. 네가 아주 큰 도움이 됐어. 정말 고맙다."

전화를 끊었는데, 바보 같은 기분이 들었다. 뉴욕의 다섯 개의 지구에서는 같은 거리 이름들을 쓴다. 그녀가 맨해튼에 살고 있다고 추측할 근거가 하나도 없었는데.

난 다시 생각해 보면서, 전에 하버메이어의 전처와 했던 대화들을 다시 머릿속에서 가능한 한 재현해 봤다. 그때 그녀가 맨해튼에 살지 않는다는 걸 알 수도 있었다.

'그이는 맨해튼에 있어요.'

그녀는 남편에 대해 그렇게 말했다. 자기도 맨해튼에 살고 있다면 그렇게 말하지 않았을 것이다.

하지만 하버메이어와 내가 한 대화는 뭐지?

'당신 아내는 아직도 이스트 빌리지에 살더군요.'

내가 그렇게 말하자, 그는 내 말에 동의했다.

흠, 아마도 그는 그저 그 대화가 끝나길 원했는지도 모른다. 브루클린에 또 다른 세인트 마크스 플레이스가 있다고 설명하기보다는 그냥 내 말에 동의하는 게 더 쉬웠다.

그래도…….

나는 블란체를 나와서 급히 서쪽으로 가서 시집을 산 서점으로 갔다. 거기에 다섯 개 지구에 대한 포켓판 지도책이 있다. 나는 뒤쪽에 나온 세인트 마크스 플레이스를 뒤져보다가, 맞는 지도를 골라 내가 찾던 장소를 발견했다.

브루클린에 있는 세인트 마크스 플레이스는 맨해튼에 있는 것처럼 세 블록밖에 안 된다. 동쪽으로 플랫부시 애비뉴 건너편에 있고, 세인트 마크스 애비뉴에서 비스듬히 이어져서 브라운스빌까지 뻗어 있다.

서쪽으로는, 세인트 마크스 플레이스는 3번 애비뉴에서 끝난다. 거기와는 완전히 다른 맨해튼에 있는 3번 애비뉴에서 그런 것처럼 말이다. 3번 애비뉴 맞은편에 있는 브루클린의 세인트 마크스 플레이스에는 다른 이름이 또 있다.

와이코프 가.

16장

그 남자아이와 통화한 게 대략 3시경이었을 것이다. 내가 서쪽 103번지에 있는 그의 집 현관 입구의 층층대를 올라갔을 때가 6시 30분에서 7시 사이였다. 그사이에 해야 할 일이 몇 가지 있었다.

난 초인종을 몇 개 울렸지만, 그의 집 초인종은 아니었고, 누군가가 버저를 울려서 날 안으로 들여보내 줬다. 그게 누구였던 3층의 한 문간에서 누군가가 날 눈여겨봤지만 왜 들어왔냐고 묻진 않았다. 나는 하버메이어의 문 앞에 서서 한동안 소리를 들었다. 텔레비전이 켜져 있었고, 지역 뉴스가 나오고 있었다.

그가 문에 대고 총을 쏘리라곤 사실 예상하지 않았지만 그는 경비원으로 일할 때 총을 착용한다. 아마 밤에는 총을 직장에 놔두고 오겠지만 집에 또 다른 권총이 없을 거라고 확신할 수 없었다. 경찰에서는 문에 노크를 할 때 문 옆으로 비켜서서 하라고 가르치고, 난 그대로 따라했다. 그의 발소리가 문으로 다가오는 게 들렸고, 이어서 누구냐고 묻는 그의 목소리가 들렸다.

"스커더입니다."

그는 문을 열었다. 외출복을 입고 있었는데 권총뿐 아니라 제복까지 다 매일 밤 가게에서 퇴근할 때 놔두고 오는 것 같았다. 그는 한 손에 캔 맥주를 들고 있었다. 나는 들어가도 되냐고 물었다. 그의 반응은 느렸지만 결국 고개를 끄덕이고 내가 들어올 수 있게 옆으로 비켰다. 나는 들어가서 문을 닫았다.

"아직도 그 사건을 조사하시나 보죠? 제가 뭐 해 드릴 수 있는 게 있나요?"

"그래요."

"흠, 도와 드릴 수 있다면 기쁘죠. 그동안 맥주나 한잔하시겠어요?"

나는 고개를 저었다. 그는 들고 있던 캔 맥주를 보더니 테이블로 가서 그것을 내려놓고 텔레비전을 껐다. 그리고 그대로 서 있었다. 나는 그의 옆얼굴을 찬찬히 뜯어봤다. 이번에는 면도할 필요가 없었다. 그는 천천히, 마치 강타가 날아올 것 같은 예감을 한 것처럼 돌아섰다.

"당신이 그녀를 죽였다는 걸 압니다, 버튼."

나는 그의 깊은 갈색 눈을 봤다. 그는 부인하는 말을 머릿속으로 연습하다가, 어느 순간 귀찮게 그러지 말자고 결심한 듯했다. 뭔가가 그에게서 빠져나갔다.

"언제 알았습니까?"

"몇 시간 전에."

"당신이 일요일에 여길 떠났을 때 당신이 알고 있는지 아닌지 알 수가 없더군요. 당신이 어쩌면 나랑 고양이와 쥐 놀이를 하고 있을지도 모른다고 생각했습니다. 하지만 그런 느낌은 받지 못했어요. 사실 당신이 가깝게 느껴졌어요. 우리 둘은 개인적인 이유가 있어서 경찰을 그만둔 전직 경찰 친구처럼 느껴졌죠. 당신이 연기를 하면서, 내게 덫을 놓고 있는 건지도 모른다고 생각했지만, 느낌은 그렇지 않았어요."

"그런 게 아니었으니까요."

"어떻게 알아냈습니까?"

"세인트 마크스 플레이스. 당신은 이스트 빌리지에 살았던 게 아니었어요. 바버라 에팅거가 살던 집에서 세 블록 떨어진 브루클린에서 살았죠."

"수천 명의 사람들이 그 여자와 가까운 곳에서 살았습니다."

"당신은 줄곧 당신이 이스트 빌리지에서 살았다고 내가 생각하게 내버려 뒀어요. 처음부터 당신이 브루클린에 살았다는 걸 알았다면 그 점에 대해 다시 생각해 봤을지 그건 모르겠어요. 아마도 그랬을 겁니다. 하지만 그러지 않았을 가능성이 더 커요. 브루클린은 큰 곳이 아니에요. 브루클린에 세인트 마크스 플레이스가 있는지도 몰랐으니까 분명 그게 와이코프 가와 무슨 관계가 있는지도 몰랐죠. 잘은 모르겠지만, 당신이 근무하던 경찰서 근처인 쉽스헤드 베이에 있다고 생각했을 수도 있겠죠. 하지만 당신이 그 점에 대해 거짓말을 했습니다."

"길게 설명하지 않으려고 그랬던 것뿐이에요. 그거로는 아무것도 입증되지 않습니다."

"당신을 고려해 볼 이유는 됐죠. 그리고 처음에 내가 고려한 점은 당신이 내게 한 또 다른 거짓말입니다. 당신은 전처와의 사이에 자식이 없다고 했어요. 하지만 오늘 오후에 당신 아들과 통화를 했어요. 그리고 다시 전화를 해서 아이에게 아버지 이름과 나이를 물었어요. 그 아이는 내가 왜 그런 걸 다 묻는지 궁금했을 겁니다. 아이는 열두 살이었어요. 바버라 에팅거가 살해됐을 때 세 살이었죠."

"그래서요?"

"당신은 클린턴 가에 있는 탁아소로 아이를 데려다 주곤 했죠. 해피 아워스 탁아소."

"그건 추측에 지나지 않아요."

"아뇨."

"그 탁아소는 망했어요. 문 닫은 지 몇 년 됐다고요."

"당신이 브루클린을 떠났을 때는 영업 중이었습니다. 거기를 계속 예의 주시하고 있었나요?"

"전처가 말해 줬던 것 같은데요." 그가 말했다. 그리고 어깨를 으쓱했다. "어쩌면 가다가 거길 지나쳤겠죠. 브루클린에서 살 때 대니를 보러 가느라 말입니다."

"그 탁아소를 운영했던 여자가 지금 뉴욕에 살고 있어요. 그 여자가 당신을 기억할 겁니다."

"9년이나 지났는데."

"본인 입으로 그렇게 말했어요. 그리고 서류들도 그대로 보관하고 있고, 버튼. 학생들과 학생 부모들의 이름과 주소와 그들이

지급한 내역이 적힌 원장들이 있단 말이죠. 그 여자는 사업을 정리했을 때 그 원장들을 다 상자에 넣어 놓고 귀찮아서 그대로 계속 놔뒀다더군요. 그러다 오늘 그 박스를 열어 봤어요. 그 여자가 당신을 기억한다고 했어요. 당신이 항상 아들을 데려왔다고 하더군요. 당신 아내는 한 번도 만나 본 적이 없지만 당신은 기억하고 있어요."

"기억력이 좋은가 보군요."

"당신이 대개 제복을 입고 있었으니까. 그건 기억하기 쉽죠."

그는 나를 잠시 바라보더니, 돌아서서 창가로 걸어가 거기 서서 창밖을 내다봤다. 뭔가 특별한 것을 보는 것 같진 않았다.

"얼음송곳은 어디서 구했습니까, 버튼?"

그러자 돌아보지도 않고 그가 말했다.

"난 아무것도 인정할 필요가 없습니다. 어떤 질문에도 대답할 필요가 없고."

"물론 그럴 필요는 없죠."

"당신이 경찰이더라도 아무것도 말할 필요가 없었겠죠. 그리고 당신은 경찰이 아닙니다. 당신에겐 아무런 권한이 없어요."

"당신 말이 전적으로 옳아요."

"그럼 내가 왜 당신 질문에 대답해야 하는 겁니까?"

"당신은 오랫동안 그 비밀을 숨겨 왔어요, 버튼."

"그래서요."

"그게 마음에 걸리지 않습니까? 그동안 내내 혼자서만 간직하고 있다는 게."

"아, 맙소사." 그는 의자로 가서, 털썩 주저앉았다. "맥주 좀 갖다 주십시오. 그래 줄 수 있나요?"

나는 맥주를 그에게 줬다. 그는 정말 맥주 한잔할 생각 없냐고 물었다. 아니, 괜찮다고 말했다. 그는 맥주를 좀 마셨고, 나는 그에게 어디서 송곳을 구했냐고 물었다.

"어떤 가게에서요. 기억은 안 납니다."

"동네에서?"

"십스헤드 베이였던 것 같아요. 확실하진 않지만."

"바버라 에팅거는 탁아소에서 알게 됐죠?"

"동네에서도 알았죠. 대니를 탁아소로 데려다 주기 전부터 동네에서 종종 봤습니다."

"그리고 바버라와 바람을 피웠군요?"

"누가 그런 말을 했나요? 아닙니다. 난 그 여자와 바람을 피우지 않았어요. 난 누구와도 바람피운 적 없습니다."

"하지만 그러고 싶었죠?"

"아뇨."

난 기다렸지만, 그 이야긴 더 이상 하지 말았으면 하는 눈치였다. 내가 말했다.

"왜 바버라를 죽였습니까, 버튼?"

그는 잠시 날 바라보고는 고개를 숙였다가, 다시 날 바라보며 말했다.

"당신은 아무것도 증명할 수 없습니다."

내가 어깨를 으쓱했다.

"당신은 할 수 없어요. 그리고 난 당신에게 아무 말도 할 필요가 없습니다." 그는 심호흡을 하고, 길게 한숨을 쉬었다. "포토브스키 부인을 봤을 때 뭔가 일어났습니다. 뭔가 일어났죠."

"그게 무슨 뜻이죠?"

"제게 무슨 일이 일어났다는 말입니다. 제 마음속에 말입니다. 뭔가가 제 머릿속에 들어왔는데 도저히 그걸 없애버릴 수가 없었어요. 내가 서서 내 이마를 때린 기억이 납니다. 하지만 무슨 짓을 해도 도저히 머릿속에서 그걸 제거할 수가 없었어요."

"바버라 에팅거를 죽이고 싶었군요."

"아니에요. 거들어 주려고 하지 말아요, 알았죠? 그냥 내 스스로 할 말을 찾게 놔둬요."

"미안합니다."

"난 그 죽은 여자를 봤는데 바닥에 있는 여자는 그 여자가 아니라 내 아내였어요. 매번 그 장면이 떠올랐어요. 살해 현장, 바닥에 누워 있는 여자, 그런데 그 장면에 제 아내가 보였어요. 그리고 아내를 그런 식으로 죽여야 한다는 생각을 도저히 내 머릿속에서 몰아낼 수가 없었어요."

그는 맥주를 조금 마셨다. 캔 윗부분에 대고 그가 말했다.

"난 아내를 죽이는 생각을 하곤 했죠. 그것만이 유일하게 그녀에게서 벗어날 수 있는 방법이라고 수도 없이 생각했어요. 도저히 결혼 생활을 버텨 낼 수가 없었어요. 난 외동아들이었어요. 부모님은 돌아가셨고, 형제나 자매가 없어서, 누군가가 필요하다고 생각했죠. 게다가, 아내에게 내가 필요하다는 걸 알고 있었어요. 그건 잘못된 일이었어요. 난 결혼 생활을 증오했어요. 마치 옷의 칼라가 너무 작아서 목을 조르는 것 같은데 도저히 빠져나갈 수 없는 그런 기분이었죠."

"왜 그냥 아내를 떠날 수 없었나요?"

"어떻게 아내를 떠날 수 있었겠어요? 어떻게 아내에게 그런 짓을 할 수 있어요? 어떤 남자가 그런 식으로 여자를 버리고 갑니까?"

"매일매일 남자들이 여자를 떠나고 있어요."

"당신은 이해 못 해요." 그는 또다시 한숨을 쉬었다. "어디까지 말했더라? 아. 전에 아내를 죽일 생각을 하곤 했어요. 그 일을 생각해 보면, 분명하게 생각나는 건, 경찰이 날 확실하게 족칠 거라는 거죠. 그리고 어떤 식으로든 내 소행으로 몰겠죠. 경찰은 항상 남편부터 닦달하는데, 범인의 90퍼센트는 남편이거든요. 그래서 경찰이 내가 한 진술을 하나하나 무너뜨릴 텐데, 그러면 어떻게 되겠어요? 하지만 포토브스키 부인을 봤을 때 그때 모든 해답이 거기에 있었어요. 내가 아내를 죽이고 얼음송곳 살인자가 또 저지른 살인으로 보이게 할 수 있겠다는 거죠. 포토브스키 살인 사건이 일어났을 때 경찰이 어떻게 처리했는지 봤어요. 그냥 그 사건을 맨해튼 사우스 경찰서로 넘기고, 그 여자의 남편이나 주변 인물은 건드리지도 않았죠."

"그래서 아내를 죽이기로 결심했군요."

"맞아요."

"당신 아내를."

"그래요."

"그렇다면 어떻게 바버라 에팅거가 이 일에 끼어들게 된 겁니까?"

"아, 맙소사."

나는 그가 진정할 때까지 기다렸다.

"난 그녀를 죽이기가 두려웠어요. 내 아내 말이에요. 뭔가 잘못될까 봐 무서웠던 거죠. 난 생각했어요. 일단 시작했는데 끝낼 수 없으면 어떡하지? 내게 얼음송곳이 있었는데 그걸 꺼내서 보다가…… 이제 기억나네요. 애틀랜틱 애비뉴에서 그 송곳을 샀어요. 그 가게가 아직 거기 있는지 그것도 모르겠네요."

"그건 중요하지 않아요."

"나도 알아요. 아내를 찌르다가 멈추는, 그러니까 일을 마치지 못하는 상상들이 떠올랐어요. 그런 생각들이 머릿속에 계속 떠오르면서 미칠 것 같았어요. 난 미쳤었던 것 같아요. 물론 미쳤었죠." 그는 캔 맥주를 마셨다. "난 연습을 위해 그녀를 죽였어요."

"바버라 에팅거."

"그래요. 내가 끝까지 해낼 수 있는지 알아봐야 했어요. 그리고 이건 예방 조치가 될 거라고 나 자신에게 말했죠. 브루클린에서 얼음송곳 살인이 한 번 더 나면, 그러니까 거기서 세 블록 떨어진 곳에서 내 아내가 살해되면 그건 연쇄 살인에 하나 더 추가된 거라고. 그럼 같은 연쇄 살인 사건이 되는 거죠. 어쩌면 내가 어떻게 하던 간에 경찰이 그 사건과 진짜 얼음송곳 살인자의 사건들 사이에서 차이점을 발견할지도 모르지만. 경찰은 바버라 에팅거 같이 낯선 사람을 죽일 용의자로 나를 의심할 이유가 전혀 없을 것이고, 거기다 아내까지 같은 방법으로 살해되면, 그러면. 하지만 그건 그냥 내가 나에게 하는 말이었죠. 내가 그 여자를 죽인 건 아내를 죽이긴 두려웠고 누군가 죽여야 했기 때문이에요."

"누군가 죽여야 했다고요?"

"그래야 했어요." 그는 몸을 앞으로 기울이고, 의자 가장자리에 앉았다. "도저히 그 생각을 머릿속에서 떨쳐낼 수가 없었어요. 머릿속에서 어떤 생각을 도저히 떨쳐낼 수 없을 때 어떤 상태가 되는지 아시죠?"

"그래요."

"누굴 골라야 할지 생각할 수 없었어요. 그러다 어느 날 대니를 탁아소에 데려다 줬는데 거기서 항상 하던 대로 그 여자와 이야기를 하다가 그 아이디어가 떠올랐죠. 난 그 여자를 죽일 생각을 했는데 그 생각이 딱 맞아떨어졌어요."

"무슨 말이죠? '생각이 딱 맞아떨어지다'니."

"그 여자가 그림에 어울렸어요. 부엌 바닥에 있는 그 여자를 상상할 수 있었다는 거죠. 그래서 그녀를 지켜보기 시작했어요. 근무 중이 아닐 땐 그 근처를 서성거리면서 그녀를 주시했죠."

바버라는 누군가 그녀를 미행하면서 지켜보고 있다는 걸 감지했다. 그리고 포토브스키 살인 사건 이후로 누군가 그녀를 스토킹하고 있다고 두려워하고 있었다.

"나는 그 여자를 죽여도 괜찮다고 결심했죠. 그 여자에겐 자식이 없었어요. 의지하는 사람이 하나도 없었고. 그리고 그 여자는 부도덕한 여자였어요. 내게도 꼬리를 쳤고, 탁아소에 오는 남자들에게도 꼬리를 쳤죠. 남편이 밖에 나가 있을 때는 남자들을 집으로 끌어들였어요. 난 생각했죠. 내가 망쳤는데 경찰이 얼음송곳 살인자의 범행이 아니란 걸 알게 되면, 다른 용의자가 수없이 많을 거라고. 절대 날 용의자로 보지 않을 거라고."

나는 살인 사건이 일어난 날에 대해 물었다.

"내 근무는 그날 정오에 끝났어요. 나는 클린턴 가로 가서 모통이에 있는 커피숍에 앉아 있었죠. 거기서 탁아소를 지켜볼 수 있거든요. 그 여자가 일찍 퇴근했을 때 따라갔어요. 거리 맞은편에서 그 여자가 사는 건물을 보고 있을 때 한 남자가 건물 안으로 들어갔어요. 아는 남자였어요. 전에 그 여자와 그 남자가 같이 있는 걸 봤어요."

"흑인이었나요?"

"흑인? 아니요. 왜요?"

"별 이유 없습니다."

"그 남자가 어떻게 생겼는지는 기억이 안 나요. 그 남자는 그 여자와 30분 정도 있었어요. 그리고 나갔죠. 난 조금 더 기다렸는데, 뭔가 내게 말했어요. 나도 몰라요. 그저 그때가 적기라는 걸 알았어요. 난 올라가서 그 집 문에 노크를 했죠."

"그랬는데 그녀가 당신을 집 안으로 들이던가요?"

"내가 배지를 보여 줬죠. 그리고 우리가 탁아소에서 아는 사이라는 걸 일깨워 줬죠. 내가 대니 아버지라고. 그래서 그 여자가 문을 열어 줬습니다."

"그리고?"

"그 일은 말하고 싶지 않아요."

"정말로 말하고 싶지 않아요?"

그가 그 점을 심사숙고하는 것 같았다. 그러더니 말했다.

"우리는 부엌에 있었어요. 그 여자는 내게 줄 커피를 끓이고 있었죠. 내게 등을 돌리고 서 있었는데, 내가 그 여자 입을 한 손으로 막고 얼음송곳을 가슴에 찔러 넣었어요. 한 번에 심장을 정통으로 찌르고 싶었어요. 그 여자가 고통스럽지 않길 바랐거든요.

내가 계속 심장을 찔렀더니 그 여자가 내 품에서 허물어져서 바닥에 쓰러지게 내버려 뒀어요." 그는 촉촉한 갈색 눈을 들어 날 바라봤다. "내 생각에 그때 즉사한 것 같아요. 곧바로 죽은 것 같다고요."

"그런데 계속 찔렀군요."

"그 일을 저지르기 전에 생각할 때는, 항상 내가 빡 돌아서 사이코처럼 사정없이 찌르고 또 찌를 거라고 생각했어요. 머릿속에 그런 그림이 들어가 있었죠. 하지만 그런 식으론 할 수 없었어요. 난 억지로 그 여자를 찔러야 했는데 역겨웠죠. 이러다 토할 거라는 생각이 들었어요. 그래서 계속 그 여자 몸에 송곳을 찔러야 했는데."

그는 말을 끊고, 헐떡거렸다. 얼굴이 해쓱해지면서 그렇지 않아도 창백한 혈색이 유령처럼 핏기를 잃었다.

"괜찮아요."

"아, 맙소사."

"진정해요, 버튼."

"맙소사, 맙소사."

"당신은 그 여자의 한쪽 눈만 찔렀죠."

"그건 너무나도 힘들었어요. 그 여자는 눈을 크게 뜨고 있었죠. 그 여자가 죽은 건 알고 있었어요. 더 이상 아무것도 볼 수 없다는 건 알고 있었지만, 그 두 눈이 정말 날 빤히 보고 있었어요. 그 눈을 찌르는 게 살아오면서 가장 힘들었던 일이에요. 한쪽 눈을 찔렀는데 도저히 더 이상 할 수 없었어요. 다른 쪽 눈은 찌를 수 없었죠. 시도는 해 봤지만 도저히 또 찌를 순 없었어요."

"그다음엔?"

"그 집을 나왔죠. 아무도 내가 나가는 걸 못 봤어요. 그냥 그 건물을 나가 버렸죠. 가다가 하수구에 얼음송곳을 떨어뜨렸어요. 난 생각했죠. '내가 해냈어, 그 여자를 죽였고 무사히 빠져나왔어.' 하지만 무사히 빠져 나왔다는 기분이 들지 않더군요. 토할 것 같았어요. 내가 저지른 짓을 생각해 봤는데 도저히 내가 그런 짓을 저질렀다는 걸 믿을 수 없었어요. 그 사건이 텔레비전과 신문에 나왔을 때도 믿을 수 없었어요. 다른 사람이 한 게 분명하다고 생각했죠."

"그리고 당신은 아내를 죽이지 않았죠."

그는 고개를 흔들었다.

"다시는 그런 짓을 할 수 없다는 걸 알았어요. 그거 알아요? 난 처음부터 끝까지 다 생각해 놨었어요. 계속해서. 그런데 그때는 미쳤었다는 생각이 들어요. 사실 확신하고 있어요. 포토브스키 부인을 봤을 때, 그녀의 눈에 고인 그 피를 본 순간, 그녀의 전신에 송곳으로 찔린 상처들을 본 순간, 그게 내게 어떤 영향을 끼친 겁니다. 날 미치게 했죠. 그래서 바버라 에팅거가 죽을 때까지 미쳐 있었어요. 그러다 다시 제정신으로 돌아왔지만, 그녀는 죽었죠.

갑자기 몇 가지가 분명해지더군요. 더 이상 결혼 생활을 유지할 수 없다는 것과 처음으로 그럴 필요가 없다는 걸 깨달았어요. 난 아내와 대니를 떠날 수 있었어요. 그런 짓을 한다는 건 끔찍한 거라고 생각했지만, 전부터 아내를 죽일 계획을 세우고 있었는데, 이제 실제로 누군가를 죽였잖아요. 그리고 그것이 아내에게 할 수 있는 다른 어떤 일보다 더 끔찍한 일이란 걸 알았어요. 그녀를 떠나는 것보다 더."

나는 이런저런 질문을 던져 다시 그 이야기를 하게 유도하면서 몇 가지를 알아봤다. 그는 맥주를 다 마셨지만, 새 맥주는 가져오지 않았다. 한잔하고 싶은 기분이었지만, 맥주는 내키지 않았런데다 그와 술을 마시고 싶지도 않았다. 그를 증오하는 건 아니었다. 그에 대한 내 감정이 정확히 뭔지 모르겠다. 하지만 그와 같이 술을 마시고 싶지는 않았다.

그가 침묵을 깨고 말했다.
"아무도 이 중 어떤 것도 입증할 수 없어요. 내가 당신에게 말한 건 문제가 되지 않아요. 목격자도 없고, 증거도 없어요."
"동네에서 당신을 본 사람들이 있을 겁니다."
"9년이나 지났는데 아직도 기억한다고요? 그리고 그날이 무슨 날인지 기억해요?"

물론 그의 말이 맞았다. 지방 검사가 기소하려고 시도하는 상상조차 할 수 없었다. 재판을 할 건수가 하나도 없었다.
"코트를 입지 그래요, 버튼."
"왜요?"
"13구역 경찰서로 가서 피츠로이란 형사랑 이야기하러. 그 형사에게 내게 한 이야기를 해도 됩니다."
"그거야말로 아주 멍청한 짓일 텐데. 그렇지 않나요?"
"왜요?"
"난 그냥 지금까지 해 왔던 대로만 하면 되는데. 그냥 입 다물고 있으면 된다고요. 뭔가를 증명할 수 있는 사람은 하나도 없습니다. 그들은 심지어 뭔가를 증명하려고 시도조차 할 수 없죠."

"그건 아마 사실일 겁니다."

"그런데 당신은 내가 자백하길 원한다."

"맞아요."

이어진 그의 표현은 아이 같았다.

"왜요?"

매듭을 지어야지. 나는 생각했다. 마무리를 깔끔하게 해야 하잖아. 내가 사건을 해결할지도 모른다고 했던 프랭크의 말이 옳았다는 걸 보여 주기 위해.

나는 이렇게 말했다.

"기분이 나아질 테니까."

"웃기지 말아요."

"지금 기분이 어때요, 버튼?"

"기분이 어떠냐고요?" 그는 내가 한 질문을 곰곰이 생각해 봤다. 그리고 자신이 한 대답에 놀란 것처럼 말했다. "기분이 괜찮은데요."

"내가 여기 왔을 때보다 더 나아졌나요?"

"네."

"일요일 이후로 느꼈던 것보다 훨씬 더 나아졌어요?"

"그런 것 같아요."

"당신은 아무에게도 말하지 않았죠?"

"물론 안 했죠."

"9년 동안 단 한 명에게도 말하지 않았다. 당신은 아마 그 일에 대해 생각을 많이 하진 않았을 겁니다. 하지만 도저히 생각하지 않을 수 없을 때가 가끔 있었을 거예요. 그리고 아무에게도 절대 이야기하지 않았고."

"그래서요?"

"9년이란 그 비밀을 간직하고 가기에 아주 오랜 시간입니다."

"맙소사."

"경찰이 당신을 어떻게 할지 그건 나도 모르겠어요, 버튼. 당신은 형기를 안 살지도 몰라요. 예전에 내가 한 살인자에게 자살하라고 한 적이 있어요. 그 사람은 그렇게 했죠. 난 다시는 그런 짓을 하지 않을 겁니다. 그리고 또 한 번은 다른 살인자에게 자백하라고 설득했어요. 만약 자백하지 않으면 아마도 그 사람은 자살하게 될 거라는 걸 납득시켰거든요. 당신이 자살할 거라는 생각은 안 듭니다. 당신은 이 비밀을 가지고 9년 동안 살아왔고 어쩌면 계속 그렇게 살아갈 수 있을지도 몰라요. 하지만 정말 그렇게 살아가고 싶어요? 이젠 차라리 그걸 놔버리고 싶지 않나요?"

"맙소사." 그는 두 손으로 머리를 감싸 쥐었다. "난 완전 뒤죽박죽이에요."

"당신은 괜찮을 거예요."

"온갖 신문에 내 사진이 실리겠죠. 뉴스에 나올 거고. 그럼 대니는 어떻게 되겠어요?"

"먼저 자신부터 걱정해야 해요."

"난 해고되겠죠. 내게 무슨 일이 일어날까요?"

난 그 질문에 대답하지 않았다. 내겐 답이 없었다.

그가 갑자기 말문을 열었다.

"알았어요."

"갈 준비가 됐나요?"

"그런 것 같아요."

시내로 가는 길에 그가 말했다.

"일요일에 난 알고 있었던 것 같아요. 당신이 내가 범인이란 걸 알아낼 때까지 계속 수사할 거라는 걸. 그때 당신에게 다 털어놓고 싶은 충동이 있었어요."

"운이 좋았어요. 몇 가지 우연들이 겹쳐서 세인트 마크스 플레이스에 가게 됐고 당신 생각이 났는데 당신이 예전에 살던 집을 보는 것 말고 달리 더 좋은 할 일이 생각나지 않았거든요. 하지만 거기 번지수는 112번지에서 끝나더라고요."

"그런 우연이 아니라면 다른 우연이 있었겠죠. 당신이 내 아파트에 들어오던 바로 그 순간부터 모두 정해져 있었어요. 어쩌면 그 이전부터 정해졌거나. 어쩌면 내가 그녀를 죽이던 순간부터 확실한 운명이었는지도 모르고. 어떤 사람은 살인을 저지르고도 잘도 빠져나가지만 난 그중 하나가 아닌가 보네요."

"살인을 저지르고 무사히 빠져나가는 사람은 없어요. 잡히지 않는 사람들이 일부 있을 뿐이지."

"그게 그거 아닌가요?"

"당신은 9년 동안 잡히지 않았어요, 버튼. 하지만 무사히 빠져나갔나요?"

"아. 무슨 말인지 알겠어요."

13번 관할 경찰서에 도착하기 직전에 내가 말했다.

"한 가지 이해가 안 되는 게 있습니다. 왜 아내를 떠나는 것보다 죽이는 게 더 쉽다고 생각했나요? 당신은 그런 여자를 버리고 가는 건 너무나 끔찍한 일이라고, 그건 비열한 짓이라고 여러 번 말했는데. 세상 남자들과 여자들은 수도 없이 서로를 버리고 떠나고 있어요. 당신에겐 남은 가족이 없으니 당신 부모님이 어떻게 생각하실지 걱정했을 것도 아니고. 뭣 때문에 그게 그렇게 큰 문제가 됐던 겁니까?"

"아. 당신은 모르는군요."

"모르다니 뭘요?"

"내 전처를 만나 보지 않았군요. 오늘 오후에 거기 안 갔군요, 그렇죠?"

"안 갔는데요."

("내가 그 사람을 볼 일은 절대 없어요…… 내가 전 남편을 볼 일은 절대 없다고요…… 난 남편도 안 보고 수표도 안 봐요. 알겠어요? 알겠냐고요?")

"그 포토브스키 부인은 눈에서 피가 나는데도 똑바로 치켜뜨고 있었어요. 그런 그녀를 봤을 때 너무나 큰 충격을 받아서 도저히 어떻게 대처할 수가 없었어요. 하지만 당신은 아내를 모르니 그런 내 심정을 이해하지 못했겠죠."

("남편에게 전화가 있을지도 모르죠. 그 번호가 전화번호부에 나와 있을지도 모르고. 당신이 찾아볼 수도 있겠죠. 내가 당신을 위해 알아보겠다고 말하지 않아도 뭐라고 하진 않으시겠죠?")

거기에 해답이 떠다니고 있었다. 손을 뻗으면 만질 수 있을 것 같은데. 하지만 내 머리론 도저히 그걸 잡아챌 수가 없었다.

그가 말했다.
"내 아내는 장님입니다."

17장

그날 밤은 기나긴 밤이 되어갔는데, 20번가로 가는 길은 그 밤에 비하면 순간이었다. 나는 버튼 하버메이어와 같이 택시를 타고 갔다. 가는 길에 무슨 이야기를 나눴을 텐데 기억이 나질 않았다. 내가 택시비를 치르고, 하버메이어를 집합실에 데려가서 프랭크 피츠로이에게 소개했다. 그게 내가 이 사건에 기여한 마지막이었다. 어쨌든 난 그를 체포할 경찰관이 아니었다. 내가 그 사건과 공식적으로 관련이 있는 것도 아니고 공식적인 역할을 수행한 것도 아니다. 나는 속기사가 하버메이어의 진술을 받고 있을 때 옆에 있을 필요도 없었고, 내 진술서를 작성할 필요도 없었다.

피츠로이는 잠시 경찰서를 나와서 나를 모퉁이까지 데려가 P. J. 레이놀즈 술집에서 술을 한잔 사 줬다.

그의 초대를 받아들이고 싶은 마음은 별로 없었다. 술은 마시고 싶었지만, 하버메이어와 술을 마시는 게 내키지 않았던 것처럼 피츠로이와 마시고 싶은 마음도 없었다. 나는 모든 사람들에게서 고립돼서, 죽은 여자들과 눈먼 여자들이 날 괴롭힐 수 없는 내 마음속에 꽁꽁 갇혀 있는 느낌이 들었다.

나온 술을 마시고 피츠로이가 말했다.

"끝내줬어, 매튜."

"운이 따라 준 거지."

"그런 운은 따라오는 게 아니야. 자네가 만드는 거지. 처음부터 뭔가 짚이는 게 있어서 자네가 하버메이어에게 간 거야."

"운발이 섰던 것뿐이야. 61구역 경찰서에서 온 다른 경찰 두 명은 죽었어. 하버메이어만 눈에 띄었지."

"그자랑 통화로 끝낼 수도 있었잖아. 뭔가 감이 있으니까 그자를 보러간 거야."

"마땅히 할 일이 없어서 보러 간 거야."

"그랬는데 자네가 이런저런 질문을 했더니 그 자식이 거짓말을 몇 개 했다가 나중에 들통 났다 이거잖아."

"그리고 나는 적절한 때에 적절한 곳에 있었어. 그리고 적절한 상점 간판이 눈에 들어온 바로 그때 내 앞으로 적절한 경찰 두 명이 지나쳤지."

"이런, 망할." 그는 바텐더에게 손짓을 했다. "그렇게 자기를 깔아뭉개고 싶으면 맘대로 하셔."

"난 그냥 뉴욕 최고의 형사 자리에 앉을 정도로 한 게 있다고 생각하지 않아서 그래. 그게 다야."

바텐더가 왔다. 피츠로이가 우리 잔을 가리키자 다시 채워 줬다. 난 피츠로이가 첫 번째 술값을 냈듯이 이번에도 내게 내버려 뒀다.

피츠로이가 말했다.

"이번 일에서 자넨 어떤 공식적인 인정도 받지 못할 거야, 매튜. 그거 알고 있지?"

"나도 그편이 좋아."

"우리는 피넬을 체포하면서 사건 수사를 재개했는데 그걸 본 이 자식이 양심에 찔려서 자수했다고 언론에 말할 거야. 이 자식이 자기와 같은 처지인 전직 경찰인 자네에게 상의를 해 보고, 자백하기로 결심했다고. 이 사연 어때?"

"진실처럼 들리는데."

"진실에서 몇 가지 빠진 거지 뭐. 내가 하고자 하는 말은, 자네가 이 사건에 대해 공식적인 인정은 받지 못하겠지만, 경찰들은 진상을 알게 된다는 거야. 내 말 이해해?"

"그래서?"

"그러니까 다시 경찰로 돌아오고 싶다면 이것보다 더 확실한 통행증도 없다는 거지. 6구역 경찰서에 있는 에디 퀼러랑 이야기를 해 봤는데. 자네는 아무 문제없이 복귀할 수 있을 거래."

"그건 내가 원하는 게 아니야."

"자네가 그렇게 말할 거라고 그 친구가 그러더군. 하지만 정말 확실해? 알았어, 자네는 독불장군이라 이거지. 혼자 이 세상에 맞서는 데서 흥분을 느낀다 이거잖아. 하지만." 그는 자기 잔을 만졌다. "자네는 좀 너무 세게 나가는 경향이 있어. 자넨 경찰이야. 배지를 반납했을 때도 경찰이 아니었던 적은 없어."

난 한동안 생각했다. 그의 제안을 고려하는 게 아니라 내가 할 대답을 고르기 위해. 내가 말했다.

"어떤 면에선 자네 말이 맞아. 하지만 틀린 점도 있어. 난 배지를 반납하기 전부터 경찰이 아니었어."

"그게 다 죽은 아이 때문이지."

"그것만은 아니고." 난 어깨를 으쓱했다. "사람들은 옮겨 다니고 그들의 인생도 변하는 법이야."

"그런가."

그는 그렇게 말하고 그 후로 몇 분 동안 아무 말도 하지 않았고, 이후 우리는 훨씬 편안한 화제를 찾아냈다. 우리는 길거리에서 활개를 치는 스리카드몬테 도박꾼을 근절하기가 불가능하다는 이야기를 했다. 도박꾼은 잡히면 벌금이 75달러지만 거기서 거두는 수익은 하루에 500에서 1000달러를 왔다 갔다 하니 말이다.

피츠로이가 말했다.

"이런 판사가 있어. 그 도박꾼들에게 다시는 그 짓을 안 하겠다고 약속하면 벌금을 때리지 않고 풀어 주겠다고 한 거야. '아, 약속이요. 네, 재판장님.' 75달러를 아낄 수 있다면 그 개자식들은 혓바닥에 털이라도 기른다고 약속할걸."

우리는 세 잔을 마셨고, 피츠로이가 마지막 술값도 내게 놔둔 후에, 그는 경찰서로 돌아갔고 나는 택시를 타고 집으로 왔다. 데스크에 들러 메시지가 하나도 없는 걸 확인하고, 모퉁이에 있는 암스트롱으로 갔다. 거기서 기나긴 밤을 보내게 됐다.

하지만 나쁜 밤은 아니었다. 나는 커피에 버번을 타서, 조금씩 마시면서 시간을 보냈는데 기분이 우울해지거나 어두워지지도 않았다. 가끔 사람들과 이야기를 나눴지만 대부분의 시간을 그날 있었던 일을 머릿속에서 재현해 보면서, 하버메이어가 했던 설명을 들었다. 그러다 어느 순간 재니스에게 일이 어떻게 됐는지 말해 주려고 전화를 걸었다. 통화 중이었다. 그녀가 누군가와 통화를 하고 있거나 아니면 수화기를 내려놓은 모양이었다. 이번에는 전화 교환원에게 확인해 달라고 하지 않았다.

여느 때와 달리 이번에는 딱 알맞게 마셨다. 필름이 끊겨서 아무것도 기억나지 않을 만큼은 아니고, 꿈을 꾸지 않고 잘 수 있을 만큼.

그다음 날 파인 가로 갔을 때 찰스 런던은 뭘 기대해야 할지 알고 있었다. 조간에 기사가 나왔다. 그 기사는 피츠로이가 해 준 말을 토대로 내가 예상했던 것에서 별로 다르지 않았다. 나는 하버메이어의 자백을 들어 주고 그를 경찰서로 인도해서 바버라 에팅거를 살해했다고 자수할 수 있게 도와준 전직 경찰로 이름이 나와 있었다.

그렇다 해도, 그는 내 얼굴을 보는 게 별로 신이나 보이지 않았다.

"사과를 해야겠군요. 난 당신이 하는 수사가 여러 사람에게 나쁜 영향만 끼칠 거라는 말에 설득됐었거든요. 난 생각하길……"

"무슨 생각을 하셨는지 압니다."

"내가 틀린 걸로 드러났네요. 아직도 재판에서 무슨 말이 나올지 걱정이 되긴 합니다만, 재판이 열릴 것 같아 보이진 않군요."

"어쨌든 무슨 말이 나올지 걱정할 필요 없어요. 당신 딸은 흑인 아기를 임신하고 있지 않았으니까요."

그는 마치 뺨을 맞은 것 같아 보였다.

"따님은 남편의 아이를 임신하고 있었어요. 바람을 피우고 있었을 가능성이 크지만, 그것도 남편이 바람을 피워서 그에 대한 보복으로 그랬을 겁니다. 하지만 인종이 다른 사람과 만났다는 증거는 없어요. 그건 당신의 예전 사위가 지어낸 말입니다."

"알겠습니다." 그는 창가로 걸어가 항구가 아직도 거기 있는지 확인했다. 그리고 돌아서서 말했다. "적어도 이 일은 잘된 일이었어요, 스커더 씨."

"네에?"

"바버라의 살인자가 정의의 심판을 받게 됐습니다. 전 더 이상 누가 딸아이를 죽였을지, 왜 죽였을지 걱정하지 않아도 됩니다. 네, 잘됐다고 말할 수 있다고 생각해요."

본인이 그렇게 말하고 싶다면 그렇게 하라지. 난 버튼 하버메이어가 과연 정의의 심판을 받게 된 것인지, 그의 삶이 이제 어떻게 될지 확신할 수 없었다. 이제부터 하버메이어의 아들과 눈먼 전처가 겪게 될 시련에서 정의가 어떤 자리를 차지하게 될지도 확신할 수 없었다. 그리고 런던이 더글라스 에팅거가 딸을 죽였다고 걱정하지 않아도 된다면, 에팅거의 성격에 대해 그가 새롭게 알게 된 점은 그렇게 크게 안심이 되진 않을 것이다.

나도 더글라스 에팅거의 두 번째 결혼에서 내가 이미 감지한 균열에 대해 생각했다. 금발에 햇볕에 얼굴이 탄 환한 표정의 그 얼굴이 그의 책상 위에 놓은 포토큐브에서 얼마나 오랫동안 그 자리를 지키게 될지 궁금했다. 만약 둘이 헤어진다면, 더글라스는 예전 장인이 하는 가게에서 계속 일할 수 있을까?

마지막으로, 나는 사람들이 하나의 현실 다음에 온 새로운 현실에 어떻게 적응할 수 있을 것인지 생각했다. 그들이 만약 그렇게 하겠다고 마음먹는다면 말이다. 런던은 자신의 딸이 아무 이유 없이 살해됐다고 믿는 것으로 이 사건에 대처하기 시작했고, 거기에 적응했다. 그러다 나중에 딸이 사실 이유가 있어서 살해된 것이고, 누군가 그녀를 잘 아는 사람이 그녀를 살해했다고 믿게 됐다. 그리고 그는 그 사실에 적응하기 시작했다. 이제 그는 딸이 자기와 별 상관도 없는 이유로 생판 남에게 살해됐다는 사실을 알게 됐다. 그녀는 다른 살해를 위한 예행연습으로 살해됐고, 죽음으로서 원래 예정됐던 피해자의 목숨을 살렸다. 이 모든 일을 신의 원대한 설계의 일부로 볼 수도 있고 혹은 세상이 미쳤다는 걸 더 확실히 입증하는 증거로도 볼 수 있다. 하지만 어떤 식으로 보건 이것은 런던이 적응해야 할 새로운 현실이다.

내가 떠나기 전에 런던이 1000달러 수표를 줬다. 보너스라고 하면서 꼭 받아 달라고 했다. 나는 이의를 제기하지 않았다. 아무 조건 없이 돈이 생길 때면, 그냥 받아서 주머니에 넣어 두는 법이다. 그 정도는 기억할 수 있을 정도의 경찰 본능이 아직 남아 있었다.

점심 즈음해서 재니스에게 전화를 해 봤지만 받지 않았다. 오후에 다시 했더니 세 번 연속 통화 중이었다. 6시쯤 마침내 통화가 됐다.

"정말 연락하기 힘든 사람이군요."

"밖에 잠깐 나가 있었어요. 그다음엔 통화 중이었고."

"나도 잠깐 나가 있었어요."

나는 그녀에게 내가 어제 오후에 그녀의 로프트에서 하버메이어의 아들 대니가 해피 아워스 탁아소를 다녔다는 정보로 무장한 채 나간 이후로 일어난 일들을 말해 줬다. 나는 바버라 에팅거가 살해된 이유를 말해 줬고, 하버메이어의 아내가 장님이라는 이야기도 해 줬다.

"맙소사."

재니스가 말했다.

우린 조금 더 이야기를 나눴고, 나는 그녀에게 저녁 식사를 어떻게 할 거냐고 물었다.

"별로 한 일도 없는데 의뢰인이 1000달러를 줬어요. 필요한 데 탕진하기 전에 조금 멋대로 써 봐야 할 것 같은 기분이 드는데요."

"유감스럽지만 오늘 밤은 안 되겠어요. 방금 막 샐러드를 만들었거든요."

"음, 샐러드 먹은 후에 재미있는 곳에 가보고 싶지 않습니까? 블란체 펍만 빼면 어디든 난 좋아요."

잠시 그녀는 아무 말도 하지 않다가 입을 열었다.

"실은, 매튜, 오늘 밤 일이 있어요."

"아."

"데이트는 아니에요. 모임에 갈 거예요."

"모임?"

"알코올 중독자 갱생회요."

"그렇군요."

"난 알코올 중독자예요, 매튜. 그 사실을 직시하고 대처해야 해요."
"당신이 그렇게 많이 마신다는 느낌은 못 받았는데."
"얼마나 마시냐가 중요한 게 아니에요. 알코올이 내게 어떤 영향을 미치는가가 중요하죠. 술에 취하면 난 필름이 끊겨요. 성격도 변하고. 다시는 마시지 않겠다고 스스로 맹세하고 또 마시죠. 한 잔만 마시자고 해 놓고 다음 날 아침에 보면 술병이 텅 비어 있어요. 난 알코올 중독자예요."
"전에도 그 모임에 나갔잖아요."
"그랬죠."
"당신에겐 그 모임이 효과가 없다고 생각했는데."
"아, 효과가 있었어요. 내가 술을 다시 마시기 전까지는. 이번에는 한번 끝까지 해 보려고요."
난 잠시 생각하고는 말했다.
"뭐, 잘된 일 같군요."
"그렇게 생각해요?"
"그래요, 그렇게 생각해요." 난 그렇게 대답했고, 진심이었다. "아주 좋은 일이라고 생각해요. 그 모임이 많은 사람들에게 효과가 있다는 걸 알고 있었어요. 그러니 당신이라고 술을 끊지 못할 이유가 없죠. 오늘 밤 모임에 간다고요?"
"그래요. 오늘 오후에도 갔었어요."
"그 모임은 밤에만 하는 줄 알았는데."
"시내 곳곳에서 항상 열리고 있어요."
"얼마나 자주 가야 하죠?"
"뭘 꼭 해야 하는 건 아니에요. 첫 90일 동안은 하루에 한 번

가라고 권하지만, 더 많이 가도 되고요. 내겐 시간이 많아요. 모임에 여러 번 갈 수 있죠."

"그거 잘됐군요."

"오늘 오후 모임이 끝난 후에 지난번에 그 프로그램에 참여했을 때 알게 된 사람과 통화했어요. 그리고 오늘 밤 모임에 갈 건데, 그걸로 오늘을 버텨 내는 거죠. 그러면 오늘 하루는 술을 마시지 않게 되죠."

"아하."

"그런 식으로 하는 거예요. 먼 미래는 보지 않고 내 앞에 놓인 하루하루에만 집중하는 거죠."

"그거 좋네요." 나는 이마를 닦았다. 공중전화 박스 안에서 문을 닫고 있으려니 더웠다. "그 모임은 언제 끝납니까? 10시나 10시 30분쯤?"

"10시요."

"그럼, 내 생각엔……"

"하지만 모임이 끝나면 대개 거기 사람들끼리 커피를 마시러 가요."

"그렇군요. 그럼 내가 11시쯤 가면 어떨까요? 아니면 그보다 더 늦게. 당신이 커피 마시는 데서 한 시간 넘게 있고 싶다면 말이죠."

"그건 좋은 생각이 아닌 것 같아요, 매튜."

"어……"

"난 이번에 잘해 보고 싶어요. 시작도 하기 전에 망치고 싶진 않아요."

"재니스? 난 당신에게 가서 같이 술을 마시려는 게 아닙니다."

"나도 그건 알아요."

"그런 문제라면 당신 앞에서도 안 마실 거고. 당신과 있을 땐 난 안 마실 거예요. 그건 문제가 되지 않아요."

"당신은 언제고 원할 때 멈출 수 있으니까……."

"우리가 함께 있을 때는 확실히 안 마실 수 있어요."

또다시 침묵이 흘렀고, 그녀가 입을 열었을 때 목소리가 긴장된 걸 느낄 수 있었다.

"아, 매튜, 달링. 이게 그렇게 간단하지 않아요."

"무슨?"

"거기서 말한 것 중에 하나가 우리는 사람들과 장소와 물건에 취약하다고 했어요."

"그게 무슨 말인지 모르겠어요."

"술을 마시고 싶은 욕망을 부추길 수 있는 요소들은 피하란 뜻이에요."

"그런데 내가 그런 요소 중 하나라는 겁니까?"

"미안하지만 그래요."

나는 공중전화박스 문을 조금 열어서, 바람이 조금 들어오게 했다. 그리고 말했다.

"아니, 대체 그게 정확히 무슨 뜻이에요? 다시 만나지 말자는 말인가요?"

"아, 맙소사."

"그냥 거기 규칙들을 말해 줘요, 내가 이해할게요."

"맙소사. 다시는 만나지 않는단 그런 조건에서는 생각도 못 하겠어요. 난 심지어 다시는 술을 마시지 않겠다는 그런 생각도 못

해요. 난 멀리 생각하지 않고 오늘만 생각해야 해요. 그러니까 오늘에 한정시켜서 생각해 보죠."

"당신은 날 오늘 만나고 싶지 않다는 거죠."

"'당연히' 오늘 만나고 싶어요! 아, 참나. 있죠, 11시쯤 오고 싶다면……"

"아니요."

"뭐라고요?"

"아니라고 했습니다. 처음에 당신이 한 말이 맞아요. 난 당신을 몰아세우지 말았어야 했어요. 난 내 의뢰인과 같아요, 그게 다예요. 그 사람처럼 새로운 현실에 적응해야 하죠. 당신이 옳은 일을 하고 있다고 생각합니다."

"정말 그렇게 생각해요?"

"그래요. 그리고 내가 당신이 피해야 할 사람이라면, 당분간은 그렇게 하는 게 나을 것 같군요. 우리가 나중에 같이 있게 될 인연이라면, 뭐, 그렇게 되겠죠."

잠시 그녀는 아무 말도 하지 않았다. 그러다 말했다.

"고마워요, 매튜."

대체 뭐가? 나는 공중전화 박스에서 나와서 2층에 있는 내 방으로 돌아갔다. 깨끗한 셔츠를 입고 넥타이를 매고, 큰맘 먹고 슬레이트에서 고급 스테이크로 저녁을 먹었다. 여긴 존 레이 칼리지와 미드타운 사우스 경찰들의 아지트지만, 운 좋게 아는 사람은 하나도 만나지 않았다. 난 혼자서 거하게 식사를 했다. 식전에는 마티니 한 잔을 마시고, 식후에는 브랜디를 한 잔 마셨다.

나는 9번 애비뉴로 다시 걸어가서 성 바오로 성당을 지나쳤다.

성당은 닫혀 있었다. 나는 좁은 계단을 내려가 지하로 갔다. 일주일에 두 번 밤마다 빙고를 하는 앞쪽의 큰 방이 아니라, 모임이 있는 작은 옆방으로 갔다.

한 동네에 오래 살게 되면 어디에 뭐가 있는지 알게 된다. 거기에 관심이 있든 없든 말이다.

나는 문 앞에서 1~2분 서 있었다. 약간 어지러웠고, 가슴이 조금 답답하기도 했다. 브랜디를 먹어서 그런 모양이라고 판단했다. 브랜디는 강한 흥분제다. 난 브랜디에 익숙하지 않아서 자주 마시지 않는다.

문을 열고 안을 들여다봤다. 수십 명의 사람들이 접의자에 앉아 있었다. 테이블 위에 커다란 커피 주전자와 스티로폼 컵들이 몇 줄로 쌓여 있었다. 벽에 슬로건 몇 개가 테이프로 붙여 있었다. **쉽고 단순하게 하라.** 시대를 통해 내려온 망할 놈의 지혜라 이거지.

재니스는 아마 시내의 이런 방에 앉아 있겠지. 이를테면 소호에 있는 교회 지하실.

행운을 빌어요, 당신.

나는 뒤로 물러서서 문이 닫히게 내버려 두고 계단을 올라갔다.

내 뒤에서 문이 열리면서, 사람들이 쫓아와 날 뒤로 끌어당기는 상상을 했다. 그러나 그런 일은 일어나지 않았다.

가슴이 꼭 막힌 것같이 답답한 기분은 여전했다.

브랜디 때문이라고 난 스스로를 타일렀다. 아무래도 브랜디는 가까이 하지 않는 게 좋겠어. 익숙한 걸 고수하자. 버번으로 쭉 가는 거야.

나는 암스트롱으로 갔다. 버번을 조금 마시면 브랜디 때문에 답답한 기분이 좀 풀릴 거야. 버번 몇 모금이면 거의 다 풀린다니까.

〈끝〉

옮긴이 | 박산호

한국외국어대학교 인도어과와 한양대학교 영어교육학과 졸업, 영국 브루넬 대학교 영문학과 석사 수료. 번역서로는 『세계대전 Z』, 『퍼시픽 림』, 『무덤으로 향하다』, 『비독 소사이어티』, 『더 이상 숨을 곳이 없다』, 『라스트 차일드』, 『차일드 44』, 『아이언 하우스』, 『아버지들의 죄』, 『죽음의 한가운데』, 『석유 종말 시계』, 『도살장』, 『어떻게 배울 것인가』, 『존은 끝에 가서 죽는다』, 『내 안의 살인마』, 『연기와 뼈의 딸』, 『내 인생은 로맨틱 코미디』, 『콜드 그래닛』, 『콰이어트 걸』, 『라인업』, 『도살장』, 『마법사들』, 『솔로이스트』, 『마네의 연인 올랭피아』, 『얼렁뚱땅 슈퍼 히어로』 외 다수가 있다.

어둠 속의 일격

1판 1쇄 찍음 2014년 8월 29일
1판 1쇄 펴냄 2014년 9월 5일

지은이 | 로렌스 블록
옮긴이 | 박산호
발행인 | 김세희
편집인 | 김준혁
책임편집 | 장은진
펴낸곳 | 황금가지

출판등록 | 2009. 10. 8 (제2009-000273호)
주소 | 135-887 서울 강남구 신사동 506 강남출판문화센터 5층
전화 | 영업부 515-2000 편집부 3446-8774 팩시밀리 515-2007
홈페이지 | www.goldenbough.co.kr

한국어판 ⓒ 황금가지, 2014. Printed in Seoul, Korea

ISBN 978-89-6017-888-5 03840

㈜민음인은 민음사 출판 그룹의 자회사입니다.
황금가지는 ㈜민음인의 픽션 전문 출간 브랜드입니다.

추리·호러·스릴러 밀리언셀러 클럽

번호	제목	저자
1	리타 헤이워드와 쇼생크 탈출 사계 봄·여름	스티븐 킹
2	스탠 바이 미 사계 가을·겨울	스티븐 킹
3	살인자들의 섬	데니스 루헤인
4	전쟁 전 한 잔	데니스 루헤인
5	쇠못 살인자	로베르트 반 훌릭
6	경찰 혐오자	에드 맥베인
7·8	고스트 스토리 (상) (하)	피터 스트라우브
10	어둠이여, 내 손을 잡아라	데니스 루헤인
11·12	미스틱 리버 (상) (하)	데니스 루헤인
13	800만 가지 죽는 방법	로렌스 블록
14	신성한 관계	데니스 루헤인
15·16	아메리칸 사이코 (상) (하)	브렛 이스턴 엘리스
17	벤슨 살인사건	S.S. 반다인
18	나는 전설이다	리처드 매드슨
19·20·21	세계 서스펜스 걸작선 1·2·3	제프리 디버 외
25	쇠종 살인자	로베르트 반 훌릭
26·27	나이트 워치 (상) (하)	세르게이 루키야넨코
29	13 계단	다카노 가즈아키
30	마이크 해머 시리즈 1 내가 심판한다	미키 스필레인
31	마이크 해머 시리즈 2 내총이 빠르다	미키 스필레인
32	마이크 해머 시리즈 3 복수는 나의 것	미키 스필레인
33·34	애완동물 공동묘지 (상) (하)	스티븐 킹
35	아이거 빙벽	트레바니언
36	뱀파이어 헌터 애니타 블레이크 1 달콤한 죄악	로렐 K. 해밀턴
37	뱀파이어 헌터 애니타 블레이크 2 웃는 시체	로렐 K. 해밀턴
38	뱀파이어 헌터 애니타 블레이크 3 저주받은 자들의 서커스	로렐 K. 해밀턴
39·40·41	제 1의 대죄 1·2·3	로렌스 샌더스
42·43	스티븐 킹 단편집 스켈레톤 크루 (상) (하)	스티븐 킹
44	아임 소리 마마	기리노 나쓰오
45	링	스즈키 고지
46·47	가라, 아이야, 가라 1·2	데니스 루헤인
48	비를 바라는 기도	데니스 루헤인
49	두번째 기회	제임스 패터슨
50	롬 고든을 사랑한 소녀	스티븐 킹
51·52	셀 1·2	스티븐 킹
53·54	블랙 달리아 1·2	제임스 엘로이
55·56	데이 워치 (상) (하)	세르게이 루키야넨코
57	로즈메리의 아기	아이라 레빈
58	데틱 스트레인지 시리즈 1 살인자에게 정의는 없다	조지 펠레카노스
59	데틱 스트레인지 시리즈 2 지옥에서 온 심판자	조지 펠레카노스
60·61	무죄추정 1·2	스콧 터로
62	암보스 문도스	기리노 나쓰오
63	잔학기	기리노 나쓰오
64·65	아웃 1·2	기리노 나쓰오
66	그레이브 디거	다카노 가즈아키
67·68	리시 이야기 1·2	스티븐 킹
69	코로나도	데니스 루헤인
70·71·74·75·77·78	스탠드 1·2·3·4·5·6	스티븐 킹
72	머더리스 브루클린	조나단 레덤
73	로즈메리의 아들	아이라 레빈
76	줄어드는 남자	리처드 매드슨
80	블러드 더 라스트 뱀파이어	오시이 마모루
84	세계대전Z	맥스 브룩스
85	문라이트 마일	데니스 루헤인
86·87	듀마 키 1·2	스티븐 킹
88·89	얼터드 카본 1·2	리처드 모건
92·93	더스크 워치 1·2	세르게이 루키야넨코
94·95·96	21세기 서스펜스 컬렉션 1·2·3	에드 맥베인 엮음
97	무덤으로 향하다	로렌스 블록
98	천사의 나이프	아쿠마루 가쿠
99	6시간 후 너는 죽는다	다카노 가즈아키
100·101	스티븐 킹 단편집 모든 일은 결국 벌어진다 (상) (하)	스티븐 킹
102	엑사바이트	하토리 마스미
103	내 안의 살인마	짐 톰슨
104	신의 손	모치즈키 료코
105	하루하루가 세상의 종말	J.L. 본
106	부드러운 볼	기리노 나쓰오
108	황금 살인자	로베르트 반 훌릭
109	호수 살인자	로베르트 반 훌릭
110	칼날은 스스로를 상처 입힌다	마쿠스 세이키
111·112·113	언더 더 돔 1·2·3	스티븐 킹
114	폭파범	리사 마르클룬드
115	비트 더 리퍼	조시 베이젤
116·117	스튜디오 69 (상) (하)	리사 마르클룬드
118	하루하루가 세상의 종말 2	J.L. 본
119	도쿄섬	기리노 나쓰오
120	지하에 부는 서늘한 바람	돈 윈슬로
121	이노센트	스콧 터로
122·123	최면전문의 (상) (하)	라슈 케플레르
124·125	개의 힘 1·2	돈 윈슬로
126	해가 저문 이후	스티븐 킹
127	아버지들의 죄	로렌스 블록
128·129	존은 끝에 가서 죽는다 1·2	데이비드 웡
130·131	이지 머니 1·2	엔스 라피두스
132	종말일기Z	마넬 로우레이로
133	대회화전	모치즈키 료코
134	죽음의 한가운데	로렌스 블록
135	살인과 창조의 시간	로렌스 블록
136	어둠 속의 일격	로렌스 블록

한국편

번호	제목	저자
1	몸	김종일
2·3·4	팔란티어 1·2·3	김민영 (옥스타칼니스의 아이들 개정판)
5	이프	이종호
8·10·12·14·16·26	한국 공포 문학 단편선	이종호 외
9	B컷	최혁곤
11·13·18·22	한국 추리 스릴러 단편선	최혁곤 외
15	섬 그리고 좀비	백상준 외 4인
17	무녀굴	신진오
19	모녀귀	이종호
20	사건번호 113	류성희
21	옥상으로 가는 길, 좀비를 만나다	황태환 외
23	10개월, 종말이 오다	최경빈 외
24	B파일	최혁곤
25	좀비 그리고 생존자들의 섬	백상준